A angústia do rei Salomão

Romain Gary
(Émile Ajar)

A angústia do rei Salomão

tradução
Julia da Rosa Simões

todavia

Para Anne

I

Ele pegou meu táxi no Boulevard Haussmann, um senhor muito velho, com um belo bigode e barba brancos que mais tarde raspou, quando nos conhecemos melhor. Seu cabeleireiro lhe havia dito que o envelheciam, e como ele já tinha mais de oitenta e quatro anos, melhor não acrescentar mais nenhum. Mas em nosso primeiro encontro ainda tinha todo o bigode e uma barba curta chamada à espanhola, porque foi na Espanha que ela apareceu pela primeira vez.

Logo notei que ele era muito digno de sua pessoa, com traços bem definidos e fortes, que não tinham se deixado cansar. Os olhos eram o que lhe restava de melhor, escuros e até pretos, um preto que transbordava e fazia sombra ao redor. Ele se mantinha muito ereto mesmo quando sentado, e fiquei surpreso com a expressão severa com que olhava para fora enquanto rodávamos, um ar resoluto e implacável, como se não temesse nada nem ninguém e já tivesse dado cabo do inimigo várias vezes, quando estávamos apenas no Boulevard Poissonnière.

Nunca havia transportado alguém tão bem-vestido na idade dele. Tenho observado que a maioria dos senhores idosos em fim de percurso, mesmo os mais bem tratados por seus cuidadores, sempre vestem roupas que eles já têm há muito tempo. Não se compra um novo guarda-roupa para o pouco tempo que lhes resta, não é econômico. Mas o sr. Salomão, que eu ainda não sabia que se chamava assim, usava peças novas dos pés à cabeça, com ousadia e confiança, um terno príncipe de Gales com uma gravata-borboleta azul de bolinhas, um cravo rosa na lapela, um chapéu cinza de abas firmes, ele mantinha sobre os joelhos luvas de couro creme e uma bengala com castão de prata em forma de cabeça de cavalo, emanava a elegância da última hora e percebia-se de imediato que não era um homem que se deixaria morrer facilmente.

Também fiquei surpreso com sua voz que ribombava, inclusive para me passar o endereço da Rue du Sentier, quando não havia motivo para isso. Talvez ele estivesse com raiva e não quisesse ir para o seu destino. Procurei no dicionário a palavra que melhor convinha ao nosso primeiro encontro histórico e à impressão que ele causou em mim ao entrar no táxi, a cabeça primeiro, me dando o endereço da Rue du Sentier, e encontrei *ribombar, produzir barulho surdo e ameaçador sob o efeito de indignação e raiva*, mas naquele momento eu não sabia que isso era ainda mais verdadeiro para o sr. Salomão. Mais tarde, procurei melhor e encontrei *furor, irritação veemente contra um ofensor*. A velhice lhe causava rigidez e desconfortos na lombar, nos joelhos e em outras partes, e ele subiu em meu táxi com esse inimigo nas costas e irritação contra esse ofensor.

Houve uma coincidência quando ele se sentou e eu arranquei. O rádio estava ligado e, por acaso, a primeira coisa que ouvimos foram as últimas notícias sobre o naufrágio e o derramamento de óleo na Bretanha, vinte e cinco mil aves mortas no desastre. Protestei, como de costume, e o sr. Salomão também ficou indignado, com sua bela voz ribombante.

— É uma vergonha — ele disse, e o vi suspirar pelo retrovisor. — Está cada dia mais difícil carregar o peso do mundo.

Foi então que fiquei sabendo que o sr. Salomão tinha trabalhado com prêt-à-porter a vida toda, sobretudo com calças. Conversamos um pouco. Ele tinha se aposentado das calças alguns anos antes e agora dedicava seu tempo livre a obras de caridade, pois quanto mais velho você fica, mais precisa dos outros. Havia cedido parte de seu apartamento a uma associação chamada S.O.S. Voluntários, para a qual as pessoas podem telefonar dia e noite quando carregar o peso do mundo fica muito difícil e mesmo esmagador, e a angústia começa. Você liga para o número e recebe conforto, o que se costuma chamar de apoio moral, no jargão.

— Eles estavam em dificuldades financeiras e sem uma sede. Eu os coloquei sob minha asa.

Riu ao falar de sua asa, e de novo foi um ribombar, como se o riso viesse de suas profundezas. Falamos das espécies em vias de extinção, o que era normal, visto que em sua idade ele era o primeiro ameaçado. Eu dirigia bem devagar, para não chegar rápido demais. Conhecia a S.O.S. Amizade, mas não sabia que havia outras associações e que os socorros se organizavam. Eu estava interessado, esse tipo de coisa pode acontecer com qualquer um, mas não me passaria pela cabeça telefonar para a S.O.S. Amizade e afins, visto que não se pode passar a vida toda pendurado ao telefone. Perguntei a ele quem eram as pessoas que atendiam as ligações e ele me disse que eram jovens com boa vontade, e que também eram principalmente os jovens que ligavam, porque os velhos estavam acostumados. Ele me explicou que havia um problema nisso, era preciso encontrar voluntários que viessem para ajudar os outros e não para se sentirem melhor à custa dos outros. Não estávamos longe da Rue du Sentier, eu não tinha entendido, não via como um pedido de socorro podia aliviar quem o recebia. Ele me explicou gentilmente que era algo bastante frequente na psicologia. Há psiquiatras, por exemplo, que não foram amados na juventude ou que sempre se sentiram feios e rejeitados, e que se recuperam tornando-se psiquiatras e cuidando de jovens drogados e perdidos, e se sentem importantes e são muito procurados, eles reinam, estão cercados de admiração e garotas bonitas, que nunca teriam conhecido de outra forma, e assim têm uma sensação de poder, e é assim que curam a si mesmos e se sentem melhor na própria pele.

— Tivemos voluntários na S.O.S. que eram verdadeiros angustiados, os chamados "carentes afetivos", e quando recebem uma chamada desesperada, se sentem menos sozinhos... A ajuda humanitária não está isenta de problemas.

Dirigi ainda mais devagar, eu estava realmente interessado, e foi então que perguntei ao sr. Salomão como ele tinha passado do prêt-à-porter para a ajuda humanitária.

— O prêt-à-porter, meu jovem amigo, não se sabe direito onde termina e onde começa...

Chegamos à Rue du Sentier, o sr. Salomão desceu, me pagou, me deu uma ótima gorjeta, e foi então que aconteceu, embora eu não saiba direito o quê. Ao me pagar, ele me olhou com amizade. E então me olhou de novo, mas de um jeito estranho, como se eu tivesse algo no rosto. Teve até um sobressalto, movimento brusco e involuntário de vivo espanto. Ele não disse nada por um momento, sem parar de me encarar. Depois fechou os olhos e passou a mão nas pálpebras. Então abriu os olhos e continuou me contemplando fixamente sem dizer uma palavra. A seguir, desviou o olhar e pude ver que estava pensando. Ele me lançou mais um olhar. Eu podia ver que estava com algo em mente e hesitava. Então ele abriu um sorriso curioso, um pouco irônico mas sobretudo triste, e me convidou para beber algo de maneira inesperada.

Nunca tinha me acontecido uma coisa dessas no táxi.

Sentamos num café e ele continuou me encarando com espanto, como se não fosse possível. Depois me fez algumas perguntas. Eu disse que era técnico reparador de profissão, ou melhor, um faz-tudo, que tinha talento com as mãos para consertar todas as coisas que não funcionam, encanamento, eletricidade, pequenos maquinários, eu não conhecia a teoria, mas tinha aprendido na prática. Também tinha uma sociedade no táxi com dois amigos, Yoko, que estudava para ser quiromassagista e voltar para casa, na Costa do Marfim, onde havia poucos deles, e Tong, um cambojano que conseguira escapar pela fronteira tailandesa. No resto do tempo, eu estudava por conta própria em bibliotecas públicas, como autodidata. Tinha abandonado a escola depois do primário e desde então vinha me educando sozinho, principalmente com dicionários, que são o que há de mais completo, pois o que não está neles não está em lugar nenhum. O táxi ainda não era nosso, tínhamos feito um empréstimo, faltava pagar um pau e meio, mas tínhamos a licença e a esperança de saldar a dívida.

E foi então que fiquei surpreso como nunca antes em minha vida, porque dessa vez foi uma surpresa agradável. O sr. Salomão estava sentado diante de seu café e tamborilava distraidamente com a ponta dos dedos, como costumava fazer quando meditava, como descobri mais tarde.

— Bem, talvez eu possa ajudar — disse, e é preciso dizer que a palavra *ajudar* é a preferida do rei Salomão, já que é a que mais faz falta. Digo "rei Salomão" sem explicar, mas isso já vai ser esclarecido, não se pode estar em todos os lugares ao mesmo tempo.

— Talvez eu possa ajudar. Eu gostaria justamente de ter um táxi à minha inteira disposição. Tenho um carro familiar, mas não tenho família e não dirijo mais. Também gostaria de disponibilizar um meio de transporte às pessoas carentes que têm dificuldade de se locomover por questões físicas, de coração, pernas, olhos etc.

Fiquei abismado. Antigamente existiam reis lendários que semeavam a felicidade por onde passavam e bons gênios em garrafas ou em outros lugares que eliminavam a infelicidade com um gesto cheio de autoridade, mas não na Rue du Sentier. Obviamente, o sr. Salomão não tinha meios de eliminar a infelicidade com um gesto cheio de autoridade, visto que sua fortuna havia sofrido um pouco com a alta dos preços e a queda dos valores franceses e estrangeiros, mas ele fazia o melhor que podia e, tendo enriquecido com calças, continuava prodigalizando sua generosidade e aparecendo abruptamente diante daqueles que já não acreditavam mais nela, para lhes provar que não tinham sido esquecidos e que havia alguém no Boulevard Haussmann zelando por eles.

Chuck, que ainda não apareceu por aqui, cada um a seu tempo, diz que o sr. Salomão não faz isso tanto pela bondade de seu coração, mas para dar uma lição em Deus, para envergonhá-Lo e mostrar-Lhe o caminho certo. Mas Chuck sempre zomba de tudo, é sua inteligência que exige isso.

— O senhor também poderia ser útil à nossa associação S.O.S. Voluntários, pois às vezes eles precisam fazer visitas domiciliares, em casos urgentes... Nem sempre podemos ajudar as pessoas por telefone...

Enquanto isso, ele continuava a me encarar minuciosamente, tamborilando com os dedos, com um sorriso um pouco triste e pequenos lampejos irônicos nos olhos escuros.

— Então? O que acha?

Fiquei todo arrepiado. Quando acontece uma coisa tão boa que ninguém nunca viu, exceto talvez nos tempos lendários, é preciso desconfiar, porque não se sabe o que se esconde por trás dela. Não sou crente, mas mesmo quando não se acredita há limites. Não se pode não acreditar sem limites, porque há limites para tudo. Pude notar que o sr. Salomão não era sobrenatural, mesmo que tivesse um olhar ardente, embora nessa idade normalmente esteja apagado. Ele devia ter oitenta e poucos anos, no mínimo. Era um homem de carne e osso que se aproximava do fim, o que explicava seu ar severo e irritado, porque aquilo não devia acontecer com ninguém. Mas eu não entendia o que estava acontecendo comigo. Um senhor muito idoso que eu não conhecia nem de pai nem de mãe — minha expressão preferida, por causa do paraíso terrestre, como se ainda houvesse alguma relação — oferecendo pagar o resto do táxi, era isso que ele me propunha, em plena luz do dia, no terraço de um café na Rue du Sentier. Chuck me disse que isso não acontecia desde Harun al-Rashid, que se disfarçava para se misturar com o povo e depois fazia chover suas dádivas sobre aqueles que lhe pareciam dignos. Senti que havia encontrado alguém especial, e não apenas um comerciante de roupas que tinha tido um sucesso muito além do esperado. Contei tudo naquela mesma noite para Chuck e Tong, com quem divido um cubículo, e eles primeiro me ouviram como se eu houvesse batido a cabeça e tido visões religiosas entre o Boulevard Poissonnière e a Rue du Sentier. É verdade que o sr. Salomão tinha algo de bíblico, e não apenas por causa da idade avançada, mas como Moisés em *Os Dez Mandamentos*, de Cecil B. DeMille, que passou na cinemateca, e que foi o que vi de mais parecido com ele. Mesmo depois, quando conheci melhor o sr. Salomão e comecei a amá-lo como não se deve amar um simples homem, e quando contava a eles que meu empregador prodigalizava bondades como ninguém, Chuck logo encontrava algo inteligente para dizer. Para ele, o sr. Salomão queria ser universalmente amado, venerado e cercado de gratidão, no lugar de alguém que devia ter pensado naquilo e que ele substituía assim, de repente, com uma crítica cortante, para chamar a atenção de Jeová sobre tudo o que havia para ser feito e que Ele não fazia, e para envergonhá-Lo. No mais, Chuck dizia que a filantropia sempre foi uma maneira de reinar e um truque para ser perdoado por sua grana, e que em 1978 isso era extremamente cômico. Mas Chuck tem explicação para tudo, então é preciso desconfiar dele como da peste. Quando você não entende, há mistério, você ao menos pode acreditar que há algo escondido por trás e no fundo, algo que pode aparecer de repente e mudar tudo, mas quando você tem a explicação, não sobra nada, apenas peças soltas. Para mim, a explicação é o pior inimigo da ignorância.

Então eu estava sentado ali e devo ter feito uma cara estranha, porque o sr. Salomão começou a rir, ele percebeu que eu não acreditava, então tirou o talão de cheques e me assinou um de um pau e meio sem hesitar, como se fosse a coisa mais natural do mundo. Um homem que meia hora antes eu não conhecia nem de pai nem de mãe. Aí sim meus joelhos começaram a tremer, porque se estranhos passam a assinar cheques de um pau e meio para você, qualquer coisa pode acontecer, e a angústia se instala. Cheguei a ficar todo branco, com o cheque na mão, e o sr. Salomão pediu um conhaque para mim. Bebi, mas não conseguia me recuperar. Era incompreensível. Não há nada que me impressione mais do que o incompreensível, porque ele suscita todo tipo de expectativa, e a aparição do sr. Salomão em meu táxi era a coisa mais incompreensível que eu já tinha visto. Depois, quando nos separamos, pensei que talvez os tempos lendários não tivessem sido completamente estúpidos.

— Podemos reembolsá-lo em dezoito meses — eu disse.

Ele pareceu achar graça. Sempre tem nos lábios uma espécie de sorriso, mas não exatamente, é mais como um vestígio do sorriso que passou por ali há muito tempo e deixou um pouco de si para sempre.

— Meu caro rapaz, não conto em ser reembolsado, mas é claro que, daqui a dezoito meses, ou, melhor ainda, daqui a dez ou vinte anos, seria agradável poder voltar a falar sobre isso e talvez adiar o reembolso por mais alguns anos — disse, e dessa vez começou a rir abertamente da ideia de ainda estar aqui dentro de dezoito meses ou dez anos, na sua idade.

Que humor. Ele devia acordar todas as manhãs com o coração acelerado, se perguntando se ainda estava aqui.

Peguei o cheque e olhei para a assinatura, *Salomão Rubinstein*, de uma mão firme. Depois de seu nome, havia uma vírgula e a palavra *Esq.* com um ponto, ou seja, *Salomão Rubinstein, Esq.* Eu não sabia o que aquilo queria dizer, aprendi mais tarde com um professor de inglês em meu táxi que *Esq.* significa *Esquire*, utilizado nos endereços depois do nome, no Reino Unido, para indicar pessoas de qualidade. O sr. Salomão, portanto, colocava *Esq.* depois de seu nome para indicar que ainda era de qualidade. Tinha vivido dois anos na Inglaterra, onde fizera várias lojas prosperarem.

Quando acabei de olhar para o cheque e finalmente acreditei, vi que meu inesperado benfeitor tinha voltado a me observar com a maior atenção.

— Vejo-me obrigado a lhe fazer uma pergunta — ele disse — e espero que não se ofenda com ela. O senhor já foi preso?

Pronto. É sempre a mesma coisa, com a cara que tenho. O criminoso. O cafetão. Um verdadeiro bandido, esse aí. Não sei de onde vem minha aparência e meu físico, já que meu pai foi fiscal de metrô por quarenta anos e agora está aposentado. Minha mãe era bastante graciosa e inclusive usou isso para fazer meu pai infeliz. Devo ter herdado de algum dos meus antepassados gauleses.

— Não, nunca fui preso, nem mesmo tentei. Não tenho o que é preciso. O senhor sabe, não sou o que pareço ser. Causo má impressão. Quando chegava na casa de pessoas sozinhas para fazer reparos, com frequência notava que elas ficavam um pouco nervosas, principalmente as mulheres. Bem que eu gostaria de ser um criminoso sem medo de nada e com todo o conforto.

— Todo o conforto?

— Conforto moral. Nem aí pra nada.

Vi que ele ficou um pouco desapontado. Merda, pensei, será que ele se baseou na minha cara para me recrutar e é líder de uma gangue, traficante de drogas ou receptador? Obviamente, eu não podia saber o que ele tinha em mente, e mesmo agora que está há muito tempo em Nice, que Deus o tenha, não tenho certeza, não consigo acreditar que ele tenha premeditado tudo desde o início, com ainda mais ironia e rancor do que se pode imaginar. E por mais que fosse o rei Salomão, não podia mexer os pauzinhos com tanta onipotência. A ideia podia ter passado por sua cabeça, como é normal quando se pensa em uma coisa o tempo todo e não se consegue superá-la, nem esquecer, nem perdoar. E é sabido que o amor às vezes é muito cabeça-dura. O sr. Salomão era o que se chama, entre os vulcões, de mal apagado. Ele ainda era vulcânico por dentro, fervia e fulminava com paixão, então vai saber. Aquele era nosso primeiro encontro, eu não o conhecia e me perguntei por que ele pareceu um pouco chateado ao saber que eu nunca tinha sido preso. Mas eu estava abalado demais para me fazer perguntas. Tinha em mãos um cheque de um milhão e meio, para falar como os antigos, e quase se poderia dizer que eu tinha acabado de ter uma experiência religiosa.

Ele tirou do bolso uma carteira de couro legítimo e me entregou um cartão em que estava impresso, para minha surpresa: *Salomão Rubinstein, Esq., rei das calças.*

— É um dos meus antigos cartões, pois não exerço mais — disse. — Mas o endereço continua o mesmo. Venha me ver.

2

Eu fui. O apartamento ficava no Boulevard Haussmann, com vista para a rua, em um prédio que não era novo, mas ainda passava uma boa impressão de solidez. Entrando sem bater, você se deparava com a central telefônica de cinco lugares onde os voluntários da associação S.O.S. atendiam às chamadas. Sempre havia um ou dois de plantão, pois não há nada pior em casos de sofrimento moral do que quando ninguém atende ou dá ocupado. Eles também dispunham de uma sala, café e sanduíches. O sr. Salomão ocupava o resto do apartamento com grande conforto. Ele não hesitava em se envolver e atender pessoalmente o telefone, sobretudo no meio da noite, quando a angústia está no auge.

A primeira vez que fui, todos estavam falando com as pessoas do outro lado da linha, exceto um, que tinha acabado de desligar, um ruivo alto, de óculos. Quando nos conhecemos, soube que se chamava Lepelletier.

— O que deseja?

— O sr. Salomão Rubinstein, Esq.

— Você é novo?

Eu ia dizer que era taxista e que o sr. Salomão tinha me contratado para fazer corridas, mas ele não me deu tempo.

— É bastante difícil, você vai ver. No fim, tudo se resume a um excesso de informações sobre nós mesmos. Antigamente, podíamos nos ignorar. Podíamos conservar nossas ilusões. Hoje, graças às mídias, ao rádio, sobretudo à televisão, o mundo se tornou excessivamente visível. A maior revolução dos tempos modernos é a súbita e cegante visibilidade do mundo. Aprendemos mais sobre nós mesmos nos últimos trinta anos do que nos milênios anteriores, e é traumatizante. Quando acabamos de repetir para nós mesmos que não sou eu, são os nazistas, são os cambojanos, são os... que sei eu, acabamos entendendo que é de *nós* que se trata. De nós mesmos, sempre, em todo lugar. Por isso a culpa. Acabei de falar com uma jovem que me anunciou sua intenção de se imolar com fogo para protestar. Ela não me disse contra o que queria protestar. É óbvio, aliás. Nojo. Impotência. Recusa. Angústia. Indignação. Nós nos tornamos im-pla-ca-vel-men-te visíveis a nossos próprios olhos. Fomos brutalmente arrastados para a luz e isso não é fácil. Tenho medo é de um processo de dessensibilização, para superar a sensibilidade pelo endurecimento, ou para acabar com ela pela superação, como as Brigadas Vermelhas. O fascismo sempre foi um empreendimento de dessensibilização.

— Desculpe, mas não vim para isso — eu disse. — Vim ver o sr. Salomão, para o táxi.

— Por aqui.

Depois disso, comecei a passar pela central telefônica na ponta dos pés, como em um hospital ou na casa de pessoas falecidas que exigem respeito, e seguia reto até o sr. Salomão, que todos os dias me dava uma lista de compras a fazer, de presentes a entregar, pois ele fazia chover suas graças sobre todos os casos humanos que chegavam a seus ouvidos, ao contrário de outro que não conheço e por isso não posso defender, não quero ofender as pessoas que acreditam e, aliás, a companhia de táxi G7 teve um motorista que foi atingido pela fé religiosa no 16º arrondissement, na esquina da Rue de l'Yvette com a Rue du Docteur Blanche.

3

O sr. Salomão me enviava sobretudo à casa de pessoas idosas. Eu nunca chegava sozinho, sempre levava uma grande cesta de frutas e os cumprimentos do sr. Salomão, Esq., grampeados ao celofane. Uma loja especial de luxo o abastecia e sempre havia frutas que não levavam em conta as estações e vinham dos quatro cantos do mundo para alegrar uma pessoa idosa sozinha em um canto de Paris e que nunca tinha imaginado que havia alguém zelando por ela e lhe enviando uvas esplendorosas, laranjas, bananas e tâmaras exóticas, como em tempos muito antigos, que aconteciam principalmente no Oriente.

O primeiro que visitei foi o sr. Geoffroy de Saint-Ardalousier, na Rue Darne, que era autor. Ele ainda não tinha publicado nada, porque estava trabalhando na obra de sua vida e ainda precisava esperar para chegar até o fim, tinha mais de setenta e cinco anos mas queria que seu livro fosse completo, e como ainda estava vivo e talvez ainda lhe restassem coisas a ver e sentir, tinha um problema que não era fácil de resolver, porque se morresse de repente a obra ficaria incompleta, e se a interrompesse antes ela nunca estaria realmente terminada, pois haveria uma parte de vida faltando. O sr. Salomão o encorajava muito a terminar o livro antes, mesmo que lhe faltasse a última página. Acho que o sr. De Saint-Ardalousier tinha medo de terminar. Toda semana eu ia ver como ele estava, ele não tinha ninguém e era bom para o seu moral sentir que alguém se interessava por ele, pois era ateu. Parecia o Voltaire que eu tinha visto na televisão, e usava uma touca que havia comprado em um leilão de Anatole France, que também era ateu. Ele era ferozmente contra a religião e só falava nisso, como se não existisse mais nada.

Havia também a sra. Cahen, que não estava longe dos cem anos e de quem o sr. Salomão cuidava com esperança, pois se havia algo que lhe interessava era a longevidade. Havia muitos outros *ci-devant* — era assim que o sr. Salomão chamava as pessoas idosas que tinham perdido o que eram e não contavam mais como antes. O sr. Salomão dizia que tinha me escolhido porque tenho um físico que emana o que eles chamam na S.O.S. de "boas vibrações", que se transmitem àqueles que estão sem moral. Mas pela maneira como ele às vezes me olhava pensativo, tamborilando com os dedos, e com pequenos lampejos irônicos nos olhos escuros, comecei a sentir que talvez tivesse outra razão em mente.

Eu entrava na casa de uma senhora em sua cadeira de rodas, dizia que vinha da parte do sr. Salomão, o rei do prêt-à-porter, que queria notícias dela e mandava perguntar se ela precisava de algo. Como ela não conhecia o sr. Salomão nem de pai nem de mãe, era uma surpresa acompanhada de um mistério, e o mistério sempre abre a porta para a esperança, necessária acima de tudo quando não se tem mais nada. Mas também não se devia dar esperanças demais. Eu explicava que o sr. Salomão era apenas o rei do prêt-à-porter e nada mais, para que não acreditassem em manifestações de instâncias superiores. O sr. Salomão dava muito valor à expressão *prêt-à-porter*, ela tinha para ele um significado que ia do nascimento até a morte. Às vezes era como se zombasse de tudo o que se pudesse encontrar e oferecer como conforto. Mais tarde, quando nos conhecemos melhor, eu lhe fiz uma pergunta a esse respeito, que saía do âmbito do vestuário. Ele não respondeu imediatamente, andou de um lado a outro do carpete verde-pasto de seu escritório e depois parou na minha frente com uma expressão de bondade um pouco triste. A expressão de bondade sempre é um pouco triste, pois ela sabe com o que está lidando.

— Assim que uma criança chega ao mundo, o que ela faz? Começa a chorar. Chora, chora. Bem, ela chora porque é o prêt-à-porter que começa... As dores, as alegrias, o medo, a ansiedade, sem falar da angústia... a vida e a... enfim, todo o resto. E as consolações, as esperanças, as coisas que aprendemos nos livros e chamamos de filosofias, no plural... e que também são prêt-à-porter. Às vezes este é muito antigo, sempre o mesmo, e às vezes inventamos um novo, ao gosto da vez...

E então ele colocou, como costumava fazer, uma mão em meu ombro com um gesto educativo e se calou para me encorajar, porque às vezes a pior coisa que pode acontecer a uma pergunta é a resposta.

Quando eu falava das bondades que o rei Salomão distribuía às pessoas esquecidas e sem alegrias ou pequenos prazeres que eram levadas a seu conhecimento, Chuck me explicava que essa era sua maneira de dirigir amargas repreensões Àquele cujas bondades brilhavam por sua ausência. Ele insistia tanto e parecia se concentrar tanto nessa explicação que eu chegava a me perguntar se Chuck não teria ele próprio um problema com isso. Um problema com a ausência do verdadeiro rei Salomão. Ele também afirmava que, no patrão da S.O.S., isso era o efeito de sua angústia, que ele tentava ser notado por Deus, como com frequência acontece com os bons judeus, e talvez receber em troca alguns anos a mais. Chuck diz que os judeus que continuaram crentes têm com Deus uma relação pessoal de homem para homem, que frequentemente conversam com Deus e até discutem com Ele em voz alta e tentam fazer negócios com Ele, eu dou isso e você me dá aquilo, eu dou aos outros sem contar e você me concede boa saúde, longevidade e mais tarde algo ainda melhor. Vai saber.

Quando eu visitava alguma velha senhora em busca de notícias e lhe entregava, da parte do sr. Salomão, frutas, flores ou um rádio que sintonizava o mundo todo, ela ficava emocionada e às vezes até assustada, como se tivesse presenciado uma manifestação sobrenatural. Era preciso ter cuidado para não causar alegrias fortes demais, pois perdemos assim o sr. Hippolyte Labile, a quem o sr. Salomão havia enviado um título de renda vitalícia e que morreu sob o impacto da emoção.

4

Eu ainda não sabia por que o sr. Salomão tinha me escolhido e por que, às vezes, continuava a me observar sorrindo, como se tivesse algo em mente para mim. Ele parecia ter simpatizado comigo e gostava quando eu ia vê-lo sem motivo, pois com ele não havia fim para tudo que eu podia aprender. Devo dizer que, acima de tudo, ele me tranquilizava com seu exemplo, se alguém podia viver tanto tempo, eu ainda não precisava me preocupar. Sentava-me na frente dele e me acalmava, enquanto ele examinava seus selos postais.

Logo percebi que, apesar de muito rico, o sr. Salomão estava sozinho no mundo. Na maior parte do tempo, eu o encontrava sentado a sua grande mesa de filatelista, com uma lupa no olho, e ele examinava os selos com prazer, como verdadeiros amigos, e também os cartões-postais que chegavam do passado e de todos os cantos do mundo. Eles não haviam sido endereçados pessoalmente a ele, pois alguns tinham sido postados no século passado, quando o sr. Salomão mal existia, mas foi em suas mãos que acabaram parando. Várias vezes o levei ao mercado de pulgas e aos antiquários onde os comprava, e os comerciantes guardavam especialmente para ele os mais pessoais e escritos com mais emoção. Li alguns por indiscrição, porque o sr. Salomão os escondia, devido a seu caráter privado. Havia um que mostrava uma jovem vestida como nos primórdios dos tempos modernos, com quatro garotinhos vestidos de marinheiro e com chapéus de palha, que dizia *querido, querido, pensamos em você dia e noite, volte logo e, acima de tudo, agasalhe-se bem e use a cinta de flanela, sua Marie.* E o mais estranho é que o sr. Salomão leu esse cartão e depois foi comprar uma cinta de flanela. Não fiz nenhuma pergunta, fingi que não havia notado nada, mas senti um frio na espinha de solidão, nada e ninguém. Era um cartão de 1914. Não sei se o sr. Salomão usava a cinta de flanela em memória daquela Marie ou do sujeito que ela amou, ou se fingia que era nele que ela tinha pensado ternamente, ou se fazia isso apenas por carinho. Eu não sabia que o sr. Salomão não suportava o esquecimento, os esquecidos, as pessoas que viveram e amaram e passaram sem deixar vestígios, que foram alguém e se tornaram nada e poeira, os *ci-devant*, como agora sei que ele os chamava. Era contra isso que ele protestava com a maior ternura e a mais terrível raiva, que era chamada furor nas pessoas bíblicas. Às vezes, eu tinha a impressão de que o sr. Salomão queria remediar isso, que queria tomar as rédeas e mudar tudo. Obviamente, quando a própria pessoa já está perto de não deixar vestígios, há boas razões para isso. Na época, não quis perguntar, mas nunca esqueci. E não apenas isso, mas agora você não vai acreditar, embora eu não seja capaz de inventar nada mais intenso que a vida, que não precisa se esforçar para ser verossímil. O sr. Salomão havia encontrado na Dupin Frères, no Impasse Saint-Barthélemy, um cartão-postal com a foto de uma odalisca, que existiam então na Argélia, que ainda era francesa, e no verso havia palavras de amor *não posso viver sem você, você é o que mais me faz falta no mundo, estarei às sete horas da sexta-feira embaixo do relógio da Place Blanche, espero você com todo meu coração, sua Fanny*. O sr. Salomão imediatamente enfiou esse cartão no bolso e depois consultou a hora e o dia em seu valioso relógio suíço. Ele franziu o cenho e voltou para casa. Na sexta-feira seguinte, às seis e meia, pediu para ser levado à Place Blanche e procurou o relógio, mas não havia nenhum.

Ele pareceu descontente e perguntou na vizinhança. Encontramos uma zeladora que se lembrava do relógio e de onde ficava. Ele saiu com pressa para não se atrasar e às sete em ponto estava no local, e mais uma vez eu não soube se ele estava fazendo isso em memória dos amantes desaparecidos ou se era para protestar contra o vento bíblico que carrega tudo como trivialidades e poeira. Uma coisa é certa, segundo Chuck, e nisso eu acredito que esteja certo: era um homem que protestava, era um homem que se manifestava. No fim, tomei coragem, e quando ele foi fazer uma visita e deixar um buquê de rosas vermelhas na frente do prédio que correspondia ao endereço do cartão-postal de um bombeiro, com nome e endereço de 1920, com beijos e alegria de um reencontro no próximo domingo, eu lhe perguntei, quando entrou no táxi:

— Sr. Salomão, me desculpe, mas por que faz isso? Não resta mais nada dessa garota, então por quê?

Ele inclinou a cabeça como se dissesse claro, claro.

— Meu pequeno Jean, as pessoas visitam os lugares onde viveram Victor Hugo, Balzac e Luís XIV, não é mesmo?

— Mas eles foram pessoas muito importantes, sr. Salomão. Victor Hugo foi alguém. É normal pensar neles e homenagear suas memórias com emoção. Eles foram históricos!

— Sim, todo mundo se lembra dos homens ilustres e ninguém se preocupa com pessoas que não foram nada, mas que amaram, esperaram e sofreram. Aqueles que receberam humildemente nosso prêt-à-porter comum ao nascer e que o arrastaram humildemente até o fim. E a própria expressão "aqueles que não foram nada" é odiosa, verdadeira e intolerável. Não posso aceitá-la, em toda a medida de meus modestos meios.

Então ele sorriu com certo mistério e ergueu a cabeça, o rosto subitamente sério, apertando com força a bengala de castão equestre.

— Não faço isso apenas por essa "garota", como está dizendo. Faço pela honra da coisa.

Não entendi nada. Não conseguia ver que coisa era essa e que honra ela podia ter. E não era se debruçando sobre vestígios postais de vidas há muito tempo apagadas e de amores desvanecidos que o sr. Salomão poderia trazê-los de volta à vida. Talvez ele nunca tivesse sido amado pessoalmente e se apropriasse um pouco das palavras *meu querido, meu amor* escritas com uma tinta que também já estava desaparecendo, para ter um pouco de afeto. Vai saber. Mais tarde, quando falei a Chuck desses cartões-postais que o sr. Salomão não cessava de acolher em sua casa como se fossem S.O.S. que pessoas havia muito tempo esquecidas tinham enviado e que para ele continuavam válidos, Chuck se lançou em uma teoria. Segundo ele, meu empregador tinha um problema com o efêmero, com o tempo que passa e o uso que o tempo faz de nós ao passar, visto que ele próprio se sentia iminentemente ameaçado e expressava seus protestos e sua oposição com toda a extensão de seus meios.

— Ele está gesticulando, é isso. É como se estivesse brandindo o punho e fazendo sinais para protestar e mostrar a Jeová que é injusto fazer tudo desaparecer, tudo levar, em primeiro lugar ele mesmo. Imagine-o de pé em uma montanha, vestido de linho branco, há cinco mil anos, olhando para o céu e gritando que a Lei é injusta. Você nunca vai entender esse velho enquanto não entender que ele tem uma relação pessoal com o seu Jeová. Eles conversam, brigam. É muito bíblico, para ele. Os cristãos, em sua relação com Deus, nunca chegam ao bate-boca. Os judeus sim. Eles têm brigas domésticas com Ele.

Apresentei Chuck ao rei Salomão, que o fez ser testado por especialistas em psicologia, o que lhe permitiu, graças às calorosas recomendações que recebeu, tornar-se voluntário na S.O.S., pois um dos grandes mistérios de Chuck, que só tem ideias na cabeça, é que ele começa a ter coração assim que alguém em desgraça se dirige a ele. E ele tem um leve sotaque americano, o que tranquiliza bastante, pois se trata de uma grande potência. Em poucas semanas, Chuck se tornou o melhor apoio moral da S.O.S., e até conseguiu impedir que uma garota se suicidasse, provando a ela que seria ainda pior depois.

O sr. Salomão tinha milhares e milhares de cartões-postais. Ele os organizava cuidadosamente em álbuns que ocupavam uma parede inteira. Sempre tinha um aberto em cima da mesa, nunca o mesmo, pois cada um tinha sua vez. Uma manhã, encontrei-o inclinado sobre a foto de um soldado francês da Primeira Guerra Mundial, orgulhosamente fotografado em vida, com palavras no verso que devem ter sido emocionantes à época. *Minha querida esposa, espero que todos estejam bem, pois aqui a guerra continua. Um beijo nas crianças. Sinto falta delas mais do que é possível dizer. Seu Henri.* No canto inferior, estava escrito *morto em combate no dia 14 de agosto de 1917.* Naquele dia eu estava com Tong, que levaria o sr. Salomão ao dentista em meu lugar. O sr. Salomão gostava dele, eles conversavam sobre a sabedoria oriental, que lhes era de grande ajuda lá, quando não eram mortos antes. Ele fez Tong admirar seu álbum, que continha cartões-postais de países o mais distante possível do sr. Salomão, como Manila e as Índias, o que lhe permitia se aproximar ainda mais do distante.

— Por que coleciona mensagens que não são para o senhor, de pessoas que não significam nada para o senhor? Como esse soldado morto que o senhor não conheceu?

O sr. Salomão ergueu os olhos para Tong e retirou de um deles a lupa de filatelista.

— Creio que não pode compreender, sr. Tong.

Foi a primeira vez que ouvi o sr. Salomão fazer um comentário racista.

— O senhor não pode compreender. O senhor perdeu toda a sua família no Camboja. O senhor tem em quem pensar. Mas eu nunca perdi ninguém. Não tive ninguém, nem mesmo um primo qualquer, entre os seis milhões de judeus exterminados pelos alemães. Nem mesmo meus pais foram mortos; eles tiveram uma morte prematura, e muito honrosa, antes de Hitler. Tenho oitenta e quatro anos e não tenho ninguém para lamentar. É uma terrível solidão perder um ente querido, mas é uma solidão ainda mais terrível nunca ter perdido ninguém. Então, quando folheio este álbum...

Ele virou uma página com sua bela mão um pouco enferrujada, pois a velhice deixa manchas de ferrugem. Retirou uma foto de família, pai, mãe e seis filhos ao todo. A um canto, estava impresso: *1905. Uma família bretã.*

Fiquei abismado. A ideia de que o sr. Salomão, Esq., tinha sido adotado por uma família bretã e às vezes olhava para ela com carinho era a coisa mais triste, quase cômica, que eu já tinha visto. Ele recolocou a família bretã no álbum com suas belas mãos tão agradáveis de ver.

As mãos do sr. Salomão escondem uma tragédia.

Quando ele tinha quatro anos, seus pais viam nele uma vocação de virtuose. Ainda havia na cômoda do seu quarto uma foto do sr. Salomão criança, na qual ninguém teria reconhecido o futuro rei das calças. Na foto, estava escrito com um bico de pena que ainda desconhecia a existência da caneta-tinteiro: *O pequeno Salomão Rubinstein diante de seu piano aos quatro anos*. Havia também uma pessoa com busto materno que se inclinava sobre o menino com um sorriso feliz. Quando o sr. Salomão me traduziu a inscrição, que ainda estava em russo, ele acrescentou:

— Meus pais contavam comigo para ser um *wunderkind*, que significa criança-prodígio. O piano gozava de grande prestígio no gueto.

Também havia uma foto do sr. Salomão aos sete anos, com o pé em um patinete. Era em outro gueto, na Polônia, dessa vez.

As fotos iam até os doze ou quinze anos, depois desapareciam, talvez porque os pais do sr. Salomão tivessem se desencorajado, eles devem ter entendido que não havia nada a esperar dele do ponto de vista de uma criança-prodígio. Mesmo assim, o fizeram usar calça curta até os vinte anos, na esperança de transformá-lo em *wunderkind*. O sr. Salomão ria muito disso.

— Eu me sentia terrivelmente culpado — ele me disse. — Aos quinze anos, escrevi uma carta a um filatelista japonês, porque já me consolava com selos postais, para lhe pedir que se informasse junto a jardineiros japoneses que conheciam a arte de interromper o crescimento das plantas. Queria a todo custo parar de crescer para não decepcionar meus pais, ficando dentro dos limites de altura permitidos para uma criança-prodígio. Eu passava onze horas por dia ao piano. À noite, me consolava pensando que me faltava precocidade e que ela ainda poderia vir. A esperança, no gueto de antigamente, era descobrir o gênio de virtuose entre os filhos, o que permitiria tirá-los de lá. O grande Arthur Rubinstein, que tinha os traços exigidos pelos antissemitas, conseguiu sair de lá, e foi reconhecido como virtuose pelos maiores aristocratas, até escreveu um livro para provar isso. O gênio perdoa tudo.

Eu começava a saber reconhecer nos olhos escuros de meu amigo os pequenos lampejos zombeteiros. Era como se ele tivesse por dentro algo dolorosamente engraçado que se acendesse.

— Eu já tinha dezesseis ou dezoito anos e não parava de crescer. Meu professor de piano ficava cada vez mais triste. Meu pai, que era alfaiate havia gerações, primeiro em Berditchev, na Rússia, depois em Święciany, na Polônia, era tão carinhoso comigo que eu sentia vontade de me afogar. Eles não tinham outros filhos, então não podiam ter outro virtuose. Até que o dia finalmente chegou. Meu pai entrou na sala onde eu estava sentado de calça curta ao piano. Estava segurando um par de calças. Entendi na mesma hora. Era o fim das grandes esperanças. Meu pai se rendia às evidências. Eu me levantei, tirei a calça curta e vesti as calças. Nunca mais seria uma criança-prodígio. Minha mãe chorava. Meu pai fingia estar de bom humor. Ele até me beijou e disse em russo "*nou, nitchevo*, não faz mal". Meus pais venderam o piano. Fui trabalhar para um vendedor de tecidos em Białystok. Quando meus pais morreram, vim a Paris ver as luzes do Ocidente. Tornei-me um bom cortador e me dediquei à confecção. Mas continuei a lamentar um pouco. Na vitrine de minha primeira loja, na Rue Thune, coloquei *Salomão Rubinstein, o virtuose das calças*, e depois apenas *O outro Rubinstein*, mas, de todo modo, meus pais já tinham morrido e não fazia mais sentido. E foi assim que, de ponto em ponto, me tornei o rei das calças, primeiro na Rue du Sentier, depois em vários lugares. Tive uma rede de lojas amplamente conhecida e me expandi até a Inglaterra e a Bélgica. Não fui até a Alemanha, pelas memórias. Acho que eu estava destinado ao prêt-à-porter, sabe, porque o sonho dos meus pais de fazer de mim um virtuose não era outra coisa. Um sonho pronto que passava de geração em geração no gueto, para nos manter aquecidos.

Seja como for, o sr. Salomão tinha acumulado uma bela fortuna e se dedicava com afinco à caridade, e se pudesse ter sido eleito e colocado em seu verdadeiro lugar, teria beneficiado a humanidade inteira com sua generosidade e talvez obtido condições melhores para ela.

5

Eu continuava com o táxi, fazia alguma coisa de reparos e às vezes o sr. Salomão me chamava para transportá-lo ou fazer companhia a pessoas em sofrimento que a S.O.S. indicava como não podendo ser ajudadas apenas por assistência vocal. Às vezes ele alugava um micro-ônibus e organizava uma excursão coletiva à natureza para as vítimas da idade, que eu levava para se refrescarem nos campos da Normandia ou na floresta de Fontainebleau. Havia também a assistência domiciliar para aqueles cujos filhos ou outros entes queridos eram obrigados a deixá-los sozinhos para sair de férias. Quando eu tinha tempo livre, frequentava as bibliotecas municipais, aqui e ali, dependendo do bairro em que estivesse, recebia uma pilha de livros com nomes famosos, Dumas, Balzac, a Bíblia, o que havia de melhor, e passava horas lendo, para não pensar em nada. Não gosto de ir a livrarias, nunca sei o que pedir, para comprar um livro é preciso conhecê-lo, é preciso saber o que se procura, e me incomoda sair sem comprar. E quando perguntam: "Posso ajudar?", não sei o que dizer. Mas eu ia com frequência a uma grande livraria da Rue Ménil, onde sempre há muita gente e somos deixados em paz. Eles têm uma seção de dicionários, que consulto. Há uma vendedora, uma loira alta, que nunca me dirige a palavra quando estou lá e age como se eu não existisse, para não me desencorajar. Devo ter ido vinte vezes a essa livraria, e nada, nunca. Nem um olhar. Ela com certeza é uma boa pessoa. Os outros a chamam de Aline, e eu também, às vezes, a chamo assim quando penso nela. Uma noite, esperei do lado de fora até a loja fechar e, quando ela saiu, dirigi-lhe um pequeno aceno de mão. Ela o retribuiu gentilmente, sem se deter. Fizemos isso todas as noites por cinco dias, no último dia ela se deteve.

— Você mora por aqui?

— Não, não exatamente.

Ela me observava de maneira amigável, sorrindo, eu a divertia.

— Você tem uma verdadeira paixão por dicionários.

— Estou procurando uma coisa.

Ela não perguntou o quê. Se eu soubesse o que estava procurando, seria como se já tivesse encontrado.

— Recebemos o novo *Ibris* em vinte e quatro volumes, talvez esteja lá dentro.

Ela me fez um pequeno *ciao*, e eu respondi. Então ela sorriu de novo para mim.

— Não, não acredito que esteja lá dentro.

Depois disso, passei a ir cada vez com mais frequência a essa livraria, e todas as vezes nos cumprimentávamos com um pequeno aceno.

Percebi que o sr. Salomão me olhava como se quisesse me perguntar algo mas estivesse envergonhado. E então, um dia, ele me chamou e eu o encontrei sentado à mesa de filatelista. Ele estava usando seu magnífico roupão e tamborilava com os dedos. Costumava tamborilar com seus belíssimos dedos quando pensava.

— Então, meu bom amigo. Primeiro, queria parabenizá-lo, a bondade e a boa vontade são raras e não me enganei a seu respeito. O senhor tem a verdadeira vocação do voluntário, gosta de ajudar as pessoas a viverem tanto quanto possível. Tive um bom pressentimento, pois à primeira vista, é preciso admitir, sua fisionomia e sua aparência o fazem parecer um malfeitor e é preciso olhar para dentro...

Ele ficou em silêncio e voltou a tamborilar com os dedos.

— Nossos amigos ao lado receberam várias ligações de uma senhora que gostaria de me ver, parece que a conheci no passado. Seu nome me soa vagamente familiar, de fato. Cara... não, Cora... Cora Lamenaire, é isso. Agora lembro. Ela era cantora... há muito tempo, antes da guerra, nos anos... vejamos... nos anos trinta. Ela caiu no esquecimento e não parece ter amigos, o que sempre piora sob o efeito da idade. Não sei por que ela está se dirigindo pessoalmente a mim, então vá vê-la e informe-se um pouco. Nunca devemos deixar esse tipo de chamada sem resposta, seria imprudente.

O sr. Salomão voltou a mergulhar em uma grave meditação, com as sobrancelhas franzidas.

— Cora Lamenaire, sim. Estou lembrando. Uma cantora bastante conhecida ou prestes a se tornar... Um de meus amigos... enfim, é uma longa história. Ela era uma cantora realista, como costumavam chamá-las antigamente.

E então fui surpreendido. O rosto do sr. Salomão se iluminou com humor e ele cantou:

Esse é o meu homem!
Nesta terra, minha única alegria, minha única felicidade
Esse é o meu homem!
Eu dei tudo o que tenho, meu amor e todo o meu coração
Para o meu homem!

Ele sabia a música inteira de cor.

— É dos anos vinte. Mistinguett. Não esqueci. Letra de Albert Willemetz e Jacques Charles. Música de Maurice Yvain.

Ele pareceu muito satisfeito por ter uma memória tão boa, que nas pessoas de idade costuma ser a primeira a sumir. Ele me passou o endereço.

— Leve uma bonita cesta de frutas cristalizadas de Nice para ela — disse, e isso o deixou de bom humor, ele deu uma risadinha, eu me perguntei por quê. O sr. Salomão costumava enviar lindas frutas que vinham direto da natureza, fiquei um pouco espantado que ele mandasse para essa senhora frutas cristalizadas de Nice, que são quase como conservas e não proporcionam o mesmo efeito agradável de frescor.

6

Ela morava na Rue d'Assas e quando toquei a campainha do segundo andar à esquerda, como estava indicado no térreo, me deparei com uma senhorinha cheia de alegria no olhar e bastante elegante para sua idade, apesar das rugas do rosto e, especialmente, da pele do pescoço, que já não era de primeira qualidade. Não se poderia dizer que era uma velhinha, não era uma expressão que vinha à mente quando se olhava para ela. Usava um pijama rosa e sapatos de salto alto, e tinha uma franja acaju, cortada reta no meio da testa, que ela mexia com o dedo enquanto olhava para mim, como se brincasse. Um disco do sr. Charles Trenet tocava dentro do apartamento, reconheci "Mamselle Cléo", uma música que ainda se faz ouvir.

— O que deseja?

— Srta. Cora Lamenaire.

Ela riu, brincando com a franja.

— Sou eu. Claramente, isso não lhe diz nada, não sou da sua época.

Fiquei surpreso. Eu via muito bem que ela não era da minha época, mas não via a relação.

— O senhor nem tinha nascido — disse, e de novo não entendi.

Entreguei-lhe a cesta de frutas cristalizadas de Nice.

— Fui encarregado de lhe trazer isso.

— Da parte de quem?

— A senhorita ligou várias vezes para a S.O.S. Voluntários. Pensou em nós, o que é muito gentil, então pensamos na senhorita.

Ela me olhou como se eu estivesse zombando dela.

— Mas eu nunca liguei para a S.O.S.! Nunca! Que ideia é essa! Por que eu ligaria para a S.O.S.?

Ela não estava contente.

— Pareço alguém que precisa de ajuda? Mas o que isso significa?

E então ela se acalmou.

— Ah, já sei! Não liguei para a S.O.S., liguei para o sr. Salomão Rubinstein e...

— É o mesmo número — eu disse. — E às vezes ele mesmo atende, quando é de seu agrado!

— Foi uma ligação pessoal. Eu queria saber se ele ainda estava vivo, só isso. Pensei nele uma noite e me perguntei se ainda estaria por aqui. Então telefonei para ter notícias dele.

Não entendi mais nada. O sr. Salomão tinha dito que não a conhecia. Ele até tivera um lapso de memória e batera na testa para lembrar o nome dela.

— Foi ele que me enviou esta linda cesta?

O sr. Salomão tinha me pedido para preservar seu anonimato. Quando ele fazia chover suas dádivas, não buscava agradecimentos. Gostava de agradar, de levar um pequeno raio de sol à vida das pessoas para quem ela não era cor-de-rosa. Uma passagem de férias com tudo incluído para quem nunca tinha visto o mar, um belo rádio portátil aqui e ali, e cheguei até a entregar uma televisão a um velho senhor que tinha perdido as pernas e do qual haviam dito muitas coisas tristes. Chuck se interessava muito por essa generosidade. Para ele, o rei Salomão estava fazendo uma substituição, em interinidade. *Interinidade: período durante o qual uma função é realizada por outra pessoa que não o titular*. Está no *Petit Larousse*. Para Chuck, o rei Salomão fazia uma substituição, em interinidade, porque o titular não estava presente, e ele se vingava substituindo-O, mostrando assim a ausência Dele. Eu tinha tentado não continuar essa conversa com

Chuck, nunca se sabe o que ele vai dizer e às vezes ele consegue nos deixar completamente perturbados com essas coisas. Para ele, o rei Salomão estava fazendo o trabalho interino para dar uma lição em Deus e envergonhá-Lo. Para o sr. Salomão, Deus deveria se ocupar das coisas de que Ele não se ocupava, e como o sr. Salomão tinha meios, fazia o trabalho interino. Talvez Deus, ao ver que outro velho senhor fazia chover suas graças em Seu lugar, ficasse com o orgulho ferido, parasse de se desinteressar e mostrasse que Ele poderia fazer muito melhor do que o rei do prêt-à-porter, Salomão Rubinstein, Esq. Era assim que Chuck explicava a generosidade do sr. Salomão e sua munificência. *Munificência: disposição que leva a prodigalidades.* Ri muito da ideia de que o sr. Salomão estivesse piscando para Deus e tentando envergonhá-Lo. Depois disso, Chuck chamou o rei Salomão de Harun al-Rashid de araque. Também se escreve Harune Arraxide, ele foi um herói dos contos de *As mil e uma noites* e era amado por sua munificência.

— Ele quer ser amado, esse velho gagá.

Foi isso que Chuck me disse sobre o rei Salomão e seus presentes. A única coisa que eu via era um homem muito velho pensando nos outros, já que não havia grande coisa de sua vida e de si mesmo sobrando. Então lá estava eu, na frente daquela senhorinha que queria saber se o sr. Salomão Rubinstein em pessoa havia lhe enviado a cesta de frutas cristalizadas de Nice, e eu não sabia o que fazer, já que ele queria permanecer incógnito em sua interinidade.

— Perguntei se foi o sr. Salomão que...

— Não, não exatamente, gostamos de fazer um pequeno gesto de amizade em nome de nossa associação.

Então ela entendeu.

— Ah, entendi, é publicidade — disse.

Mas ela devia saber que éramos voluntários e que não precisávamos fazer publicidade. Não éramos tão famosos quanto a S.O.S. Amizade, mas recebíamos centenas de chamadas e o sr. Salomão era reconhecido como de utilidade pública. Ele tinha até mandado emoldurar um diploma de agradecimento da prefeitura de Paris e também tinha recebido as melhores declarações de fora da capital.

Expliquei-lhe um pouco tudo isso e percebi que ela me olhava com muita atenção, mas não como alguém que está ouvindo. Era estranho. Ela parecia estar me estudando em detalhe, os ombros, o nariz, o queixo, o rosto todo, e de repente fechou os olhos, colocou a mão no coração e ficou assim por um bom tempo. Depois, soltou um grande suspiro e voltou ao normal. Eu não entendia por que tinha causado aquele efeito nela.

— Entre, entre.

— Não, obrigado, não posso ficar estacionado, não coloquei a bandeira preta.

— Que bandeira preta, meu Deus?

— Sou taxista.

E pronto, ela voltou a examinar meu rosto. Era como se hesitasse entre meu nariz, meus olhos e minha boca, então ficou triste, como se algo estivesse faltando.

— O senhor faz muita coisa! Taxista, S.O.S., e o que mais?

— Fiz muitos consertos e reparos, depois a coisa foi crescendo. O sr. Salomão recorreu a mim porque precisa de alguém para fazer entregas em domicílio.

Ela tinha colocado a cesta de frutas cristalizadas em cima da mesa, ao lado de uma dançarina cigana espanhola que exibia suas rendas.

— Então não foi o sr. Salomão que me enviou isso? Tem certeza?

— Sempre tem um cartão que diz de onde vem.

O cartão estava preso ao celofane na parte de trás e a srta. Cora logo o encontrou. A única coisa que dizia era S.O.S. em caracteres impressos. O sr. Salomão o havia colocado ali pessoalmente. S.O.S.

A srta. Cora deixou o cartão cair em cima da mesa. Ela parecia desgostosa.

— Que velho teimoso! Só porque salvei a vida dele como judeu, durante a ocupação. Ele não gosta de se lembrar disso.

Eu não entendia como o sr. Salomão podia ter ressentimento de alguém que tinha salvado sua vida de judeu e por que ele estava tão ressentido com essa pessoa a ponto de lhe enviar frutas cristalizadas de Nice sem mencionar seu nome. Devia haver alguma história antiga entre eles, caso contrário o sr. Salomão não teria me enviado de maneira anônima e nem teria agido como se mal conhecesse aquela senhora. Eu estava quase indo embora, mas ela insistiu para que eu ficasse um pouco, a fim de beber um copo de sidra, de que não gosto e que ela foi na cozinha buscar em uma jarra junto com dois copos em uma bandeja. Sentamos e conversamos um pouco. Eu não sabia se ela tinha me pedido para sentar para lhe fazer companhia, por estar se sentindo sozinha, não acho que estivesse precisando disso, já que o apartamento era realmente bom e ela não devia carecer de meios. Quem dispõe de meios sempre encontra alguém para conversar. Ela estava sentada em um pufe branco, uma espécie de banco estofado, baixo e largo, e primeiro ficou um bom tempo com o copo de sidra na mão, me observando atentamente, como já havia feito, brincando com a franja, com um sorrisinho peculiar e sem se constranger de me estudar daquele jeito, porque na sua idade ela podia se permitir isso. Foi então que entendi de repente que eu devia lembrá-la de alguém e também me lembrei de quando encontrei o sr. Salomão pela primeira vez e ele me convidou para o café e pareceu surpreso, como se eu tivesse uma cara que o tivesse marcado por razões pessoais. Eu bebia minha sidra enquanto a srta. Cora me encarava e sorria pensativamente a alguma ideia em sua mente, e eu não gosto nem um pouco de sidra, mas é preciso ser educado. Depois de três longos minutos em que comecei a pensar mas que diabos, ela me perguntou se eu conhecia o sr. Salomão havia muito tempo e se ele tinha falado sobre ela comigo, e quando neguei ela não pareceu nem um pouco satisfeita, como se ela não tivesse importância. Disse que tinha sido cantora realista, como se dizia na época, quando se cantava de forma diferente de hoje. A canção realista é um gênero que exige muita desgraça, porque é um gênero popular. Estava especialmente na moda no início do século, quando não havia previdência social e as pessoas morriam muito de miséria e tuberculose, e o amor tinha muito mais importância que hoje porque não havia carros, nem televisão, nem férias e, quando se era filho do povo, o amor era a única coisa boa que se podia ter.

— Depois, ainda tivemos Fréhel e Damia, nos anos vinte e trinta, e sobretudo Piaf, é claro, que realmente vinha das ruas e tinha o coração dos tempos das costureirinhas e dos rufiões. Eu vinha dessa tradição, veja você, escute...

Ela me chamou de "você". Depois, se levantou e colocou um disco, *Suspiros de Barbès*, e era mesmo sua voz. Pude ver que ela estava contente de se ouvir. Aquilo durou uma boa meia hora. Em "Suspiros de Barbès", ela era morta a facadas pelo seu cafetão porque tinha conhecido um rapaz de família que queria tirá-la das calçadas; em "A leoa", ao contrário, era ela que o matava para salvar a filha da mesma vida. Só havia prostitutas contra a vontade, ou mães solteiras que eram rejeitadas e se jogavam no Sena com seu recém-nascido para se salvarem da desonra. Eu nem sabia que tempos assim tinham existido. As que mais me comoveram foram "O arquiduque", em que uma garota se recolhe a um bordel por desespero amoroso, e "Mais uma", em que os amantes dançam juntos o último java, antes de serem mortos por um chefe do submundo. Eu queria me levantar e parar o disco, que ideia escolher esse tipo de desgraça quando não faltam opções. Também havia muitos hospitais nessas canções, quando não eram presídios, guilhotinas ou batalhões da África. A srta. Cora olhava para mim toda feliz enquanto ouvíamos, eu sentia que eram seus melhores momentos e que ela estava contente de ainda ter um público. Perguntei-lhe se ainda cantava e ela me explicou que aquele gênero tinha saído de moda, porque hoje aquelas eram vistas como velhas desgraças de outros tempos, seria preciso encontrar novas, mas os jovens já não têm inspiração, e agora são os jovens que ditam as regras, especialmente na música. E, de qualquer forma, ela já estava velha demais.

— Depende do que se entende por velho ou velha, srta. Cora. O sr. Salomão está quase chegando aos oitenta e cinco anos e ainda está aqui, pode acreditar em mim.

Eu não estava dizendo isso para ser educado, ela tinha uma aparência bem conservada. Só de vê-la caminhar, não lhe daríamos mais de sessenta e cinco anos, sentíamos que ainda era uma mulher e conservava sua confiança feminina. Quando uma mulher foi muito cobiçada na juventude, isso permanece com ela, dá-lhe confiança. Quando ela caminhava, com uma mão no quadril, via-se que ainda não tinha perdido o jeito. Continuava com a mesma ideia de seu corpo, o que se chama de moral, a srta. Cora ainda se lembrava muito bem de si mesma. Olhei um pouco ao redor enquanto ela guardava os discos, mas havia coisas demais de todo o tipo, bugigangas e objetos que não serviam para nada, exceto para estar ali, e não consegui ver nada além de fotografias nas paredes, em que só havia celebridades históricas. Reconheci Josephine Baker, Mistinguett, Maurice Chevalier, Raimu e Jules Berry. Ela percebeu que eu estava interessado e me apresentou os outros, Dranem, Georges Milton, Alibert, Max Dearly, Mauricet e mais algum. Expliquei a ela que frequentava a cinemateca, onde o passado é bem preservado e reconstituído, o que é uma coisa boa para as celebridades. O apartamento era todo branco, menos onde era rosa, e era bastante alegre, apesar de todas aquelas pessoas mortas nas paredes. Eu já estava lá fazia cerca de uma hora e não tínhamos mais nada para dizer. A srta. Cora foi levar a bandeja para a cozinha e dei uma olhada no quarto ao lado, onde havia uma cama coberta de seda rosa com uma espécie de grande polichinelo preto e branco, deitado de lado como que para deixar espaço a seu lado. Era curioso ela não ter um cachorrinho. É comum ver senhoras idosas na rua com um cachorrinho bem pequeno, porque quanto menor somos mais precisamos de alguém. Havia outras bonecas aqui e ali e um grande coala de pelúcia em uma poltrona, como na Austrália, onde eles comem folhas de eucalipto e são muito conhecidos.

— Este é Gaston.

A srta. Cora voltou e me senti um pouco envergonhado de ter espiado seu quarto, mas ela, pelo contrário, estava toda contente.

— Gaston, meu velho polichinelo. Ganhei de presente em 1941, depois de um baile de gala em Toulon. Já faz um bom tempo, às vezes preciso fazer roupas novas para ele.

Ela começou a me olhar de forma estranha novamente, como antes, brincando com a franja.

— Você me lembra alguém — disse, dando uma risadinha acanhada e voltando a se sentar no pufe. — Sente-se.

— Preciso ir.

Ela não me ouvia.

— Você não tem um físico de hoje... Como é seu nome, aliás?

— Jean.

— Você não tem um físico de hoje, Jeannot. Você tem uma verdadeira aparência do passado. Até dá pena ver você de jeans e camisa polo. Os franceses já não parecem os mesmos. Já não têm a aparência popular. Você ainda emana a rua, a verdadeira, a dos subúrbios. A gente olha para você e pensa, ah, aí está um que escapou.

— Escapou do quê, srta. Cora?

Ela deu de ombros.

— Como vou saber. Já não existem homens de verdade hoje. Até os bandidos têm cara de homens de negócios.

Ela suspirou. Eu estava de pé, esperando para sair, mas ela tinha me perdido de vista. A srta. Cora sonhava, remexendo a franja. Tinha entrado em uma de suas canções realistas, com criminosos e calçadas. Mas eu entendia o que ela queria dizer sobre a minha aparência. Como cinéfilo, eu sabia. Tinha visto *Amores de apache* e *O boulevard do crime* e *O demônio da Argélia*. É curioso a que ponto não pareço comigo mesmo.

— Srta. Cora...

Ela não queria que eu fosse embora. Havia uma caixa de chocolates na cômoda e ela se levantou para me oferecer um. Peguei um chocolate e ela insistiu para que eu pegasse outro e outro.

— Nunca como chocolate. Na minha profissão, é preciso manter a linha. Agora a moda é retrô, então talvez eu faça uma turnê pelo interior. É uma possibilidade. Os jovens se interessam pela história da canção. Pegue mais um.

Ela pegou um também, rindo.

— Não deveria se privar, srta. Cora. É preciso aproveitar a vida.

— Preciso manter a linha. Não tanto para o público, para mim mesma. Já basta ser uma mulher ultrajada.

— Como assim, ultrajada?

— Pela passagem dos anos — disse, e nós dois rimos, depois ela me acompanhou até a porta.

— Venha me ver de novo.

Eu fui. Senti que ela não tinha ninguém, o que geralmente acontece quando se foi alguém e não se é mais. Sempre tinha que beber sidra com ela e ela me falava de seus sucessos, se não fosse a guerra e a ocupação teria sido uma glória nacional, como Piaf. Ela me fazia ouvir seus discos e essa é uma boa maneira de conversar quando não se tem mais nada para dizer, estabelece algo em comum na hora. Lembro de uma canção do sr. Robert Maleron, com música de Juel e Marguerite Monnot, porque não se deve esquecer aqueles que emprestam a você seu talento. Enquanto o disco tocava, a srta. Cora cantarolava para acompanhá-lo, com prazer:

Ele tinha um ar muito doce,
Olhos sonhadores um pouco loucos
Com lampejos estranhos
Como muitos tipos do Norte
Nos cabelos um pouco de ouro,
Um sorriso de anjo...

A srta. Cora sorria para mim enquanto cantava, como se eu fosse o tipo em questão, mas sempre se faz isso para o público.

Ele tinha um olhar muito doce,
Ele vinha não sei de onde...

Ela sorria para mim, mas eu sabia que não era pessoal, mesmo assim fiquei um pouco constrangido.

Uma vez, ela me perguntou:

— E o rei Salomão? Tem certeza de que não é ele quem o envia? Ele adora dar presentes, ao que parece!

— Não, srta. Cora, estou aqui por conta própria.

Ela bebeu um pouco de sidra.

— Ele vai fazer oitenta e cinco anos em breve.

— Sim. É bastante.

— Seria bom que se apressasse.

Eu não entendia por que o sr. Salomão deveria se apressar, na sua idade. Pelo contrário, ele tinha interesse em não ter pressa. Eu gostava muito dele e queria vê-lo vivo o maior tempo possível.

7

Não voltei a ver a srta. Cora por algum tempo, duas ou três semanas. Às vezes pensava nela, é difícil para uma mulher se deixar despojar pela vida, especialmente para alguém que havia conhecido os favores do público. Uma noite, ela telefonou para a S.O.S. para pedir meu táxi, mas não era meu turno e quando foi Tong quem apareceu, ele me disse que ela não ficou contente e não lhe dirigiu a palavra, exceto para perguntar o que eu fazia da vida, se era verdade que eu era reparador e o que eu tinha a ver com a S.O.S., onde eram necessárias competências psicológicas e intelectuais que eu não possuía. Isso me fez rir e lembrei que o sr. Salomão tinha me perguntado se eu tinha estado na prisão. Eu era julgado por minha boa aparência, afinal. Tong explicou que eu era o tipo de cara que não conseguia se decidir sobre si mesmo e que tinha questões com o meio ambiente. Era verdade, e também que eu me interessava muito por outras espécies, especialmente aquelas em vias de extinção, e que eu tinha feito amizade com o sr. Salomão por essa razão. Ele tentou falar com a srta. Cora sobre a religião oriental, em que a vida é considerada sagrada, não apenas para as vacas assim chamadas na Índia, mas até mesmo para o menor dos mosquitos. Isso não interessou à srta. Cora, ela estava pensando em outra coisa e ele desistiu da conversa para não a aborrecer. Conversamos sobre isso depois, em nosso cubículo, e Chuck, que estava estudando na mesa perto da janela, nos perguntou de que se tratava. Expliquei um pouco.

— É uma pessoa que está chegando aos sessenta e cinco anos ou mais e que foi alguém no passado. Ela é engraçada porque conservou velhos hábitos.

— Que hábitos?

— De ser jovem e bonita. De ser atraente, sabe. Há pessoas para quem tudo passa, menos isso.

— Não há nada mais triste do que uma mulher que se agarra ao passado.

— Nisso você se engana. A srta. Cora não se agarra, ela não é afetada, mantém toda a sua dignidade. Tem um rosto um pouco devastado, é claro, o tempo passou para ela, como deve ser, e provavelmente foi por isso que o sr. Salomão lhe enviou frutas cristalizadas de Nice. Parece que ela salvou a vida dele como judeu durante a ocupação.

— Esse aí, então! — disse Chuck, de quem o sr. Salomão gostava muito como fenômeno. — Me disseram na central que ele gasta pelo menos um pau em munificência todo mês, e é sempre para os velhos, os *ci-devant*, como ele diz. Só está pensando nele mesmo.

— Se você quer dizer que ele sabe como é ser muito velho e estar sozinho...

— É vontade de poder, nele. Benfeitores sempre têm necessidade de reinar. Ele foi o rei das calças por tanto tempo que agora se acha um rei de verdade. O rei Salomão. Como o outro, dos tempos bíblicos.

Quando Chuck saiu, procurei no dicionário. Descobri que o outro rei, Salomão, foi sucessor de Davi, que construiu fortalezas, equipou seu exército com carros de guerra e fez alianças, mas que mesmo assim morreu e se tornou nada e ninguém. O *Petit Larousse* dizia que sua sabedoria se tornou lendária em todo o Oriente e no Antigo Testamento. Ele também era conhecido por seus excessos, e nisso outra vez se parecia com o sr. Salomão, que também fazia chover sua generosidade.

Eu pensava nisso, às vezes, quando ia entregar presentes de sua parte a alguém que já não esperava mais nada. Havia pessoas tão acostumadas a serem esquecidas que, quando deixávamos doações anônimas em suas portas, elas acreditavam que tinham caído do céu e que Alguém se lembrava delas, lá no alto. Não acho que seja vontade de poder ou delírio de grandeza, mas talvez Chuck tenha razão quando diz que, para o sr. Salomão, é uma maneira educada de criticar o céu e deixá-lo com remorsos.

Um dia, fiz compras com a srta. Cora, que tinha pedido por mim na véspera, e a ajudei a subir com as sacolas. De novo ganhei um pouco de sidra e, quando eu estava saindo, ela disse:

— Sente-se. Preciso falar com você.

Sentei numa cadeira, ela no pufe branco, e esperei enquanto ela bebericava sua sidra em pequenos goles, pensativa, com ar preocupado e até sério, como se fosse me propor um negócio.

— Ouça bem, Jeannot. Tenho observado você. Por isso o chamei várias vezes, para ter certeza. Você tem o físico. Notei isso imediatamente. Você tem o que chamam de magnetismo animal. Acredite em mim, sei do que estou falando. Sou do ramo, já vi de tudo. Não existem mais físicos como o seu no mundo do espetáculo. Virou show business, a coisa se perdeu. Depois do jovem Gabin, não houve mais nada. Belmondo poderia, mas perdeu o peso. Lino, sim, mas já não tem idade. Vou cuidar de você. Vou transformá-lo em um astro, você vai estourar na tela. O magnetismo animal se perdeu. Agora todos são uns gatinhos. Moscas. Deixe comigo. Faz tempo que penso em cuidar de alguém, para lhe dar uma chance. Mas os jovens que vejo são de mentira. Não há mais caras de verdade. Em você, é natural. Senti isso assim que o vi. Posso ajudar.

Fiquei chateado. Era constrangedor sentir uma pessoa idosa tão necessitada a ponto de te oferecer ajuda. Ela não podia mais sonhar consigo mesma, então começava a sonhar por mim.

Fama, filas em frente aos cinemas, fotos por toda parte. Era o que ela ainda queria para si mesma, mas era tarde demais.

— Você tem naturalidade, Jeannot. O verdadeiro físico popular. É algo que está se tornando raro, está desaparecendo, não sei por quê. Observe, assim que se trata de trabalho físico, não se encontram mais franceses. Apenas argelinos, negros, o que quer que seja, mas não franceses. No espetáculo, só há fracotes. Eles não têm fôlego, não têm suor, não têm tripas, não têm um bairro, uma rua por trás. Me dê um ano ou dois e você terá todos os produtores a seus pés.

Eu estava ali, com meu sorriso mais bobo, e até apertava os joelhos como uma verdadeira donzela. Sabia que ela só estava sonhando um pouco às minhas custas e que eu não devia desencorajá-la de jeito nenhum, porque não há coisa melhor a fazer, como voluntário, do que ajudar a sonhar.

— Piaf, sabe, ela fez Aznavour, fez Montand, fez... o outro, enfim, nem lembro mais, de tantos que ela ajudou. Não há nada mais bonito do que ajudar um jovem.

— Escute, srta. Cora, pode ser, mas...

— Mas o quê?

Ela riu.

— Não, mas, falando sério, você não está pensando que, por acaso...? Você não está pensando que tenho a mente suja, com a minha idade? Tive homens, não foi isso que me faltou na vida, não. Parei há muito tempo com essas besteiras. Fico com vinte por cento do seu cachê e só. Não dez, como os outros, mas vinte, porque vou ter despesas.

Eu era totalmente a favor de ajudá-la. Sempre estive disposto a fazer qualquer coisa para diminuir o sofrimento. Tenho essa coisa, a proteção da natureza e das espécies ameaçadas do meio ambiente, e não há o que fazer. Não sei de onde tirei isso. Chuck diz que eu teria sido o primeiro cristão, se fosse possível. Mas acho que é por egoísmo e que penso nos outros para não pensar em mim mesmo, que é a coisa que mais me dá medo no mundo. Assim que penso em mim mesmo, a angústia começa.

— Está bem, srta. Cora. Gosto muito de cinema.

— Então confie em mim. Ainda conheço muita gente no mundo do espetáculo. Mas entenda que não deve ter pressa demais, nada se faz de um dia para o outro. Venha me ver de vez em quando e sempre me diga onde encontrá-lo, caso surja uma oportunidade. Você vai ganhar milhões e ter sua foto por toda parte. Acredite em mim, tenho faro para essas coisas.

Ela estava contente.

— Vi na hora. Você tem o que se chama de cara de amor.

— Tem um filme chamado assim, com Jean Gabin, *Gueule d'amour*.

— Conheci Gabin antes da guerra, quando ele estava filmando *O demônio da Argélia*. Mireille Balin era uma amiga. Ela também foi esquecida, morreu desconhecida. Você veio em boa hora. Não poderia ter vindo em hora melhor. Tirou a sorte grande.

Eu disse com cautela, a fim de parecer mais realista:

— Vamos ver.

E até acrescentei, para mostrar que acreditava:

— Vinte por cento é um pouco demais.

— Vou ter despesas. Para começar, vamos precisar de boas fotos suas. E não feitas por qualquer um.

Ela foi buscar a bolsa. Quando caminhava de salto alto, ainda era muito feminina. Não tinha pernas duras, como as pessoas de sua idade, e colocava uma mão no quadril ao se movimentar. Era apenas no rosto que se notava. Tirou umas cédulas da bolsa e me entregou, sem nem mesmo contá-las. Senti um aperto no estômago e mal consegui manter meu conhecido sorriso no rosto. Ela realmente estava em estado de pânico, faria qualquer coisa para continuar acreditando um pouco mais.

— Tome. Conheço um bom fotógrafo, Simkin. Acho que ainda está vivo. Ele é o melhor. Fez todos eles. Raimu, Gabin, Harry Baur.

Ela tinha a voz trêmula. Quase parecia estar pedindo uma esmola ao me entregar o dinheiro. Eu o enfiei no bolso.

— Não vou fazer com que tenha aulas de dicção, isso não. Você tem a voz. A verdadeira, aquela que ainda soa como Paris, que vem das ruas, ela precisa continuar assim. A dicção, é como se o capassem. Salve-se enquanto é tempo. E fique tranquilo...

E então ela disse uma coisa terrível.

— Não vou abandonar você.

Fui embora. Entrei em um bistrô e tomei dois conhaques para levantar meu moral, e se aquilo pudesse se materializar, eu teria sangrado no balcão. Tinha sido como um cachorro no canil olhando através da grade. Eles têm isso no olhar. Suplicante. É o que chamam de sentimentalismo, entre os canalhas.

8

Não vi a srta. Cora por dez dias. Ela me ligou três vezes na S.O.S., mas eu quis dar um tempo, para que não se acostumasse demais. Eu não devia encorajá-la a sonhar tanto, só um pouco, porque depois sempre quebramos a cara. Pensava nela com frequência, gostaria de ajudá-la a encontrar um lugar público para cantar, voltar aos palcos, como dizem. Uma vez, fui reservado com um dia de antecedência pelo sr. Salver, o grande produtor que gostava de mim, sempre falávamos de cinema durante a corrida, eu tinha acabado de ir ao Mac-Mahon para rever *Diabo a quatro*, em que há aquela sequência de magnânimo desdém quando a bala de canhão entra pela janela e atravessa a sala e Groucho pula em uma cadeira com o charuto e fecha a cortina para impedir que a próxima bala entre. É realmente uma atitude de desprezo invencível, não dá para fazer melhor. É preciso uma ousadia incrível e fenomenal para tratar assim as balas de canhão e o perigo mortal e Groucho a tinha mais do que qualquer um. Se há algo que a morte deve odiar mais do que tudo é ser tratada com pouco-caso, com magnânimo desdém, e isso é o que Groucho Marx fazia. Ele está morto, aliás. Bem, quando levei o sr. Salver em meu táxi até Roissy, tivemos tempo para conversar, e aproveitei para perguntar se ele conhecia uma vedete da canção do pré-guerra chamada Cora Lamenaire. O sr. Salver também é da época do pré-guerra e trabalhou no espetáculo a vida toda.

— Cora Lamenaire? O nome me diz alguma coisa.

— Era uma cantora realista.

— Ela morreu?

— Não, mas não canta mais. Acho que é porque tem desgraça demais em suas canções. Saiu de moda.

— Cora Lamenaire, Cora... Mas sim, claro! Foi nos anos trinta, época de Rina Ketty. *Sempre es-pe-ra-rei por seu re-tor-no...* Ela ainda existe?

— Ela não é tão velha assim, sr. Salver. Sessenta e cinco anos, no máximo.

Ele riu.

— Mais jovem do que eu, em todo caso... Por quê? Você a conhece?

— Eu gostaria de vê-la cantar de novo, sr. Salver. Para um público. Talvez o senhor possa conseguir um contrato em algum lugar.

— Meu caro, a música, hoje, é para os jovens. Como todo o resto, aliás.

— Pensei que o estilo retrô estivesse na moda.

— Já passou também.

— É caro alugar um teatro?

— É preciso enchê-lo, e não seria uma velha senhora desconhecida que atrairia o público.

— Um pequeno teatro no interior, só uma vez, não deve custar milhões. Tenho economias. E tenho um amigo com recursos, o rei Salomão, sabe...

— O rei Salomão?

— Sim, ele era o rei das calças. Do prêt-à-porter. Ele é muito generoso. Adora fazer chover suas dádivas, como se diz.

— Hmm. Quem diz isso? Não conhecia essa expressão.

— Ele é uma pessoa de grande generosidade. Talvez pudéssemos alugar um teatro e reunir um público. É terrível esquecer as pessoas que existiram, sr. Salver, como Rita Hayworth, Hedy Lamarr ou Dita Parlo.

O sr. Salver parecia atônito.

— Ora essa, você é um cinéfilo devoto!

— Talvez pudéssemos fazer com que ela cantasse novamente, pelo menos uma vez. Estou disposto a pagar o aluguel.

Vi o rosto do sr. Salver pelo retrovisor. Ele tinha os olhos arregalados.

— Meu amigo, você é o motorista de táxi mais surpreendente que já conheci!

Eu ri.

— É de propósito, sr. Salver. Atrai a clientela.

— Não estou brincando. Surpreendente! Só o fato de conhecer os nomes de Hedy Lamarr e... da outra...

— Dita Parlo.

— Sim. Mas deixe a pobre mulher em paz. Vai ser um fiasco estrondoso e ela pode não se recuperar. Deixe-a com suas memórias, é bem melhor. Era uma cantora de segundo escalão, aliás.

Fiquei calado para não o contrariar, mas não gostei muito daquilo. Ele mal conhecia o nome da srta. Cora e, portanto, não poderia saber se ela era de primeiro, segundo ou terceiro escalão. Quando esquecemos completamente de alguém, basta ficar calado. E a srta. Cora ainda tinha a voz intacta, uma voz peculiar, um pouco áspera, cheia de graça. Eu não entendia por que ele se permitia julgar.

Fiquei realmente desanimado de não poder reabilitar a srta. Cora e de pensar que ela não poderia voltar a ser o que era. O sr. Salver talvez fosse um grande produtor, mas não era um verdadeiro cinéfilo, já que nem se lembrava de Dita Parlo. Fiquei furioso e não falei mais com ele. Deixei-o no aeroporto e depois levei o carro à garagem para Tong, peguei minha bicicleta Solex e fui para a biblioteca municipal de Ivry, onde pedi um grande dicionário. Passei boas quatro horas lendo palavras cheias de significado. Sou fã de dicionários. Eles são o único lugar do mundo onde tudo é explicado e temos paz de espírito.

Dentro deles, tudo é certeza. Você procura *Deus* e o encontra com exemplos, para não deixar dúvida: *ser eterno, criador e soberano, mestre do universo* (*nesse sentido, com maiúscula*), *ser superior ao homem, encarregado da proteção benevolente de todas as coisas vivas*, está ali com todas as letras, basta procurar no *D* entre *deturpar* e *deuteragonista*, *nome dado na Grécia antiga a quem representava o segundo papel nas tragédias*. Ou uma outra palavra de que gosto muito e que me encanta com frequência no *Budé* de bolso que mantenho à mão no táxi, *imortal, que não está sujeito à morte*, uma palavra que sempre me agrada, é bom saber que está lá, no dicionário. É isso que eu gostaria de proporcionar à srta. Cora e ao sr. Salomão, e acho que no aniversário de oitenta e cinco anos dele, vou lhe dar um dicionário.

9

Todas as noites, às sete horas, eu ia esperar Aline na Rue Ménil. Ela sempre sorria para mim ao passar, amigavelmente. E então, de repente, parou de sorrir e começou a passar reto por mim, olhando bem para a frente, como se não me visse. Era um bom sinal, significava que agora ela realmente estava prestando atenção em mim. Eu não queria abordá-la, deixava a coisa crescer. Sempre é bom ter algo para imaginar. É verdade que às vezes as coisas ficam intensas demais e depois quebramos a cara. Tenho notado várias vezes que a realidade tem algo que ainda não está no ponto. E então, uma noite, ela saiu e veio direto até mim, como se soubesse que eu estaria lá, como se tivesse pensado nisso.

— Oi. Recebemos um novo dicionário que pode lhe interessar. Totalmente atualizado.

Ela sorriu.

— Mas é claro que, se não sabe exatamente o que está procurando...

— É normal, não é? Quando sabemos o que buscamos, é quase como se já tivéssemos encontrado...

— Você é estudante?

— Eu? Não. Bem, sim, como todo mundo... Sou autodidata.

Ri para quebrar o gelo.

— Tenho um amigo, Chuck, que diz que sou um autodidata da angústia.

Ela me examinou com cuidado. Dos pés à cabeça. Um desses olhares que nos enxergam por dentro. Só faltou me pedir uma amostra de urina.

— Interessante.

E depois foi embora. Eu fiquei lá, me contorcendo. Interessante. Merda.

Dormi mal e, na manhã seguinte, fui buscar o sr. Salomão para levá-lo ao dentista, como combinado. Ele tinha decidido mandar cobrir os dentes de alto a baixo, para ter um sorriso novo. Explicou-me que agora existiam facetas que podiam durar vinte anos ou mais, graças aos avanços na área. O que daria ao sr. Salomão cento e dez anos quando precisasse trocar tudo de novo. Nunca vi alguém tão determinado a não morrer. As novas facetas custariam dois paus e meio e eu me perguntava de que lhe serviriam no lugar onde ele era esperado. Ele faz tudo sob medida e da melhor qualidade, como se ainda valesse a pena. Quando se arruma na frente do espelho, parece ainda querer agradar como um homem agrada uma mulher. Coloca uma grande pérola na gravata, para se dar mais valor.

Falei sobre a srta. Cora enquanto ele se arrumava.

— Ah, sim, é verdade, tinha esquecido... Como foi entre vocês?

— Ela disse que tenho um físico como o das canções realistas e que eu lhe lembrava alguém. Ela me fez ouvir discos cheios de desgraças populares. Era antes de seu tempo, mas é o que ela gosta de cantar. Bandidos, a Rue de Lappe, o último java e um tiro no coração para terminar. Acho que era uma época boa, eles deviam ter poucos problemas para conseguir inventar essas coisas.

O sr. Salomão pareceu achar aquilo engraçado. Ele até soltou uma risadinha, como se eu o tivesse deixado satisfeito. E então, para minha surpresa, realmente gargalhou, como nunca o tinha ouvido fazer, e declarou:

— Pobre Cora. Ela não mudou. Era o que eu pensava. Não me enganei.

Foi então que entendi que ele conhecia a srta. Cora muito mais do que estava disposto a admitir. Lembrei que ela havia salvado sua vida de judeu na época dos alemães e eu bem que gostaria de saber por que ele estava ressentido com ela, como se aquilo fosse algo errado de se fazer.

— Acho que deveria continuar a vê-la, meu pequeno Jean.

Perguntei a ele se a srta. Cora realmente tinha sido alguém.

— Ela foi bastante conhecida, acredito. Não há nada mais triste do que a fama e a adulação das massas para quem as perdeu. Leve-lhe flores de vez em quando, ela vai gostar... Tome...

Ele tirou algumas notas de cem francos da carteira e as estendeu a mim entre dois dedos.

— Deve ser difícil para ela. Os anos passam e quando não se tem ninguém... Ela teve uma carreira bonita, com aquela voz peculiar, um pouco rouca, um pouco áspera...

Ele se calou, como se quisesse ouvir melhor a voz da srta. Cora em suas lembranças, um pouco rouca, um pouco áspera.

— Encontrei um velho disco dela outro dia, no mercado de pulgas. Me deparei com ele por acaso. Ela tinha um estilo próprio. Não é fácil se esquecer de si mesmo, sabe. Sim, leve-lhe flores para ajudá-la a lembrar. Ela poderia ter tido uma boa carreira, mas tinha o coração mole.

— Não vejo como se pode ter um coração diferente, sr. Salomão. Quando não se tem o coração mole, é porque não se tem coração algum.

Ele pareceu surpreso e me observou atentamente por um momento, o que me fez pensar que nunca tinha me notado de fato.

— É bastante justo, bastante verdadeiro, meu pequeno Jean. Mas ter o coração mole é uma coisa e ter o coração completamente fraco é outra. Um coração fraco pode causar muitos infortúnios, e não apenas para si mesmo... para os outros. Pode acabar com uma vida, ou mesmo duas. Eu a conhecia muito pouco.

— Parece que ela salvou sua vida, sr. Salomão.

— *O quê?*

— Sim, parece que ela salvou sua vida de judeu durante a ocupação alemã.

Eu nunca deveria ter dito isso, nunca. Ainda sinto um calafrio quando penso. Pensei que o sr. Salomão fosse ter um ataque. Ele se retesou, teve uma espécie de tremor convulsivo na cabeça, e no entanto era um homem que nunca tremia, pelo contrário. Seu rosto ficou cinza e depois ficou como pedra, tão duro que pensei que nunca mais fosse se mover, como se eu o tivesse transformado em um monumento histórico. Suas sobrancelhas se juntaram, sua mandíbula se cerrou, ele adquiriu uma expressão de ira tão implacável que pensei que o veria lançar um raio do céu em sua augusta cólera.

— Sr. Salomão! — exclamei. — Não faça essa cara, está me assustando!

Ele relaxou um pouco e depois mais um pouco, então soltou uma risada silenciosa de que também não gostei, porque era bem amarga.

— Sim, bem, ela conta muitas histórias — disse. — Leve-lhe flores mesmo assim.

Ele se levantou da poltrona, usando um pouco as duas mãos, mas sem muito esforço, deu um passo ou dois para se alongar. Estava no meio do grande gabinete, com o terno príncipe de Gales cinza xadrez. Pegou o impecável chapéu, as luvas e a bengala com castão equestre de prata, pois o sr. Salomão tinha um certo gosto pelo turfe. Meditou mais um pouco, olhando para os próprios pés.

— Enfim, são coisas que acontecem — ele disse, sem especificar que coisas, porque a lista seria interminável se tivéssemos que enumerar todas as coisas que podem acontecer.

Ele suspirou e se virou um pouco para a janela que dava para o Boulevard Haussmann e para a escola de dança do outro lado da rua, no segundo andar, acima do cabeleireiro. Podiam-se ver casais que dançavam havia cinquenta anos, desde que o sr. Salomão se estabelecera ali, no início de seus grandes sucessos com calças. Ele dizia que ficava espantado quando pensava em tudo o que havia acontecido no mundo e em outros lugares naqueles anos todos, com exceção dos domingos, dia de fechamento. Não ouvíamos a música, só víamos os casais dançando. Aquela escola de dança tinha sido fundada por um italiano de Gênova que o sr. Salomão conhecia bem quando ainda vivia e que tinha se suicidado em 1942 por razões antifascistas, embora os vizinhos pensassem que ele fosse um simples gigolô. O sr. Salomão tinha uma foto do italiano em um porta-retratos de prata maciça em sua mesa de filatelista, pois poderia ter tido nele um amigo, não fossem os acontecimentos históricos durante os quais passara quatro anos escondido em um porão dos Champs-Élysées como judeu e o outro se enforcara. Ninguém parecia menos antifascista do que aquele sr. Sylvio Boldini. Ele tinha o cabelo cheio de pomada com uma risca no meio e poderia ter se parecido com Rudolph Valentino se fosse menos feio. Havia conseguido o porão dos Champs-Élysées para o sr. Salomão antes de se enforcar, e isso havia criado entre eles laços eternos de amizade e gratidão. O sr. Salomão contava que ele vestia chamativas camisas cor-de-rosa e era bastante pequeno para um homem que vivia das mulheres, pois sobre isso havia consenso. Só mais tarde descobriram que na verdade ele era antifascista, devido a uma prensa clandestina encontrada durante a época de Vichy. Mas a escola de dança havia continuado sob novos cuidados. Talvez alguém se surpreenda que eu mencione aqui a memória do italiano, quando há tantos outros infortúnios no mundo à espera de sua vez, mas é sempre importante lembrar que uma vida humana começa e termina em qualquer lugar, por isso não devemos nos apegar muito a ela.

— Vá vê-la, vá vê-la — repetiu o sr. Salomão, distraído, segurando o elegante chapéu em uma mão e, na outra, as luvas e a bengala equestre, já pronto para sair e ainda seguindo com os olhos os casais que rodopiavam havia cinquenta anos na escola de dança.

Ele colocou o chapéu com um gesto rápido e decidido, um pouco inclinado para o lado, para mais estilo, e saímos para ir ao dentista, onde mandaria fazer facetas imutáveis que poderiam durar a vida toda. No táxi, enquanto balançava no banco de trás, com as mãos e as luvas descansando sobre a bela cabeça de seu cavalo, o sr. Salomão fez um comentário.

— Sabe o que descobrimos, meu pequeno Jean, quando estamos prestes a ver a velhice despontando no horizonte, como logo será meu caso?

— Sr. Salomão, ainda há tempo antes de pensar na velhice.

— É preciso pensar nela, para se acostumar com essa perspectiva. Ao que tudo indica, salvo algum imprevisto, farei oitenta e cinco anos em julho e preciso me acostumar com a ideia de que a velhice me espera lá na frente. Dizem que temos lapsos de memória, sonolência, falta de interesse pelas mulheres, mas, claro, chamam isso de serenidade e paz de espírito, tem o seu lado bom.

Nós dois rimos. Acho que a melhor coisa que os extermínios deixaram para os judeus foi o humor. Como cinéfilo, tenho certeza de que o cinema teria perdido muito se os judeus não tivessem sido obrigados a rir.

— Você sabe o que descobrimos ao envelhecer, Jeannot?

Era a primeira vez que o sr. Salomão me chamava de "você" e fiquei emocionado, nunca o tinha ouvido chamar ninguém assim e gostei de sentir que se dirigia a mim com amizade.

— Descobrimos nossa juventude. Se eu dissesse que eu, aqui presente, Salomão Rubinstein, ainda gostaria de me sentar em um jardim, ou talvez mesmo em um parque público, talvez com lilases acima da cabeça e mimosas ao redor, mas isso é opcional, e segurar delicadamente uma mão na minha, as pessoas morreriam de rir, como moscas.

Nós dois nos calamos, embora eu não tivesse falado nada.

— É por isso que recomendo que vá ver essa pobre Cora Lamenaire de tempos em tempos — disse o sr. Salomão, depois de um minuto de silêncio. — Não há nada mais triste que um *ci-devant*, Jeannot. Os *ci-devant*, na Revolução Francesa, talvez você tenha ouvido falar, eram pessoas que já não eram o que tinham sido antes. Elas tinham perdido a juventude, a beleza, os amores, os sonhos e às vezes até os dentes. Uma jovem amada, adorada, admirada, cercada de fervor, que se torna uma *ci-devant*, por exemplo, perde tudo e se torna outra pessoa, embora ainda seja a mesma. Ela fazia todos virarem a cabeça, agora ninguém mais se vira quando ela passa. É obrigada a mostrar fotos da juventude para provar a si mesma. Falam coisas terríveis a seu respeito pelas costas: parece que *era* bonita, parece que *era* conhecida, parece que *era* alguém. Então, leve-lhe flores de vez em quando, para que ela se lembre. É preciso devoção.

— Piedade, o senhor quer dizer?

— Não, de jeito nenhum. Devoção. O que costumávamos chamar de respeito humano, antigamente. A piedade sempre diminui, há um certo desdém. Não sei muita coisa sobre essa srta. Cora, exceto que tinha um fraco por maus rapazes e fez um de meus amigos muito infeliz com seus amores voláteis, mas todos somos culpados de não ajudar as pessoas em perigo, e na maioria das vezes nem sabemos de que pessoas se trata, então, quando conhecemos uma, como essa senhora de quem estamos falando, precisamos fazer o possível para ajudá-la a viver.

10

Na manhã seguinte, comprei um grande buquê de flores e fui até lá. Toquei a campainha e a srta. Cora gritou quem está aí?, e quando respondi que era eu, ela abriu a porta com surpresa. Ainda estava em roupas de dormir e fechou bem o penhoar, por recato.

— Maurice!

— Sou eu, Jeannot — disse, rindo, ela tinha me confundido com outro.

Ela me beijou nas duas bochechas e lhe entreguei as flores. Eu tinha escolhido flores do campo, que parecem mais naturais. Ouvi uma propaganda tocando dentro do apartamento, ela me fez entrar e foi desligar o rádio. Estava alegre e se movia com a graça de sempre, uma mão na cintura, embora isso parecesse um pouco vulgar na sua idade. Ela deve ter tido muita confiança em sua feminilidade no passado e isso permaneceu com ela. Era estranho porque, quando se virava, era uma pessoa velha. Ela sorria de prazer diante das flores e as cheirava, de olhos fechados, e quando escondia o rosto assim no buquê, nunca se poderia acreditar que era do pré-guerra. O tempo é uma grande porcaria, arranca nossa pele enquanto ainda estamos vivos, como os caçadores de filhotes de foca. Pensei também nas baleias exterminadas, e sei por quê: é o que há de maior em matéria de extermínio. Depois, ela me olhou com muita alegria nos olhos e fiquei grato ao sr. Salomão por ter pensado nela.

— Jeannot, quanta gentileza! Não precisava, que extravagância!

— É para a senhorita, então não é uma extravagância.

Ela me beijou de novo nas duas bochechas e fiquei com o rosto molhado, mas não quis parecer que o enxugava.

— Venha, entre.

Ela foi colocar as flores no vaso, então me fez sentar no pufe branco que você já conhece, ao lado do peixe-vermelho no aquário.

— Para que serve ter um peixe-vermelho, srta. Cora, não podemos nem mesmo acariciá-lo.

Ela riu.

— Sempre precisamos de alguém menor do que nós, Jeannot.

Havia um cartaz antigo na parede. *Violetas imperiais*, com Raquel Meller.

— Você conhece? Raquel era uma amiga. Ela também ajudava os jovens. Quer um pouco de sidra?

— Não, obrigado, acho que não.

Ela arrumava as flores com cuidado. Não sei por que isso me fez pensar em uma mãe penteando os filhos. Ela deveria ter tido filhos, era uma pena, poderia até ter netos em vez de um peixe-vermelho.

— Não esqueci de você, sabe. Telefonei para uns amigos. Eles se interessaram.

Ela pensou que eu tinha ido vê-la para isso, com flores. Havia uma bela foto da srta. Cora jovem na prateleira.

— A senhorita tem cabelos acaju agora.

— *Auburn*, se diz *auburn*, não acaju. Essa foto tem quarenta e cinco anos.

— Ainda se parece muito com ela.

— É melhor não pensar nisso. Não que eu tenha medo de envelhecer, o que tem que ser, será. Só lamento não poder mais cantar. Cantar para o público. É bobagem, porque o que conta é a voz, não o resto, e minha voz não mudou nada. Mas fazer o quê.

— Poderia ter sido pior. Veja Arletty, está com oitenta anos.

— Sim, mas ela tem muito mais memórias que eu, teve uma longa carreira. Seus filmes ainda passam na televisão. Ela tem o suficiente para viver, com seu passado. Eu tive uma carreira que terminou rápido.

— Por quê?

— Ah, a guerra, a ocupação, tudo isso. Perdi vinte anos. Piaf, aos cinquenta anos, era uma glória nacional, e quando morreu teve direito a exéquias públicas. Eu fui. Havia uma multidão. Eu, aos vinte e nove anos, estava acabada. Um azar. Mas talvez eu grave um disco, é uma possibilidade. Somos muitos tentando reviver a época, os anos trinta e cinco, trinta e oito, logo antes da guerra. Uma coisa retrô. É difícil recomeçar na minha idade, não se pode fazer nada sem propaganda, televisão, fotos, e nas fotos aparece. No rádio é que eu teria mais chances.

Fiz pff! para minimizar a coisa, mas não havia como negar, dava para ver em seu rosto, estava claro que os caminhões da vida tinham passado por cima dela. Uso a expressão "os caminhões da vida", do conhecido disco de Luc Bodine, que certamente é a coisa mais verdadeira que conheço sobre os motoristas de caminhão. Já fui motorista de uma empresa de transporte e com frequência tocavam esse disco para os que dirigiam à noite.

A srta. Cora se sentou no sofá, puxando as pernas para si, e começou a traçar um futuro para mim.

— Acima de tudo, não seja impaciente, Jeannot. Pode levar um tempo. É preciso um pouco de sorte, é claro, mas a sorte é como uma mulher, você tem que desejá-la. Isso é bom, preciso me manter ocupada.

Eu quase disse uma besteira. Quase perguntei se nunca tinha tido filhos. É a primeira coisa que vem à mente quando se vê uma senhora de idade vivendo sozinha com um peixe-vermelho. Eu não disse nada e escutei atentamente enquanto ela me transformava em um grande astro das telas e dos palcos. Não sei se ela acreditava nisso ou se era apenas para que eu voltasse. Ela queria compensar o fato de não ser interessante a meus olhos. Fiquei com dor de barriga ao senti-la tão culpada por não ter mais nada a oferecer. A culpa de ser uma velha que não desperta mais o interesse de ninguém e tenta ser perdoada por isso. Senti vontade de matar alguém, como as Brigadas Vermelhas, mas alguém realmente responsável, não uma das vítimas. Lá estava eu, piscando os olhos com meu conhecido sorriso de quem não está nem aí pra nada, Chuck o chama de minha camuflagem protetora, como os soldados que usam uniformes cor de selva para não serem mortos. Mas havia outra coisa. No fim, depois de ter me transformado em Gabin e Belmondo, ela se calou, brincou com a franja, riu nervosamente e disse:

— É incrível como você se parece com ele.

— Com quem, srta. Cora?

— Com Maurice. Um sujeito que conheci há muito tempo e por quem fiz loucuras, de verdade.

— O que aconteceu com ele?

— Foi fuzilado na Libertação.

Não perguntei mais nada, era melhor assim.

Ela brincou novamente com a franja.

— Exceto pelo cabelo, ele era bem moreno, você está mais para loiro. Eu sempre gostei de morenos, então você não tem nada a temer.

Rimos juntos da piada. Era hora de ir embora. Só que não era, porque quando me levantei para sair, ela pareceu ficar ainda menor, no seu canto do sofá. Então optei pelo meio-termo e antes de sair perguntei a ela:

— Gostaria de sair comigo uma noite, srta. Cora? Poderíamos ir ao Slush.

Aí ela realmente me encarou. Mais tarde, me diverti tentando encontrar o olhar dela no dicionário e me deparei com estarrecido. *Estarrecido: estupefato, desconcertado, para enfatizar ainda mais a surpresa.* Ela ficou parada na porta, com uma mão na franja.

— Poderíamos dançar no Slush — repeti, e imaginei o sr. Salomão me fazendo um pequeno sinal de aprovação, olhando para nós de suas augustas alturas.

— Estou um pouco enferrujada, sabe, Jeannot. Um lugar para jovens... Tenho mais de sessenta e cinco anos, para não esconder nada de você.

— Srta. Cora, me desculpe, mas está começando a me aborrecer com essa coisa de idade. Fala como se fosse proibido para menores. A pessoa que a senhorita conhece, o sr. Salomão, está chegando aos oitenta e cinco anos e acabou de fazer novas facetas para os dentes, como se não fosse nada.

Ela pareceu interessada.

— Ele fez isso?

— Sim. É um homem cheio de moral e que não se deixa abater. Da próxima vez que precisar de novas facetas, terá pelo menos cento e quinze anos. Ou cento e vinte, elas podem durar ainda mais. Ele se veste com extrema elegância, coloca uma flor na lapela todas as manhãs e manda fazer facetas para ter dentes magníficos.

— Talvez tenha alguém em sua vida?

— Ah, isso não, a única coisa que ele tem são selos e cartões-postais.

— Que pena.

— Ele tem serenidade.

A srta. Cora pareceu descontente.

— Serenidade, serenidade — ela disse. — Não é a mesma coisa que uma vida a dois, ainda mais quando já não se é jovem. Enfim, se ele quer desperdiçar a vida, problema dele.

Foi curioso vê-la de mau humor porque o sr. Salomão tinha serenidade e desperdiçava a vida.

— Passo para buscá-la na quarta-feira à noite depois do jantar, se estiver de acordo, srta. Cora.

— Você poderia vir jantar aqui.

— Não, obrigado, termino tarde da noite. E sou muito grato pelo que está fazendo por mim. Não sei se tenho o talento necessário para ser alguém nas telas, mas é sempre bom ter um futuro.

— Confie em mim, Jeannot. Tenho faro para o espetáculo.

Ela riu.

— E para os rapazes também. Nunca fiz isso por ninguém, mas você, assim que o vi, pensei: esse tem o que é preciso.

Ela me passou os endereços de pessoas para ver. Nunca me preocupei em procurá-las, só muito mais tarde, quando a srta. Cora já estava longe havia muito tempo. Telefonei pela lembrança, mas não havia sobrado ninguém, exceto um certo sr. Novik, que se lembrava bem dela, ele tinha sido empresário na juventude mas depois tinha aberto uma oficina mecânica. Não acredito que a srta. Cora tenha inventado essas relações que dizia ter no mundo do espetáculo, acho que tinha passado muito mais tempo do que ela percebia e, quando isso acontece, não sobra ninguém no número que você discou.

Nos despedimos como verdadeiros amigos, embora eu não soubesse por que a havia convidado para o Slush, era de novo meu caráter benemerente exagerando, dê-lhe um dedo e ele quer a mão inteira. Acho que eu queria mostrar à srta. Cora sua feminilidade e provar que não tinha vergonha de aparecer em público com ela como se fosse uma garota.

II

Voltei para o cubículo e subi na cama do meio, a minha, acima de Tong, que lia na de baixo. Montamos as camas uma em cima da outra para liberar mais espaço, Chuck no andar de cima, eu no meio, Tong embaixo e Yoko mora em outro lugar.

Gosto de Chuck, ele não é um canalha completo. Quando está lá em cima, perto do teto, com seus longos cambitos puxados até o queixo, sua magreza, seus óculos e seus cabelos que sempre parecem estar de pé sob o efeito da angústia, parece até um morcego gigante. Ele diz que Lepelletier, da S.O.S., está certo, que todos sofremos de um excesso de informações sobre nós mesmos, como os idosos no Camboja que são eliminados a coronhadas na cabeça por inutilidade alimentar, ou aquela mãe no jornal que trancou os dois filhos para deixá-los morrer de fome e, no julgamento, contou que entrou para ver se estavam mortos e um deles ainda teve forças de dizer "mamãe". É o sentimentalismo. Chuck diz que deveriam inventar um caratê especial para a sensibilidade, visando nosso endurecimento protetor, ou então que devemos nos proteger por meio da meditação transcendental e do desapego filosófico, também conhecido como ioga entre alguns povos da Ásia. Ele diz que no sr. Salomão esse caratê especial de autodefesa é o humor judeu, *humor: graça dissimulada por trás de uma atitude séria, que destaca com crueza e amargura os absurdos do mundo*, e *judeu*, que vão juntos.

Eu estava melancólico, como sempre acontece quando não posso fazer nada. Nem deveria tentar, só gera frustração.

Frustração: estado do indivíduo cuja tendência ou necessidade fundamental não pôde ser satisfeita. Chuck dizia que deveríamos criar um Comitê de Salvação Pública, com o rei Salomão no comando, para assumir o controle da vida, transformá-la em outra coisa e disseminar esperança por toda parte. A esperança é o que mais importa quando se é jovem, e quando se é velho também, é preciso poder lembrar. Podemos perder tudo, os dois braços, as duas pernas, a visão, a fala, mas se mantivermos a esperança, nada estará perdido, podemos continuar.

Comecei a rir e decidi rever um filme dos Irmãos Marx para recarregar as baterias, mas ele já não estava passando. Pensei comigo mesmo que deveria ter me dedicado apenas a reparos manuais, aquecimento, encanamento, ao bem-estar material de coisas que podem ser consertadas e reparadas com as próprias mãos, em vez de me deixar envolver pela angústia do rei Salomão e sua maneira de se debruçar com benevolência sobre o irremediável. *Irremediável: que não pode deixar de acontecer, que não tem remédio.*

Chuck chegou enquanto eu me perguntava se não poderia encontrar ao menos uma pessoa, se possível uma mulher, para cuidar dela e lhe dar tudo, em vez de correr para cima e para baixo tentando consertar pessoas que eu não conhecia nem de pai nem de mãe. Ele largou os livros que carregava e subiu para a cama acima da minha porque gosta de estar em uma posição superior. Minha cabeça estava entre os seus tênis.

— Você está com chulé.

— É a vida.

— Merda.

— O que você tem? Está com uma cara...

— A srta. Cora, sabe? A velha cantora? Aquela que o sr. Salomão me recomendou calorosamente?

— Sim, e daí?

— Tive que convidá-la para sair comigo.

— Você não era obrigado, ora.

— Alguém tem que ser. Sem isso, seria o polo Norte.

— O polo Norte?

— Sem isso, seria uma geleira, o vazio e cem graus abaixo de zero.

— Isso, parceiro, é problema *seu*.

— As pessoas sempre dizem isso para não se envolver. Quando lhe levei flores, ela corou como uma garotinha. Aos sessenta e cinco anos, entende! Ela achou que eram minhas.

— E eram dele?

— Eram dele. De sua proverbial bondade.

— Esse aí, então, quanta vontade de poder... Ele se vê como Deus Pai, não resta dúvida. Bem, você a convidou para sair, e daí?

— Nada. Mas tem uma coisa que eu não tinha entendido, até agora.

— Ah, sim. E podemos saber o que você não entendeu em particular, além de todo o resto?

— Nem tente ser espirituoso, Chuck, não é isso que está faltando. Eu não tinha entendido que é possível ser velho e ter uma mentalidade de vinte anos.

— Mas, meu pobre amigo, isso é o que os clichês chamam de "coração jovem"! Eu realmente me pergunto o que você lê quando está nas bibliotecas públicas.

— Vá à merda. Você é o tipo de cara que me ajuda a entender. Basta ouvir o que diz e fazer o oposto, não tem erro. Você e seu caratê são como camelos no deserto, sem nada nem ninguém. Não convidei a srta. Cora, convidei seus vinte anos. Ela ainda tem vinte anos em algum lugar. Não temos o direito.

Chuck soltou um peido e Tong pulou da cama, correu para abrir a janela e começou a gritar. Ele nunca vai deixar de me surpreender, depois de tudo o que viu no Camboja ainda tem espaço para se indignar por causa de um peido.

— Você errou ao convidá-la, parceiro. Ela vai interpretar isso como esperança. O que você vai dizer se ela tentar ir para a cama com você?

Cerrei os punhos.

— Por que diz isso? Por que diz uma coisa dessas, hein? Por que sempre cogita coisas impossíveis? A srta. Cora é uma pessoa que teve muitos sucessos amorosos e ainda quer ser tratada como uma verdadeira mulher, só isso. O sexo já não lhe interessa há muito tempo!

— Como é que você sabe?

— Mas o que há de errado com você? Eu só pensei que ela gostaria de se lembrar de si mesma, porque o que resta às pessoas quando elas se perdem de vista?

Foi então que Tong contribuiu.

— Não sei o que resta a vocês, no Ocidente, mas nós, quando não nos resta mais nada, buscamos refúgio em nossa sabedoria oriental — disse.

Para alguém que teve toda a família massacrada, inclusive um avô espancado em Phnom Penh porque não podia mais servir, aquilo era de mijar de rir. Pulei da cama e fui procurar a *sabedoria* no dicionário de Chuck. Encontrei *sabedoria: discernimento inspirado nas coisas sobrenaturais e humanas*. Li para eles e isso os fez rir, até Tong. Também havia *conhecimento perfeito das coisas que o homem pode saber*, o que não era nada mau. Também havia *qualidade, comportamento sábio, calma superior, unidos ao conhecimento*. Fazia tempo que eu não ria tanto. Até copiei para o sr. Salomão, que precisava de toda a calma superior que pudéssemos encontrar.

12

Depois, fui para a academia da Rue Caumer e bati no saco de pancada até não sentir mais os braços. É o que Chuck chama de impotência e incompreensão, e se ele gosta de me estudar, tanto melhor. Ele diz que minha relação com o rei Salomão é como a de um filho com a ausência do Pai, e que nunca viu um cara que precisasse tanto de prêt-à-porter quanto eu. Não falou de Deus, mas é como se tivesse. É preciso dizer que, para esse grande maluco, o prêt-à-porter são roupas já feitas há muito tempo e que são passadas de mão em mão, a família, papai, mamãe, pai-nosso-que-estais-no-céu, chamados de valores seguros na bolsa de valores, e para ele, como não tenho nada disso, me apeguei ao rei das calças por falta de opção. Ele está completamente errado, visto que o sr. Salomão também fazia roupas sob medida, em que cada um encontrava o que lhe convinha. Vi um de seus primeiros panfletos, que ele tinha emoldurado por diversão, de quando começou a pensar no que poderia fazer pela humanidade, teve uma ideia e mandou imprimir que *qualquer pessoa que comprasse seis calças teria direito a uma calça feita sob medida no tecido de sua escolha*. Destaco isso por causa da ideia de Chuck sobre a impotência, para mostrar que sempre há algo a ser feito e que não estamos condenados a ficar completamente desamparados. Então bati no saco de pancada com fúria, o que me esvaziou e me fez parar de pensar por que as coisas são assim e não de outra maneira, e por que não sobrou ninguém no número que você discou. Depois, fui falar com o sr. Galmiche, o treinador, que tem os olhos e o rosto como ovos fritos. Ele apanhou na cara mais do que qualquer um, e quando sorri, porque gosta de mim, é difícil acreditar, mesmo olhando para ele.

— Então, Jeannot, está muito zangado hoje?

— Meh. Qual a sua idade, sr. Louis?

— Setenta e dois. Comecei contra Marcel Thil, em 1932.

— O que significa muitos socos na cara.

— Socos na cara fazem parte do homem. Sabe o que Georges Carpentier dizia?

— Quem foi esse?

Ele pareceu ofendido.

— O primeiro a atravessar o Atlântico de avião, merda.

— Ah, sim. E o que ele dizia?

— Que no princípio era o soco, e foi assim que ganhamos um rosto, porque é a função que cria o órgão.

— O que isso quer dizer?

Ele fez um pequeno gesto de aprovação.

— Tem razão, garoto. Você se defende bem.

— Tenho um amigo que é ainda mais velho que o senhor e que também se defende bem, para manter o moral, com o chamado humor judaico. Procurei no dicionário em busca de conforto para ele. Deve haver algo que possa ajudar os que estão partindo. Já procurei *serenidade* e *desapego filosófico*, depois procurei *sabedoria*. Sabe o que encontrei?

— Diga lá, pode ser algo que não notei.

— *Sabedoria: discernimento inspirado nas coisas sobrenaturais e humanas. Conhecimento perfeito das coisas que o homem pode saber. Calma superior, unida ao conhecimento*. Entende?

O sr. Galmiche nunca se irrita, está acima disso. Ele cerrou um pouco as mandíbulas, soltou ar pelo nariz, ou pelo que sobrava de seu nariz.

— Era por isso que estava batendo tão forte no saco de pancada?

— Um pouco, sim.

— Fez bem. É melhor bater em um saco do que plantar bombas, como alguns jovens da sua idade.

13

Tomei uma ducha, me vesti e fui até a casa do sr. Salomão para ver se ele ainda estava lá. Passei reto pela salinha do sr. Tapu, o zelador, que não suporta minha presença e nunca perde a oportunidade de sair de lá e expressar todo o seu ódio quando me vê passar. É algo relacionado à minha aparência, não se pode agradar a todos. Eu o faço sair da salinha e não há o que fazer. Tento evitar, prefiro não o ver, não deixa de ser uma coisa a menos, mas sempre ouço um ah, você aqui! às minhas costas e me vejo obrigado a falar com ele. Quando estou na presença de um imbecil de verdade, sinto emoção e respeito, porque finalmente tenho uma explicação e sei por quê. Chuck diz que fico tão emocionado diante da Imbecilidade que sou tomado pelo sentimento reverencial de sagrado e de infinito. Ele diz que sou invadido pelo sentimento de eternidade e até citou um verso de Victor Hugo, *sim, venho a este templo adorar o Eterno*. Chuck diz que não existe nem uma única tese sobre a Imbecilidade na Sorbonne e que isso explica o declínio do pensamento no Ocidente.

— Então, veio ver o rei dos judeus?

No começo, eu tentava ser gentil com ele, mas isso só piorava as coisas. Quanto mais educado era, sim, sr. Tapu, não, sr. Tapu, não vou mais fazer isso, sr. Tapu, não foi de propósito, sr. Tapu, mais o ofendia. Então comecei a alimentar aquele ódio. Sempre precisamos dos outros, não podemos passar a vida odiando a nós mesmos. Chuck diz que se os ladrões parassem de atacar os idosos, se não houvesse mais judeus, se os comunistas evaporassem e se os trabalhadores imigrantes fossem mandados de volta, o sr. Tapu se veria em um deserto emocional. Eu sentia pena dele e fazia coisas de propósito para incentivá-lo, arrancava uma barra de fixação do carpete, quebrava um vidro ou deixava a porta do elevador aberta só para satisfazê-lo. Ele era um sujeito que precisava de assistência. Quando se tem rancor demais e não se sabe o que fazer com ele nem para onde direcioná-lo, ele se torna tão desmedido que abrange todo o sistema solar, você se sente melhor ao encontrar uma motivação, mesmo que seja apenas uma bituca de cigarro no tapete ou uma porta de elevador aberta. Ele precisava de mim, precisava de alguém específico para odiar, porque sem mim seria o mundo inteiro e isso seria grande demais. Precisava de alguém e algo palpável. Um encrenqueiro que não o assustasse, não, senhor. No começo, quando eu me oferecia para levar o lixo ou ajudar a varrer, era um pouco como os trabalhadores argelinos que são gentis e se recusam a transgredir e, assim, se tornam culpados de não ajudar as pessoas em suas opiniões. Quando percebi que o desapontava, comecei a ajudá-lo. Comecei mijando na parede da escada, ao lado de sua salinha. Ele não estava lá, mas logo entendeu. Quando voltei, estava esperando por mim.

— Foi você que fez isso!

Eu poderia ter dito sim, fui eu, às suas ordens, mas não era suficiente, ele ainda precisava que eu mentisse. Mexi nas calças com um gesto de vá se danar e disse:

— O senhor me viu? Claro que não. Não estava aqui. Nunca está aqui quando precisam do senhor!

Mostrei o dedo do meio e fui embora. Desde então, ele me olha com satisfação, porque sabe que sou eu quem vai assassinar o sr. Salomão para roubar seu dinheiro e seus tesouros filatélicos. A única coisa que me falta é ser um trabalhador argelino, porque então seria a perfeição. *Quando De Gaulle entregou a Argélia, eu logo soube o que ia acontecer, e eu estava certo, quando estávamos lá os argelinos eram oito milhões e, desde que saímos, se tornaram vinte milhões. Você entendeu. Silêncio, bico calado, porque vão me acusar de genocídio, mas vinte milhões, dá para ver o que De Gaulle fez e o que se está preparando. Eu que era a favor do marechal Pétain, mesmo quando perdi um primo na legião antibolchevique, raramente erro.* Chuck tentou entrevistar o sr. Tapu para sua tese sobre a Imbecilidade, mas eles não foram longe nas gravações, porque Chuck começou a ter terrores noturnos e a gritar por socorro, todo aquele caratê para endurecer a sensibilidade não ia muito longe em matéria de arte marcial de autodefesa.

O sr. Tapu estava lá, na frente da salinha, com sua boina, seu cigarro e seu ar astuto e informado, pois quando a Imbecilidade ilumina o mundo, você sabe tudo e entendeu tudo. Na hora, até senti um calor amigável, porque devemos muito aos imbecis como o sr. Tapu, é bom para a angústia vê-los e ouvi-los, entendemos por que e como, há uma explicação pontual. Eu estava lá, no oitavo degrau da escada e tinha a cara toda iluminada de compreensão, simpatia e sagrado, experimentando um sentimento reverencial, eu vinha ao templo adorar o eterno. O sr. Tapu até pareceu preocupado, de tanto que eu estava iluminado.

— O que deu em você? — ele me lançou, desconfiado.

Eu tinha lido na revista *V.S.D.* que um novo crânio humano foi encontrado na África, que remontava a oito milhões de anos, então a coisa não vinha de ontem. Mas Chuck diz que a Imbecilidade não podia existir naquela época porque eles não tinham o alfabeto.

Ri e o sr. Tapu se retorceu de ódio.

— Não se atreva! — gritou, pois não há nada pior para eles do que ser alvo de uma risada.

— Desculpe, sr. Tapu, o senhor é o pai e a mãe de todos! — disse a ele. —Tudo o que quero é vê-lo de vez em quando e contemplar a clareza e a beleza da coisa!

E desci os oito degraus — eu disse oito mesmo, porque mais tarde, com a posteridade histórica, pode haver dúvidas e discussões a esse respeito — e estendi ao sr. Tapu a mão em um gesto de amizade, visto que aquele era um momento de revelação que merecia um gesto que os fotógrafos mais tarde poderiam imortalizar. Para ele, porém, seria melhor morrer. Então fiquei ali com a mão estendida, depois fiz o gesto usual de levantar o dedo do meio e subi com a sensação benemerente de ter recarregado as baterias do sr. Tapu e fiquei feliz porque não é todo dia que podemos ajudar um homem a viver.

Eu já estava no segundo andar e ele ainda gritava, de baixo para cima, o rosto e o punho erguidos para mim:

— Vagabundo! Bandido! Drogado! Seu porco esquerdista!

Fiquei contente. Era mais um que precisava de assistência.

14

Encontrei o sr. Salomão vestido como se fosse o grande dia. Ele estava realmente elegante, com um terno que poderia durar cinquenta anos e até mais, se o ambiente não fosse úmido demais e suficientemente seco. O sr. Salomão ficou feliz de ver que eu admirava o tecido.

— Mandei fazer especialmente em Londres.

Toquei-o.

— É resistente. Vai durar uns bons cinquenta anos.

É mais forte que eu. Não consigo me impedir de ficar dando voltas em torno do assunto. Assim que me seguro para não dizer algo de um lado, sai do outro. Tentei consertar.

— Encontraram um vale no Equador onde as pessoas vivem até os cento e vinte anos — eu disse.

Além do cabeleireiro e da manicure que tinham acabado de arrumá-lo, havia um homenzinho com uma pasta de couro. Na mesa, havia documentos com a assinatura do sr. Salomão. Parece que há pessoas que refazem seu testamento o tempo todo, pois têm medo de esquecer alguma coisa. Sempre me perguntei o que o sr. Salomão faria com o táxi depois de sua morte. Talvez exista uma lei para os táxis que são deixados sozinhos no mundo sem proprietário. O rádio disse que encontraram um mendigo meio devorado em uma cabana no campo, mas para veículos de quatro rodas eles certamente previram algo. Sempre tento me acostumar com a ideia, mas nunca consigo. Os antigos tinham fetiches e usavam galinhas e legumes para apaziguá-los, mas eram crenças. Não consigo me acostumar com a ideia, e não apenas para os idosos e o sr. Salomão, a quem amo ternamente, mas para todos os finais. Chuck me explica que estou errado em pensar nisso o tempo todo. Ele diz que a mortalidade é uma coisa sem saída e que não vale a pena. Não é verdade. Não penso nela o tempo todo, pelo contrário, é a mortalidade que pensa em mim o tempo todo.

— Acabo de comprar a coleção Frioul — anunciou o sr. Salomão, apontando para os documentos e álbuns em cima da mesa. — Ela não tem grande valor, com exceção do rosa de cinco centavos de Madagascar, uma peça raríssima. E não queriam vendê-lo separadamente.

E foi então que o sr. Salomão disse uma coisa incrível e realmente majestosa. Você pode achar que estou exagerando, mas ouça isto:

— Para mim, os selos postais são hoje a única reserva de valor.

Reserva de valor. Ele realmente disse isso. Estava ali, já manicurado, penteado e vestido, muito ereto, com seus oitenta e quatro anos e seu terno de tecido inglês feito especialmente para durar mais cinquenta anos, e me olhava com benevolência com seu olhar de desafio, tão acima de tudo e soberano que a mortalidade não ousaria. Chuck diz que no exército chamam isso de operação psicológica, para fazer o inimigo recuar. Então ele foi até a mesa, pegou um envelope e o levou à luz, para me mostrar. Era verdade. Não havia discussão. Era de fato o selo rosa de cinco centavos de Madagascar.

— Felicitações, sr. Salomão.

— Mas é claro, meu pequeno Jean, basta refletir. O selo postal é hoje a única reserva de valor...

Ele ainda mantinha o envelope levantado e me observava com um pequeno lampejo em seu olhar escuro. Chuck diz que, com o humor judeu, você pode até ter seus dentes arrancados sem sentir dor, é por isso que os melhores dentistas são judeus na América. Segundo ele, o humor inglês também não é ruim como arma de autodefesa, é o que chamamos de armas frias. O humor inglês permite que você continue sendo um cavalheiro até o fim, mesmo quando cortam seus braços e suas pernas, e a única coisa que resta de você é um cavalheiro. Chuck pode falar de humor por horas porque também é um angustiado. Ele diz que o humor judeu é um produto de primeira necessidade para os angustiados e que talvez o sr. Tapu não esteja errado ao dizer que me judaizei, porque peguei do rei Salomão essa angústia que me faz rir o tempo todo.

Foi o que eu fiz, enquanto o sr. Salomão segurava sua reserva de valor à luz e a contemplava sorrindo. Era um sorriso como se seus lábios tivessem adquirido esse hábito há muito tempo e de uma vez por todas. Não dá para saber se está sorrindo agora ou se sorriu há mil anos e esqueceu de parar. Ele tem olhos muito escuros e vívidos que foram poupados da catarata. Eles têm lampejos de alegria quando são vistos à luz e é isso o que ele tem de mais indomável. Ele não tem traços étnicos. Conseguiu manter todo o seu cabelo, que é bem branco e penteado para trás com um pente, e às vezes uma barba muito curta que o barbeiro arruma todos os dias. Ele a deixa crescer um pouco e depois a corta, o que o faz rejuvenescer. Tong, que conhece melhor os idosos do que nós, porque eles têm mais peso entre os orientais, e que terminou o ensino médio em Phnom Penh, diz que o sr. Salomão tem o rosto de um nobre espanhol em *O enterro do conde de Orgaz* ou o de José Maria de Heredia em *Os conquistadores*. Eu saí da escola antes, mas tenho certeza de que o sr. Salomão não se parece com ninguém. Talvez se Jesus Cristo tivesse vivido até uma idade avançada e ficado branco de tanto trabalhar, e se tivesse um nariz mais curto e um queixo mais forte, poderíamos falar em semelhança, vai saber. Ele usava uma gravata de seda cinza-perolada com uma pérola no mesmo tom. Nunca usava óculos dentro de casa. Na lapela, havia uma flor branca com um bico amarelo saindo como um pássaro e também a fita do Mérito, que lhe fora dada com boas razões.

— O táxi está lá embaixo, Jeannot?

Tenho horror de que me chamem de Jeannot, por causa do personagem Jeannot Coelho, como algumas garotas adoram dizer. Quando uma garota acaricia meus cabelos me chamando de Jeannot Coelho, eu perco o interesse, porque soa maternal. A maternidade é uma coisa bonita, mas é preciso saber onde colocá-la.

— Não, sr. Salomão. Encerrei pela manhã. Tudo com Tong, hoje.

— Bem, então vamos pegar meu Citroën familiar. Você pode me levar até a Rue Cambige? Não gosto de dirigir lentamente pelas ruas de Paris. Eu tinha um Bugatti antes. Mas ele se tornou um artigo de museu.

Ele pegou as luvas, o chapéu e a bengala com castão de prata com cabeça de cavalo. Tinha gestos um pouco bruscos que excediam suas intenções, por causa da artrite.

— Eu adoraria ter meu Bugatti de novo e ir para as estradas pegar um pouco de velocidade. Sinto falta disso.

Vi mentalmente o sr. Salomão dirigindo um Bugatti a cem quilômetros por hora, fiquei feliz que ainda tivesse todos os seus reflexos. Descemos até a garagem e o ajudei a entrar no Citroën familiar. O sr. Salomão não tinha família, mas mantinha o Citroën muito bem cuidado, por precaução. Eu o ajudei a entrar por cortesia porque, você pode acreditar em mim, o sr. Salomão ainda é perfeitamente capaz de entrar sozinho em um carro. Havia espaço suficiente para uma mulher e três crianças. Durante o trajeto, eu me virava para ele de vez em quando, para fazer companhia. Ele segurava as luvas e as mãos juntas no castão da bengala, balançando suavemente. Sempre havia todo tipo de perguntas que eu queria fazer a ele, mas elas não me vinham à mente e permaneciam silenciosas. Não é possível resumi-las em uma só, nem mesmo em mil, quando elas não vêm da cabeça, mas do coração, onde não se pode articular nada. Quando Chuck foi para o Nepal por quinze dias, ele me mandou um cartão-postal que dizia: "É a mesma coisa aqui", e até entendo, mas, caramba, ainda há a cor local.

— Como vai a srta. Cora?

— Bem. Eu a convidei para dançar hoje à noite.

O sr. Salomão pareceu hesitante.

— Você precisa ter cuidado, Jeannot.

— Vou ter cuidado, mas ela não é tão velha, sabe. Ela me disse que tem sessenta e cinco anos, e deve ser verdade, não adiantaria nada mentir a idade. Vou fazê-la dançar um pouco, mas vou ter cuidado. É mais pela companhia. Ela me disse que gostava muito de sacolejar quando era jovem. Sacolejar, sr. Salomão, significa dançar.

— Eu sei. Você a vê com frequência?

— Não. Ela fica muito bem sozinha. É sempre mais difícil para as pessoas que estavam acostumadas às atenções do público do que para aquelas que não estão acostumadas a nada.

— Sim — disse o sr. Salomão. — Seu comentário é acertado. Ela foi muito admirada no passado. Nos anos trinta.

— Nos anos trinta? Não faz tanto tempo assim.

— Ela era muito jovem na época.

— Vi fotos.

— É muito gentil de sua parte fazer isso por ela — disse o sr. Salomão, tamborilando com os dedos na bengala.

— Ah, o senhor sabe, não estou fazendo isso por ela. Estou fazendo isso em geral.

De repente, ele se iluminou. Gosto quando o rei Salomão se ilumina, é como se o sol brilhasse sobre velhas pedras cinzentas, é a vida que desperta. Digo isso por causa da música do sr. Charles Trenet, em que "é o amor que desperta". Amor, vida, é tudo a mesma coisa, e é uma canção muito bonita.

O sr. Salomão me contemplava.

— Você tem um agudo senso de humanidade, meu rapaz, e isso é muito doloroso. É uma forma muito rara de compreensão intuitiva, também chamada de "dom da simpatia". Antigamente, você teria sido um excelente missionário... na época em que eles ainda eram devorados.

— Não sou crente, sr. Salomão, sem querer ofendê-lo.

— De forma alguma, de forma alguma. E a respeito da srta. Cora, se tiver despesas, deixe tudo comigo. Ela foi uma mulher encantadora e muito amada. Então me permita arcar com todos os custos.

— Não, está tudo bem, sr. Salomão. Tenho o necessário. Ela vai se divertir um pouco dançando, mesmo que não sejam os mesmos tipos de dança da época dela, quando havia o charleston e o shimmy. Vi em filmes mudos.

— Vejo que você tem um bom conhecimento histórico, Jeannot. Mas o charleston e o shimmy eram mais da minha juventude. Não foi a mesma da srta. Cora.

Eu não conseguia imaginar o sr. Salomão dançando o charleston e o shimmy. Loucura.

— A srta. Lamenaire não é tão antiga. Dançava o tango e o foxtrote.

Ele hesitou um pouco.

— Mas seja prudente, Jean.

— Dançar um pouco de *jerk* não vai matá-la.

— Não é disso que estou falando. Você é um ótimo rapaz e... suponhamos que eu, por exemplo, conhecesse uma jovem encantadora que demonstrasse interesse por mim. Bem, se eu percebesse de repente que se tratava apenas de interesse humanitário da parte dela, ficaria profundamente magoado. Sempre somos mais velhos do que acreditamos, mas também mais jovens do que pensamos. A srta. Cora decerto não perdeu o hábito de ser mulher. Então você corre o risco de feri-la cruelmente.

Suponhamos mais uma vez que eu, por exemplo, conhecesse uma jovem encantadora, de vinte e oito, trinta anos, um metro e sessenta e dois, loira, olhos azuis, doce, animada, amorosa, que saiba cozinhar, e ela demonstrasse interesse por mim. Eu poderia perder a cabeça e...

Ele se calou. Não ousei olhar para ele pelo retrovisor. A ideia do rei Salomão se apaixonando por uma jovem, quando já não tinha quase nada a ver com os simples mortais... Não sei em que se deve pensar quando se tem oitenta e quatro anos, mas certamente não em uma jovem encantadora e loira. Mesmo assim, acabei dando uma olhada rápida pelo retrovisor para ver se não era brincadeira dele, mas logo baixei os olhos. O sr. Salomão não estava zombando de mim, de sua velhice, de si mesmo por desespero. O sr. Salomão tinha o ar sonhador. Não consigo descrever o efeito que causa ver um homem já tão augusto e, por assim dizer, chegado ao fim e como que iluminado pela paz do final, sentado ali, com as mãos e as luvas unidas sobre o castão de sua bengala de motivo equestre, com o olhar distante, e se deixando levar por suposições de encontros incomuns.

— Então, suponhamos por um momento, porque é preciso considerar todas as possibilidades, sendo a vida rica em maravilhas de todos os tipos, que essa jovem me convide para dançar *jerk* e demonstre um interesse quase enganador. Eu obviamente não conseguiria evitar ficar cheio de esperanças e expectativas, que poderíamos chamar, se você concordar, de estado sentimental. Bem, se depois tudo se revelasse apenas um interesse de caráter humanitário ou, pior ainda, documental, eu com certeza ficaria dolorosamente decepcionado... Portanto, seja cuidadoso com a srta. Cora Lamenaire e não a faça perder a cabeça. Pronto, chegamos. É aquele prédio moderno.

Ajudei-o a descer, sem que parecesse estar prestando assistência.

15

Acompanhei-o até o quinto andar à direita, e foi então que ele realmente me surpreendeu. O sr. Salomão parou diante de uma porta com uma placa que dizia *Madame Jolie, vidente extrassensorial, somente com horário marcado*, e tocou a campainha. Primeiro, tentei acreditar que ele estava ali em nome de outra pessoa, mas não, de jeito nenhum.

— Parece que ela nunca erra — disse. — Vamos ver. Estou morrendo de curiosidade! Sim, estou muito curioso para saber o que me aguarda.

Ele tinha as bochechas rosadas.

Fiquei ali, de boca aberta. Merda. Era tudo o que eu conseguia pensar. Um homem de oitenta e quatro anos indo consultar uma vidente para saber o que o espera! E então, de repente, me lembrei do que ele havia dito em seu carro familiar, sobre aquela jovem loira, doce, que sabe cozinhar, e tive um arrepio ao pensar que ele talvez estivesse consultando a vidente para saber se ainda amaria e seria amado na vida. Procurei em seus olhos os proverbiais lampejos, para ver se não era ironia, se ele não estava zombando do mundo, de si mesmo, de sua velhice inimiga. Vai saber. Ele estava ali, vestido com seu terno para mais cinquenta anos, apoiado em sua bengala equestre, com a cabeça erguida, o chapéu sobre o olho, diante da porta de uma vidente extrassensorial no quinto andar da Rue Cambige, e havia em seu rosto uma expressão de desafio.

— Sr. Salomão, é um orgulho tê-lo conhecido. Sempre pensarei no senhor com emoção.

Ele colocou a mão em meu ombro e ficamos assim por um momento, emocionados, olhando um para o outro, e estava começando a parecer um minuto de silêncio. Chuck me disse que, entre os judeus, o humor sempre é o último a morrer.

O sr. Salomão tocou a campainha mais uma vez.

Havia muita luz na escada por causa da janela e o sol batia em seu rosto. Pensei no retrato que ele tinha em reprodução na parede de sua sala de espera. Era uma das imortais obras-primas da pintura e se tornou universalmente conhecida. Dizem que seu autor tinha mais de noventa anos quando pintou a si mesmo, e talvez foi por isso que o sr. Salomão o colocou na sala de espera. Ele também tinha feito a *Mona Lisa* para o Louvre, e uma vez Chuck me levou lá para mostrar que havia algo mais. O rosto do sr. Salomão estava cinza como pedra e, quando ele se virou ligeiramente para a porta que ainda não se abrira, eu já não sabia se era devido à escuridão ou à tristeza. Da próxima vez, não vou me ocupar de velhos, mas de crianças, que nunca são definitivas.

— Sr. Salomão, o senhor é um herói da antiguidade!

Ele mantinha a mão em meu ombro. Era um gesto que ele apreciava porque estava cheio de ensinamentos. Por um momento, pensei que fosse falar comigo como nunca havia falado, ou como ninguém jamais falou com ninguém, como Deus naquele comercial repreendendo o pescador por usar um detergente que não branqueava o suficiente e lhe indicando a marca certa. Mas o sr. Salomão disse apenas:

— Outra campainha que não funciona.

Então ele bateu três vezes na porta com sua bengala.

Era o que precisava ser feito, a porta se abriu. Uma pessoa africana com seios fartos nos deixou entrar.

— Vocês têm hora marcada?

— Sim — disse o sr. Salomão. — Tenho hora marcada. Sua campainha não funciona.

— Espere um momento, tem gente.

Sentamos. A pessoa africana nos deixou sozinhos. Eu me perguntava como a vidente se sairia, o que ela diria, sendo que tudo parecia óbvio. Mas o sr. Salomão não demonstrava preocupação e mantinha-se muito ereto, com o chapéu e as luvas sobre os joelhos, as mãos juntas sobre a cabeça de cavalo. Ele estava ali para saber o que o aguardava, porque a vida está cheia de boas surpresas.

Disse para mim mesmo que ele estava certo, no fim das contas, de querer saber o futuro, não são apenas os anos que importam, mas também os meses e as semanas.

Foi então que madame Jolie entrou na sala de espera. Ela era uma mulher com os cabelos tingidos de preto muito escuro, puxados para trás, e tinha olhos penetrantes, o que é normal para uma vidente. Ao ver o sr. Salomão, pareceu incomodada, e por um momento pensei que não o receberia.

Nós nos levantamos.

— Senhora — disse o sr. Salomão em um tom distinto.

— Senhor...

— Tenho hora marcada.

— Imaginei.

Mais uma que tomava liberdades.

— Desculpe-me por encará-lo assim, mas a primeira impressão que temos de alguém é, no meu trabalho, muito importante.

— Entendo perfeitamente.

— Entre. Entre.

Ela se virou para mim com ar amigável.

— O senhor está esperando sua vez?

Merda.

— Certamente, senhora, estou esperando minha vez, todos estamos esperando nossa vez, mas não preciso consultar ninguém para saber disso e posso muito bem esperar lá fora.

Esperei quarenta minutos. Quarenta minutos para prever o futuro de um homem de oitenta e quatro anos.

Quando desceu, o sr. Salomão parecia satisfeito.

— Tivemos uma boa conversa.

— O que ela viu para o senhor?

— Ela não me deu muitos detalhes, porque estava com pouca visibilidade. Mas não tenho com o que me preocupar. Estou prestes a entrar em um longo período de tranquilidade. Antes disso, terei um encontro… Parece que também vou fazer uma grande viagem…

Senti um frio na espinha e olhei rapidamente pelo retrovisor, mas não, ele ainda tinha o olhar sorridente.

— Vou pensar a respeito.

— Não pense nisso, sr. Salomão.

— Não gosto muito de viagens coletivas…

— O senhor pode ir sozinho.

— Gostaria de conhecer os oásis do sul da Tunísia…

Senti um aperto no coração.

— Vai conhecê-los, sr. Salomão. Os oásis não são um problema. Eles estão lá, esperando pelo senhor. O senhor ainda tem tempo para ver tudo o que quiser e até mesmo o que não quiser. Não sei o que essa vidente lhe disse, mas eu lhe digo que o senhor verá os oásis, ponto-final. E, quando chegar a hora, sempre encontrará um lugar, graças a Deus, não é isso que falta. O senhor pode até optar por uma concessão perpétua, se quiser, assim não é obrigado a partir em um dia específico. O senhor pode partir quando quiser.

— Você realmente acha que o Club Méditerranée…

— Não sei se o Club Méditerranée lida com essas coisas, mas não tem o monopólio. E o senhor não é obrigado a ir em grupo. Pode ir sozinho.

Eu o acompanhei até sua casa, levei o carro para a garagem e voltei para o cubículo. Encontrei Chuck tentando estudar e Yoko tentando tocar harmônica, havia um conflito de interesses, nenhum dos dois conseguia fazer nada e eles acabaram discutindo.

Disse a eles que o sr. Salomão estava tão angustiado que tinha ido consultar uma vidente, mas eles não fizeram caso, parece que não estamos tentando mover as mesmas montanhas, eles e eu.

Peguei o jornal desbotado que estava por ali, havia uma grande manchete que dizia *Vi o choro dos socorristas impotentes* e as vinte e cinco mil aves cheias de óleo voltaram a morrer diante de meus olhos na Bretanha. O que me fez pensar que estava quase na hora de buscar a srta. Cora. Tomei uma ducha, vesti uma camisa limpa e a jaqueta. De todo modo, não valia a pena ir para a Bretanha, as aves estavam condenadas. Eles até davam os nomes dos condenados, fradinhos, fulmares, pinguins e gansos-patolas, e outras espécies que preferi não guardar, quando você não conhece os nomes não fica pessoal, parece menos impactante. Se eu não tivesse conhecido o sr. Salomão e a srta. Cora e todos os outros, teria pensado menos. Quando você vê na rua uma pessoa muito idosa que mal consegue andar e que está fazendo compras com passinhos curtos e rígidos toc-toc-toc, você pensa nela por um momento de maneira geral, sem correr até ela com seu prêt-à-porter. Sei, por exemplo, que as baleias logo vão desaparecer e que os tigres-de-bengala e os grandes macacos não estão muito melhores, mas sempre dói mais quando acontece com alguém que você conhece pessoalmente. Não resta dúvida de que se eu continuar assim como benemerente por toda parte com todo mundo, vou acabar me tornando o rei do prêt-à-porter, porque isso é simpatia, e não é suficiente, deveríamos encontrar outra coisa e muito mais, em vez de morrer como imbecis.

Falando em prêt-à-porter, vi outro dia uma coisa realmente engraçada na Rue Baron. Havia uma antiga empresa funerária com fotos de caixões de primeira qualidade na vitrine, depois fizeram algumas reformas e o que colocaram no lugar? Uma loja de prêt-à-porter!

Isso diz tudo.

16

Fui comer algo na lanchonete e depois já eram nove horas e Tong tinha terminado, então peguei o táxi na garagem. Fiz mais algumas corridas até nove e meia, e depois coloquei a bandeira preta e fui buscar a srta. Cora. Ela já estava pronta quando cheguei. Levei-lhe outro buquê, como os que ela recebia antigamente. É preciso saber que as flores desempenham um papel importante na vida das mulheres quando elas as recebem, e que desempenham um papel ainda mais importante quando elas não as recebem mais, primeiro aos poucos e depois completamente.

Quando entreguei à srta. Cora as flores escolhidas pessoalmente pela florista da Rue Menard, ela logo enfiou seu sorriso nos miosótis e, com sua silhueta ainda feminina, quando escondia o rosto entre as flores que cheirava, parecia uma jovem. Ela usava um vestido verde-escuro, um cinto cor de âmbar e uma pequena joia de seu signo presa ao peito. Ela era de peixes. Ficou um bom tempo respirando as flores e juro que a deixei feliz. Claro que quando ela ergueu o rosto se via que a vida havia passado por ali e imediatamente peguei em sua mão para mostrar que isso não importava. Eu não estava nem aí para a idade que ela poderia ter, não pensava a respeito, dava na mesma para mim sessenta e três ou sessenta e cinco anos, não me preocupava com isso, é como com as baleias, os grandes macacos e os tigres-de-bengala, você não pensa na idade deles para protestar e impedir que sejam exterminados. Sou a favor da proteção das espécies como um todo, porque é o que mais faz falta.

A única coisa desagradável foi que a srta. Cora tinha passado produtos demais no rosto. Acho que foi por causa de seus hábitos teatrais e não para lutar contra a idade, mas fiquei incomodado. Da forma como se maquiara, com um batom brilhoso e espesso que ela constantemente molhava com a língua, o preto, o azul, o branco, especialmente o azul e o branco das pálpebras, e com cada cílio coberto individualmente de rímel, alguém poderia se enganar sobre minha profissão. Aquilo me irritou. E então pensei que deve ser difícil para uma mulher não se parecer mais consigo mesma e se tornar outra pessoa de maneira tão insidiosa e gradual que esquece e não consegue levar isso em consideração. A srta. Cora manteve o hábito de ser jovem e, se exagerou na maquiagem, foi como as pessoas que não se importam com o clima e se vestem no inverno como na primavera e ficam resfriadas. Senti vergonha. Não por causa da srta. Cora, mas por sentir vergonha. Era seu direito tentar se defender e eu era um pobre coitado que não tinha coragem das próprias opiniões.

A srta. Cora percebeu que tinha me surpreendido e passou suavemente a mão pelos cabelos e pelo pescoço, sorrindo de prazer. Peguei suas duas mãos e assobiei como os americanos.

— Como está bonita, srta. Cora!

— Este foi o vestido que usei há um ano na televisão — ela disse. — Fizeram um festival de canções realistas e se lembraram de mim.

Agora que penso nisso, acho que o rádio estava certo ao dizer para não ir sozinho ao derramamento de óleo, mas em grupos de trinta.

Ela foi se olhar no espelho mais uma vez, para ver se nada estava faltando.

Me perguntei do que ela vivia. Lembranças não rendem dinheiro. Ela não tinha economizado para seus dias de velhice, porque já não se podia fazer isso. No entanto, era evidente que não lhe faltava nada.

Ela teve outra ideia, abriu um armário e colocou um cachecol âmbar no pescoço.

— Vamos pegar meu carro?

— Vim de táxi, srta. Cora. Não é necessário.

No carro, ela seguiu relembrando. Tinha começado aos dezesseis anos nos *bals musettes*. Era a época do acordeom. Seu pai tinha um pequeno bistrô, perto da Bastilha. Ele o vendeu quando sua mãe o deixou.

— Ela era figurinista no Casino de Paris. Eu sempre estava nos bastidores, devia ter uns dez anos. Foi realmente a grande época, nunca mais veremos nada igual. Havia Josephine Baker, Maurice Chevalier, Mistinguett...

Ela riu e então começou a cantar:

Esse é meu homem...

Eu sabia que era apenas para minha informação histórica, mas ela me lançava olhares às vezes, e quando terminou, manteve os olhos em mim, como se eu a lembrasse de alguém por causa do meu físico popular, e então ela suspirou e eu realmente não sabia o que dizer naquele momento. Pisei no acelerador e falei do derramamento de óleo na Bretanha para levar sua atenção para outra coisa.

— É a maior porcaria ecológica que poderia nos acontecer, srta. Cora. Um golpe terrível para a vida marinha... As ostras estão morrendo como moscas. As aves tinham santuários lá. Sabe, santuários, onde nada pode acontecer com você. Bem, mais de vinte e cinco mil ficaram presas no derramamento de óleo...

Pensei que isso a ajudaria a não pensar em si mesma.

— Algumas catástrofes ecológicas não podem ser evitadas, então devemos fazer de tudo para evitar as que são possíveis.

Às vezes é assim e não de outra forma, é a lei, não podemos fazer nada a respeito, mas lá havia algo que podia ter sido evitado.

— Sim, é tão triste, todas essas aves — ela disse.

— E os peixes.

— Sim, e também os peixes.

— Tenho um amigo africano, Yoko, que sempre diz que não pensamos o suficiente na infelicidade dos outros, o que faz com que nunca estejamos felizes.

Ela pareceu surpresa.

— Como assim? Não entendi direito. Ficamos felizes quando pensamos na infelicidade dos outros? Olhe, não gostei muito do seu amigo. Que coisa baixa.

— Mas não é isso. Quando você pensa em todas as outras espécies ameaçadas, você se sente menos infeliz consigo mesmo.

Ela não parecia convencida.

— É um pouco forçado, como raciocínio.

— Claro que é um pouco forçado, mas não podemos nos preocupar apenas com o nosso próprio bem-estar, porque então ficaríamos realmente loucos. Quando você pensa no Camboja e em coisas assim, você pensa menos em si mesmo. Quando não pensamos o suficiente nos outros, pensamos demais em nosso próprio caso, srta. Cora.

Eu me calei, me perguntando o que estava fazendo ali com aquela senhora que ainda estava presa em si mesma e não se dava conta da extensão do desastre. Então me fechei e olhei reto para a frente, mas isso também não era possível, era como se não tivéssemos nada para dizer um ao outro. Dei uma espiada nela para ver se estávamos nos entendendo, mas logo percebi que não estávamos, a srta. Cora sorria para mim com tanta alegria e tanta efusividade que, de repente, me senti bem também, eu não tinha perdido meu tempo e nem sequer tinha me juntado a um grupo de trinta. Rimos juntos, porque estávamos nos divertindo.

— Então, srta. Cora?

— Então, meu pequeno Jeannot?

Rimos de novo.

— Srta. Cora, sabe por que uma garça sempre levanta uma perna quando está de pé?

— Não, por quê?

— Porque se ela levantar as duas, quebra a cara.

Ela caiu na gargalhada. Estava inclinada para a frente e colocava a mão no peito, de tanto que ria.

— E sabe por que sempre fechamos um olho quando miramos?

Ela balançou a cabeça, não conseguia falar de tanta graça que já estava achando.

— Porque se fecharmos os dois, não enxergamos mais nada.

Aí ela não aguentou mais. Começou a chorar de tanto rir. E eu que até pouco tempo atrás achava que não tínhamos nada para dizer um ao outro!

17

O Slush é um lugar ao qual vou uma vez por semana, se não mais, e onde conheço todo mundo. Existem vários lugares assim por aí, e eu deveria ter escolhido um onde não fosse conhecido. Não me importava de ouvir risadinhas nas minhas costas por estar ali com alguém que poderia ser minha mãe, ou até mais, era pela srta. Cora que eu estava incomodado. Ela segurou meu braço e se aproximou um pouco de mim, e imediatamente uma inútil que estava no bar, Cathy, soltou justamente a risadinha em questão de que estou falando. A imbecil estava sentada em um banquinho com ares de puta, embora trabalhe na padaria de seu pai, na Rue de Ponthieu. Ela olhou tanto para a srta. Cora quando passamos, da cabeça aos pés, que teria merecido um tabefe, se eu fosse seu pai. Ela realmente olhou para a srta. Cora como se fosse proibido ter mais de sessenta anos, e me senti como se tivesse entrado em um sex shop às avessas. Talvez eu tivesse dormido com Cathy três ou quatro vezes, mas isso não era razão para se comportar assim. Ainda não tínhamos terminado de passar quando ela se virou para Carlos, o dono do bar, e cochichou alguma coisa enquanto nos seguia com os olhos. Existem expressões repugnantes como "uma tia do interior", intolerável, e era como se eu a tivesse ouvido.

— Desculpe, srta. Cora.

Afastei-a um pouco e me aproximei de Cathy.

— O que há de errado com você?

— Mas... o que foi?

— Ah, nada não.

— Mas que diabos!

— Eu bem que podia dar um tabefe em você!

Carlos ria e ainda havia dois ou três caras no bar que não estavam longe. Eu poderia ter quebrado a cara de todos eles no estado em que me encontrava.

Eles pararam de rir, viram que eu precisava de alguém, que não tinha ninguém e que eles poderiam servir.

— Não seja uma vaca, Cathy.

Não lhe dei tempo de responder, quando começamos a discutir não paramos mais. Juntei-me à srta. Cora, que olhava para um pôster dos Sex Pistols na parede do banheiro.

— Desculpe, srta. Cora.

— É uma amiga?

— Não, de jeito nenhum, só dormimos juntos. Venha por aqui.

— Não entendo mais os jovens. Vocês não são mais os mesmos. Parece que não há mais terremotos entre vocês.

— É por causa da pílula.

— É uma pena.

— Não vamos sentir falta dos terremotos, srta. Cora.

Eu a levei para o fundo do salão, a um canto, mas na mesa ao lado começaram a cochichar na mesma hora, olhando para a srta. Cora.

— Acho que me reconheceram — ela disse.

— Quando parou de cantar, srta. Cora?

— Ah, apareci na televisão há dezoito meses, no festival de canção realista. Também participei de um baile de gala em Béziers, dois anos atrás. Acredito, aliás, que a canção realista vai voltar.

Segurei a mão dela. Não era pessoal, mas não se pode segurar a mão do mundo inteiro.

As três garotas na mesa ao lado deviam pensar que eu estava com a srta. Cora para ganhar a vida, é a primeira coisa que vem à mente quando não se tem uma. Costumavam me ver ali com garotas bastante bonitas e eu estava feliz pela srta. Cora, porque ela ocupava um bom lugar. Me acomodei no banco como um senhor e passei um braço por seus ombros. Ela se desvencilhou discretamente.

— Não faça isso, Jeannot. Estão olhando.

— Srta. Cora... Havia uma estrela de cinema chamada Cora. Cora Lapercerie.

— Meu Deus, como você sabe? Foi há muito tempo, bem antes de você nascer.

— Isso não é motivo para esquecer. Se eu pudesse, me lembraria de todo mundo, de todas as pessoas que já viveram. Já é ruim o bastante sem isso.

— Sem o quê?

— Sem ser esquecido.

— Meu nome de verdade era Coraline Kermody. Mas mudei para Lamenaire.

— Por quê? Kermody é um nome bonito.

— Porque soa como *coeur maudit*, "coração maldito", e meu pai vivia dizendo isso quando eu era pequena, por causa dos problemas dele nessa área.

— Ele tinha problemas cardíacos?

— Não, mas minha mãe o traía o tempo todo, até que o abandonou completamente. Ele dizia que Kermody era um nome predestinado. Eu tinha dez anos. Ele se embriagava e ficava na frente da garrafa batendo na mesa e repetindo "coração maldito", "coração maldito". Isso me marcou. Pensei que talvez houvesse uma maldição sobre nós, por causa do nosso nome. Então mudei para Cora Lamenaire.

— Bem, a senhorita deveria ter mudado para Durand ou Dupont.

— Por quê?

— Porque é a mesma coisa para todo mundo, e Kermody, Dupont ou Durand é tudo a mesma coisa. Havia um filme incrível de Fritz Lang na cinemateca, *O maldito*.

— É um filme de amor?

— Não, pelo contrário. Não tem nada de partir o coração. Mas dá na mesma. Quanto menos se fala do coração, srta. Cora, mais se diz sobre o assunto, quando se percebe o que está acontecendo. Há coisas que brilham tanto por sua ausência que o sol até poderia se esconder. Não sei se a senhorita viu a foto do caçador canadense levantando um porrete e o filhote de foca olhando para ele e esperando o golpe? Sabe, o sentimentalismo?

Então ela fez uma coisa que me faria corar se não houvesse tanto barulho para abafar tudo. Pegou minha mão e a levou aos lábios, a beijou, depois a manteve contra a bochecha. Felizmente, o disco que estava tocando era *Love me so sweet*, de Stig Welder, e não há nada melhor para a emoção do que esse disco, já que o bumbo é tão alto que não dá para pensar ou sentir. A srta. Cora ainda segurava minha mão contra a bochecha, mas a única coisa que eu ouvia era o bumbo. O de Stig Welder, não o meu.

— Srta. Cora, se um dia eu me tornar conhecido, vou querer ser chamado de Kermody. Marcel Kermody. Um nome de destaque.

— E por que não Jean?

— Porque sempre acaba virando Jeannot Coelho.

As luzes no Slush mudavam sem parar e às vezes estávamos em azul, às vezes em violeta, às vezes em verde, às vezes em vermelho, e a srta. Cora já não era a única ali dentro com um rosto todo colorido de maquiagem. Ela tinha colocado demais. Um garçom veio perguntar o que queríamos, ela pediu champanhe sem hesitar e o garçom olhou para mim como se quisesse saber o que eu achava. Pisquei para ele com um sorriso do tipo não sou eu quem paga, meu amigo, e nos vimos com uma garrafa de Cordon Rouge em um balde de gelo, era só o que me faltava. Pelo menos metade dos caras e das garotas me conheciam lá dentro. Era como se eu pudesse ouvi-los. Então, Jeannot, encontrou um filão, hein? Ah, eu juro.

Tirei a jaqueta, de tão quente que estava. Não fumo, mas quis pegar um cigarro do maço da srta. Cora, só que ela é que pegou um, o acendeu e o colocou nos meus lábios, não me importei, mas aos sessenta e cinco anos não é algo que se deva fazer. Era o champanhe.

— Não pense que esqueci de você, Jeannot. Estou cuidando de você. Liguei para produtores e agentes, ainda conheço muita gente...

O que ela estava tentando dizer é que eu não estava perdendo tempo com ela. Não parava de falar sobre minha aparência, eu tinha o magnetismo animal que faltava ao cinema francês. Ela não parava e, como todas as mesas estavam muito perto umas das outras, tinha uma plateia. Não me importo de ser cômico, mas não é a mesma coisa que ser ridículo.

— Srta. Cora, não estou lhe pedindo nada.

— Eu sei, mas não há nada mais bonito do que ajudar alguém a ter sucesso. Entendo muito Piaf, que fez tanto por Montand e Aznavour.

A srta. Cora tinha uma bela voz. Um pouco áspera nas bordas. Ela deve ter sido sensual. Eu a olhava atentamente procurando imaginá-la. Deve ter tido um pequeno rosto malicioso e sardento, traços finos e graciosos, e uma franjinha na testa. A voz não deve ter mudado muito, alegre, maravilhada, como se ela se surpreendesse com tudo e a vida estivesse cheia de surpresas. Ela deve ter sido o que chamamos de um pedaço de mulher.

— Você não está entediado aqui comigo? Parece distraído.

— Não, srta. Cora, é só por causa do barulho. Em discotecas, o bumbo é onipresente. Todo esse bum-bum-bum acaba incomodando. Que tal irmos para um bar mais tranquilo?

— Estou cansada de tranquilidade, Jeannot. Estou tranquila há trinta anos.

— Por que parou tão cedo, srta. Cora? Há trinta anos, ainda era jovem.

Ela hesitou um pouco.

— Bom, não é um segredo. Faz muito tempo que não falamos disso, foi esquecido, e é melhor assim, mesmo que signifique que fui esquecida junto com todo o resto...

Ela bebeu um pouco de champanhe.

— Cantei durante a ocupação, é isso.

— E daí? Todos fizeram isso. Houve até um filme algum tempo atrás, com grandes estrelas.

— Sim, mas eu não era uma grande estrela. Então cuidaram especialmente de mim. Não durou muito, dois ou três anos, mas depois tive tuberculose... e foram mais três anos de tranquilidade. E desde então, faz quase trinta anos que me deixam em paz.

Ela riu e eu também, para minimizar.

— Felizmente, tenho o suficiente para viver.

Referia-se ao aspecto material.

— É preciso olhar as coisas pelo lado bom, srta. Cora, embora nem sempre a gente saiba qual é. Nem sempre é claro.

— Não me chame de srta. Cora o tempo todo, me chame apenas de Cora.

Ela bebeu mais champanhe.

— Nunca tive muita sorte no amor...

Nesse assunto eu não queria me meter.

— Em 1941, fiquei completamente louca por um canalha. Cantei em um clube na Rue de Lappe e ele era o gerente. Havia três meninas que trabalhavam para ele na rua e eu sabia, mas o que você quer...

— Kermody!

Ela soltou uma risadinha breve, como um grito de pássaro.

— Sim. Kermody. É possível fazer poesia com qualquer coisa, e como eu estava na canção realista... O sr. Francis Carco escreveu várias para mim. Então aquele sujeito, com seu rosto de gângster e seus ares de durão... O sr. Francis Carco, que ia lá às vezes, me dizia para ter cuidado, para não confundir as coisas... Mas eu confundi, e como ele trabalhava para Bony e Lafont e eles foram fuzilados na Libertação, isso não ajudou. Me dê mais champanhe.

Ela bebeu, e então esqueceu de mim. Eu percebia que ela estava perdida em suas canções realistas, apesar do bumbo, até que se virou e disparou:

— Fui muito amada, sabe.

Disse-me de um jeito acusador, como se eu tivesse alguma coisa a ver com isso.

Ela pousou o copo.

— Dance comigo.

Era uma música lenta, e ela imediatamente se colou em mim, mas vi que fechava os olhos e não tinha nada a ver comigo. Segurei firme em sua cintura para tentar ajudá-la a se lembrar. Era "Get It Green", de Ron Fisk, e os holofotes projetaram essa cor para destacar e todos ficaram verdes. O sujeito encarregado da ambientação no Slush, que na minha opinião é o melhor em seu ofício, se chama Zadiz e o chamam de Zad. Ele usa um collant com um esqueleto fosforescente e uma caveira no rosto sob uma cartola, mas na vida real tem uma esposa e três filhos. Esconde isso, porque é ruim para sua reputação. *Punk* significa jovem delinquente em inglês e é uma pessoa que se quer além dos limites de tudo, em que nada mais importa e não existe sensibilidade. Como os intocáveis na Índia, nada pode tocá-los. É o que Chuck chama de superação e estoicismo, quando você não está nem aí pra nada, e é por isso que no Slush sempre tem caras que não estão nem aí pra suásticas e parafernálias nazistas. Zad diz que tem prostitutas trabalhando para ele e que já esteve na prisão, mas eu o vi uma vez nas Tulherias com o filho mais novo nas costas e de mãos dadas com mais duas crianças, e ele agiu como se não me reconhecesse. Também sonho, às vezes, em ser um verdadeiro canalha, que não sente mais nada. Há quem mate pai e mãe para se livrar de si mesmo, pela dessensibilização. Marcel Kermody, esse é o nome que vou adotar na primeira oportunidade. Eu gostaria de ser ator, porque o tempo todo você é confundido com outra pessoa e vive escondido por dentro. Quando você se torna Belmondo, Delon ou Montand, para falar apenas dos vivos, você realmente tem direito ao anonimato, especialmente quando tem talento e sabe se transformar em Belmondo, Delon ou Montand. Chuck dá de ombros, para ele tudo isso são tentativas de fuga que não servem para nada, porque a vida sempre corre mais rápido que você.

A srta. Cora estava com a cabeça em meu ombro e eu a abraçava delicadamente, e mesmo que aquele cara fosse um verdadeiro canalha e tivesse sido fuzilado havia trinta anos, se eu pudesse ajudá-la a se lembrar não havia motivo para privá-la disso. Mas foi quando Zad colocou "See Red" e a luz ficou vermelha que a srta. Cora realmente se foi. É o que há de mais rápido em matéria de ritmo, e ela começou a pular e a girar e a estalar os dedos, de olhos fechados, sorrindo de prazer, e em vez de lembrar de si mesma e de seu homem, se esqueceu completamente de tudo. Não sei se foi o champanhe, a música ou se ela decidiu de repente se recuperar daqueles trinta anos de tranquilidade, ou tudo ao mesmo tempo, mas ela realmente se foi como um pião. Ninguém tinha mais de vinte anos a seu redor, mas nem por isso eu podia impedi-la. Não haveria mais do que olhares e sorrisos se o desgraçado do Zad, para justificar sua reputação, não tivesse focado nela o projetor. Ele jurou mais tarde que não foi por maldade, mas porque a reconheceu;

colecionava discos antigos e a viu na televisão no festival realista, então quis colocá-la em evidência, mas tenho certeza de que fez isso para justificar sua reputação de cretino de primeira linha. Ele apontou o projetor para a srta. Cora, um círculo de luz branca bem no rosto dela. No começo, esperei que parasse, mas, com o champanhe, as lembranças dos admiradores e trinta anos de tranquilidade nas costas, quando sentiu o projetor e os outros aos poucos se afastaram para olhá-la, ela deve ter realmente acreditado que estava no palco, e isso é algo que deve ser mais forte do que tudo quando pega você. Pôs uma mão na barriga, levantou a outra como se fosse uma castanhola, tipo olé olé, e não faço ideia do que estava dançando, se era flamenco, pasodoble, tango ou rumba, e ela mesma não devia saber, mas começou a mexer os quadris e a rebolar, e foi a pior coisa que poderia lhe acontecer em sua idade, e é ainda pior quando você nem percebe que está acontecendo. Era crueldade com os animais. Alguns começaram a rir ao redor, mas sem maldade, apenas para se defender. E isso não foi tudo. De repente, ela se virou para Zad e fez um gesto, o canalha entendeu na hora e parou o disco, feliz como um rei da merda quando pode cagar tudo. Foi nesse momento que ouvi um sujeito a meu lado dizer:

— Deveria dizer a sua avó que ela está exagerando.

Me virei para lhe dar um soco, mas ouvi a voz de srta. Cora no microfone:

— Dedico esta música a Marcel Kermody.

Fiquei paralisado. Eu ainda não era Marcel Kermody, e só ela e eu sabíamos disso, mas todos os meus músculos ficaram rígidos, é o que se chama virar uma estátua de sal.

A srta. Cora segurava o microfone e Zad tinha sentado ao piano. Eu estava com um sorriso zombeteiro nos lábios, é o que sempre faço quando não há nada a fazer.

Com gestos de menina
Ela vendia tangerinas
E nas ruas de Buenos Aires...

Não sei quanto tempo durou a canção. Não deve ter durado tanto quanto pensei, porque nessas situações o tempo prega peças na gente. Tipo, uns trinta anos.

Pegue minhas tangerinas
Elas vão agradar muito a você
Pois têm a pele fina
E sementes bonitas...

Ao cantar "sementes bonitas", a srta. Cora fazia o gesto de tocar suas próprias sementes.

O idiota de camisa polo amarela a meu lado voltou a me provocar.

— Chega! Queremos dançar!

— Não se deve perturbar os artistas — eu disse. — E você não perde por esperar. Vou fazê-lo dançar depois.

Ele deu um passo em minha direção. A namorada dele, que tinha duas vezes mais peitos que o normal, o segurou.

— Não quero impedir você de ganhar a vida, cara — ele disse. — Mas vá fazer isso em outro lugar.

Eu queria tanto deixá-lo com o olho roxo que até fiquei feliz por conseguir me controlar. Sempre sentimos mais prazer quando nos controlamos.

A srta. Cora terminou e recebeu aplausos calorosos. Eles poderiam dançar, finalmente. O próprio Zad deve ter temido que ela recomeçasse, porque logo colocou um disco e convidou a srta. Cora para dançar. As pessoas pagaram quarenta francos para entrar, não para ajudá-la a se lembrar.

Ele tinha deixado o ambiente sob uma luz verde e ninguém

conseguia vê-lo, só o esqueleto fosforescente e a cartola que dançavam com a srta. Cora, segurando-a com firmeza para que ela não se colocasse em evidência de novo.

A srta. Cora estava em êxtase. Inclinou a cabeça para trás e fechou os olhos, cantarolando, e o canalha do Zad inclinou sobre ela o esqueleto fosforescente e a caveira de cartola. Eron Fisk gritava *Get it green!* com sua voz de anschluss. Não sei o que a palavra "*anschluss*" quer dizer, mas a guardo com cuidado, sem saber seu significado, para usá-la em coisas que não têm nome.

Fui ao bar, tomei duas vodcas e, pelo canto do olho, vi Zad levando a srta. Cora de volta à mesa e até beijando sua mão para mostrar que conhecia as boas maneiras que se perderam. Voltei rapidamente, era minha vez de entrar em ação. A srta. Cora estava de pé e terminava o resto do champanhe.

— Vamos, srta. Cora, já chega, agora vamos para casa.

Ela se balançava suavemente e tive que segurá-la.

— Não poderíamos ir a algum lugar para dançar o java?

— Não sei onde se dança o java e nem quero saber.

Fiz um sinal para o garçom e, quando ele chegou, ela quis pagar. Eu não quis deixar, mas não adiantou. Ela insistiu e percebi que me confundia com outra pessoa. Devia estar acostumada a pagar para aquele idiota que havia amado e queria pagar em sua memória. No fim, deixei, não quis privá-la disso.

— Minha cabeça está girando...

Segurei seu braço e nos dirigimos para a saída. Ao passar perto do microfone, ela diminuiu a velocidade com um sorriso de criança culpada, mas a segurei e ufa! estávamos na rua. Eu a acomodei dentro do táxi.

— Desculpe-me, srta. Cora, esqueci uma coisa.

Voltei para dentro e abri caminho entre os dançarinos, dando cotoveladas, até chegar ao "deveria dizer a sua avó que ela está exagerando" e "não quero impedir você de ganhar a vida, cara, mas vá fazer isso em outro lugar". O sujeito era o que poderia haver de mais parecido comigo, forte, zombeteiro, rosto durão e até loiro como eu, e aquilo realmente me animou, aquela semelhança, seriam dois acertos de contas de uma só vez. Ele tentou me acertar primeiro, mas dei um murro tão forte em seu olho que nunca mais senti tanto prazer ao bater em alguém, só se vive uma vez.

Mesmo assim levei alguns sopapos porque ele tinha um amigo do Magrebe e isso me incomodou na hora de bater, não sou racista. Na França, só devemos bater em franceses, se quisermos ser corretos.

Quando estava saindo, vi que a srta. Cora não havia ficado no táxi, tinha voltado e estava tentando pegar o microfone de novo, Zad a impedia e o dono do lugar também tinha se envolvido e a segurava por trás. Bem, ela tinha bebido a garrafa inteira sozinha, mas não era só isso, era toda a sua vida que voltava, era mais forte do que ela. Isso causou tal efeito em mim que não senti mais vergonha alguma. E depois, quando damos uma surra em alguém sempre nos sentimos melhores. Zad segurava o microfone longe dela com o braço esticado, e Benno, o dono, puxava a srta. Cora em direção à porta, enquanto todo mundo na pista ria, porque é um mundo assim e uma pista assim. Um verdadeiro baile de caridade, sabe como é. Eu estava realmente inspirado. Me aproximei e Zad gritou para mim, sem se incomodar com a presença da srta. Cora:

— Leve sua Fréhel daqui, já deu por hoje.

Coloquei gentilmente a mão em seu ombro.

— Deixe-a cantar mais uma vez.

— Ah, não, isto aqui não é um show de talentos, merda!

Virei-me para Benno e enfiei meu punho sob seu nariz e ele logo se mostrou a favor de um acordo histórico.

— Está bem, ela canta mais uma e depois vocês caem fora, e você nunca mais pisa aqui.

Ele mesmo anunciou:

— A pedido de todos, pela última vez, a grande estrela da canção…

Virou-se para mim. Sussurrei o nome para ele.

Zad se inclinou ao microfone:

— Cora Lamenaire!

Houve alguns uh! uh!, porém aplaudiram mais do que qualquer outra coisa, especialmente as garotas, que estavam mais envergonhadas por ela.

A srta. Cora pegou o microfone.

O projetor foi focado nela e Zad deu um passo para trás. Ele tinha tirado a cartola, que mantinha contra o peito, e ficou de cabeça baixa atrás da srta. Cora, como se prestasse homenagem à sua memória.

— Vou cantar uma canção para alguém que está aqui…

Houve mais vaias e assobios e aplausos, mas era mais para fazer barulho do que outra coisa. Eles não conheciam Cora Lamenaire nem de pai nem de mãe, então devem ter pensado que era uma pessoa famosa. Um sujeito até gritou:

— Queremos Funès! Queremos Funès!

E outro berrou:

— Reembolso! Reembolso!

Mas os dois foram abafados por psius e a srta. Cora começou a cantar, e é preciso dizer que a voz era o que ela tinha de melhor:

Se você imagina
Garotinha, garotinha
Se você imagina
Que vai, vai, vai
Vai durar para sempre
A temporada do a
A temporada do a

Temporada do amor
Como está errada
Garotinha, garotinha
Como está errada…

Um grande silêncio se fez. A srta. Cora tinha o spot branco no rosto, nós a víamos em todos os detalhes, ela realmente tinha autoridade, sabe. Anos e anos de experiência não se perdem. Eu estava ao lado do corpulento Benno, que suava e se enxugava, e Zad inclinava seu esqueleto sobre a srta. Cora, um pouco acima, para trás. Então a srta. Cora se virou para mim e estendeu a mão na minha direção, e quando ouvi o que vinha depois, tudo o que pude fazer para me esconder foi sorrir.

Ele tinha um olhar muito doce
Olhos sonhadores um pouco loucos
Com lampejos estranhos
Como muitos caras do Norte
Um pouco de ouro nos cabelos
Um sorriso de anjo…

Ela se calou. Eu não sabia se a canção tinha acabado ou se a srta. Cora tinha parado porque havia esquecido ou por outras razões que não preciso saber e que eram conhecidas apenas por ela. Dessa vez recebeu aplausos de verdade e não apenas da boca pra fora. Eu também aplaudi com todos que me olhavam. Até Benno beijou novamente a mão dela, sem deixar de empurrá-la gentilmente para a porta, repetindo para agradá-la:

— Bravo! Bravo! Meus cumprimentos. A senhorita foi um sucesso! Eu vivi isso! A grande época! O Tabou! Gréco! La Rose Rouge! Pensei que a senhorita fosse de muito antes!

E então, em seu alívio, já que estávamos quase saindo, quis se superar.

— Ah! Se pudéssemos reunir no mesmo show Piaf, Fréhel, Damia e a senhorita...

Aí travou de novo.

— Cora Lamenaire — sussurrei para ele.

— Isso mesmo, Cora Lamenaire... Há nomes que não esquecemos!

Ele apertou minha mão, satisfeito com o acordo histórico.

Estávamos na rua.

18

Eu segurava a srta. Cora, em quem a emoção causava ainda mais efeito do que o champanhe.

— Ufa! — ela disse, levando a mão ao coração, para mostrar que estava sem fôlego.

Abraçou-me e então se inclinou para trás, mantendo as duas mãos sobre meus ombros para me ver melhor, e arrumou um pouco meus cabelos, ela tinha feito aquilo por mim e queria ver se eu estava orgulhoso dela. Parecia tanto uma garotinha travessa que sabia que não deveria ter feito aquilo que quase lhe dei um tabefe. Chuck diz que a sensibilidade é uma das sete pragas do Egito.

— Foi maravilhosa, srta. Cora. É uma pena ficar em casa com uma voz dessas.

— Os jovens perderam o hábito. É completamente diferente do que se canta hoje. Eles gritam, só isso.

— Eles precisam gritar e até mais, srta. Cora.

— Acho que a verdadeira canção vai voltar. É preciso ter paciência e saber esperar. Ela vai voltar. Para mim, parou em Prévert. Marianne Oswald foi a primeira a cantá-la, em 1936.

Ela começou:

A onda
Embriagada
Rolava...

Coloquei a mão sobre sua boca, mas com gentileza. Ela riu alegremente, depois respirou fundo e ficou triste.

— Prévert morreu e Raymond Queneau também, e Marianne Oswald ainda está viva, eu a vi outro dia na Brasserie Lutetia...

Nunca encontrei ninguém que conhecesse mais nomes que eu não conhecia. E ela adquiriu um ar obstinado:

— Mas vai voltar. É um ofício em que é preciso saber esperar.

Acomodei-a no táxi e arranquei a todo gás. Ela não disse mais nada e olhou para a frente. Eu a espiava de vez em quando, porque era inevitável. Ela chorava. Segurei sua mão para dizer algo.

— Fui ridícula.

— Claro que não, que ideia!

— É muito difícil se acostumar, Jeannot.

— Vai voltar, srta. Cora, está em um período de baixa, é preciso saber esperar. Todos tiveram períodos de baixa em algum momento, faz parte do ofício.

Ela não me ouviu. E repetiu mais uma vez:

— É muito difícil se acostumar, Jeannot.

Eu quase disse sim, eu sei, essa idade é impiedosa, mas podia ajudá-la muito mais deixando-a falar.

— Começamos a ser jovens cedo demais, Jeannot, e depois, quando se tem cinquenta anos e é preciso mudar de hábitos...

Ela estava banhada em lágrimas. Abri sua bolsa, peguei o lenço e lhe entreguei. Meus argumentos tinham acabado. Eu faria qualquer coisa por ela, qualquer coisa, porque não era nem mesmo pessoal, era muito maior, era muito mais geral, uma verdadeira volta ao mundo.

— Não é verdade que envelhecemos, Jeannot, são apenas as pessoas que exigem isso de você. É um papel que fazem você desempenhar e não pedem sua opinião. Fui ridícula.

— Não importa, srta. Cora. Se não pudéssemos ser ridículos, não teríamos vida.

— Chamam isso de terceira idade, Jeannot.

Ela ficou quieta por um momento. Eu teria feito qualquer coisa.

— É muito injusto. Quando você é músico, no piano ou no violino, pode continuar até os oitenta anos, ninguém conta seus anos, mas quando você é mulher os números vêm em primeiro lugar. Contam tudo. A primeira coisa que fazem com uma mulher é contar seus anos.

— Vai mudar, srta. Cora. É preciso saber esperar.

Mas eu não tinha os meios. E então é preciso ter moral para mentir.

— É verdade que os anos nos fazem de reféns, srta. Cora. Não se deixe acostumar. Veja, uma certa sra. Jeanne Liberman escreveu um livro de autodefesa, *A velhice não existe*, na coleção Histórias de Vida como o próprio nome sugere. É uma pessoa que luta com armas brancas aos setenta e nove anos. Em 1972, ela era faixa preta de aikido e praticava kung fu, ela pratica artes marciais aos oitenta e dois anos, a senhorita pode se informar. Estava no *France-Soir*.

Ela continuava chorando, mas também sorria.

— Você é uma figura, Jeannot. E ainda mais gentil. Nunca conheci ninguém como você. Você me faz muito bem. Espero que não seja apenas por benemerência.

Não sei o que ela tinha contra a benemerência, mas voltou a chorar. Talvez fosse porque o champanhe tinha acabado e a deixado sozinha. Apertei sua mão.

— Srta. Cora, srta. Cora — eu disse.

Ela encostou a cabeça em meu ombro.

— É muito mais difícil para uma mulher permanecer jovem…

— A senhorita não é velha de verdade. Sessenta e cinco anos, hoje, com os meios que temos, não é a mesma coisa. Podemos até ser reembolsados pela segurança social. Não estamos mais no século XIX. Hoje vamos até a lua, merda.

— Acabou, acabou...

— De jeito nenhum. O que acabou? Por que acabou? Há um pensamento famoso que diz que enquanto há vida, há esperança. Com canções novas escritas para a senhorita, ainda vai causar furor.

— Não estou falando disso.

— De Gaulle foi rei da França aos oitenta e dois anos e a sra. Simone Signoret, que tem quase a sua idade, fez o papel principal em qual filme? Em *Madame Rosa: A vida à sua frente*. Sim, *Madame Rosa: A vida à sua frente*, com quase sessenta anos, e até ganhou um Oscar, de tão verdade que é! Todos nós temos a vida pela frente, até eu, e ainda assim não tenho pretensões, juro.

Eu a segurava carinhosamente, com o braço em torno de seus ombros, é preciso saber se conter. Ninguém jamais teve o braço tão longo. Ela estava até me fazendo bem, eu me limitava a uma única pessoa, em vez de todas as espécies animais.

— A senhorita não assinou nada. A senhorita não assinou e não concordou em ter a idade que a vida lhe atribui.

— É preciso ser dois — ela disse.

— Dois ou grupos de trinta, como quiser.

— Grupos de trinta! Que horror!

— O rádio e a televisão é que recomendam fazer isso em grupos de trinta, não eu, srta. Cora.

— Mas o que você está dizendo, Jeannot? Isso não é possível!

— Parece que se fizermos individualmente, cada um por si, vai ser uma bagunça total. Temos metade da Bretanha para limpar.

— Ah, você está falando do derramamento de óleo...

— Sim. Eu também quis ir, mas não posso estar em todos os lugares. E lá eles têm milhares de voluntários e cinco mil soldados para ajudar.

Eu tinha um braço em torno de seus ombros e dirigia com a outra mão, mas as ruas estavam vazias e não havia risco. Ela tinha parado de chorar, mas meu pescoço ainda estava todo molhado. Ela mal se mexia, como se finalmente tivesse encontrado um lugar onde se sentisse bem e tivesse medo de perdê-lo. Era melhor não falar com ela para não incomodar. Era o momento em que os gatos começam a ronronar. O mais injusto é que algumas pessoas diriam gata velha ao falar dela. Todos os semáforos piscavam no amarelo à noite, mas eu dirigia bem devagar, como se ela tivesse pedido. Nunca tinha ouvido uma mulher se calar tão alto. Quando era criança, também cavava um buraco no jardim e me escondia lá dentro com uma coberta na cabeça, para ficar no escuro, e brincava de me sentir bem. Era isso que a srta. Cora estava fazendo, com o rosto escondido em meu pescoço, me segurando em seus braços, brincando de se sentir bem. É uma coisa animal. Obtemos calor físico e isso não é tão ruim. Era a primeira vez que eu segurava assim uma senhora idosa. Há uma terrível injustiça nisso tudo, embora tudo tenha sido planejado para o resto, para a sede, a fome, o sono, como se a natureza tivesse esquecido o mais importante. É o que chamamos de buracos negros, que são como lapsos de memória, esquecimento, enquanto a luz corresponde à visão, a água à sede e a fruta à fome. Também é preciso acrescentar que temos tendências obedientes e submissas, uma mulher idosa é uma mulher idosa, ela deve considerar isso um fato e é considerada inválida. É doido tudo o que aceitamos. Mesmo eu, sentindo a respiração e a bochecha da srta. Cora em meu pescoço, seus braços a meu redor, me mantive rígido para não parecer que correspondia e fiquei envergonhado porque ela tinha sessenta e cinco anos e enfim, merda, era como se eu estivesse sendo cruel com os animais. Quando você tem uma cadela velha que vem pedir carinho, você acha normal e não faz diferença, mas, com a srta. Cora aninhada em mim, eu sentia repulsa como se sua situação numérica fizesse com que não fosse mais uma mulher que estivesse aninhada em mim, mas sim um homem, e eu sentisse repugnância homossexual. Me senti um verdadeiro miserável quando ela me deu um beijo no pescoço, um beijo rápido, como se quisesse que eu não percebesse, e senti um calafrio, porque estava sendo obediente demais em todos os aspectos, quando o primeiro dever é não aceitar e ser contra a natureza, quando a natureza são convenções numéricas, o número de anos que ela marca em nossa caderneta, a velhice e a morte como se não fossem permitidas. Queria me virar para ela e beijá-la na boca como uma mulher, mas fiquei bloqueado, e no entanto na Rússia até mesmo os homens se beijam na boca sem repugnância. Mas isso vem de longe e é patrimônio deles. Células hereditárias. Chuck diz que não há pior regime policial que o das células, todas são camburões. Não adianta gritar às armas, cidadãos, a natureza não se importa, é como grafite nas paredes. Fui tomado por uma tal recusa de obediência que comecei a ter uma ereção. Parei o táxi, abracei a srta. Cora como se fosse outra pessoa e a beijei nos lábios. Não foi por ela, foi por princípios. Ela colou o corpo todo contra o meu, com uma espécie de grito ou soluço, nunca se sabe quando se trata de desespero.

— Não, não, não devemos... sejamos sensatos...

Ela se inclinou um pouco para trás, acariciando meus cabelos com lágrimas, maquiagem, champanhe e tudo o que a vida lhe fizera, e tinha envelhecido dez anos sob o efeito da emoção, colei rapidamente meus lábios nos dela para não ver. Era o sentimentalismo de novo, como aquela foto do assassino norueguês ou canadense segurando um porrete sobre a cabeça do filhote de foca que olha para ele, era exatamente o mesmo olhar.

— Não, Jeannot, não, sou velha demais... não é mais possível...

— Quem decidiu isso, srta. Cora? Quem estabeleceu essa regra? O papa? O tempo é uma bela porcaria e já deu para ele.

— Não, não... não podemos...

Arranquei o carro. Ela se jogou contra mim, escondendo o rosto em meu ombro e, a cada vez que respirava, era como se estivesse lutando contra o ar. Uma menininha em uma fantasia de pele enrugada que não entendia como, quando, por quê. É terrível não envelhecer.

Agora ela chorava de mansinho. Tinha se afastado de mim e soluçava no escuro, como sempre acontece.

O jornal está certo ao pedir reformas no confinamento em solitária.

Estacionei o táxi na rua. No elevador, ela murmurou:

— Devo estar com uma cara horrível.

E então ela realmente fez algo. Eu sabia que ela precisava se defender. Abriu a bolsa, pegou três notas de cem francos e as estendeu para mim.

— Tome, Jeannot, pegue isso. Você teve gastos.

Quase ri, mas o que posso dizer, ela estava presa à canção realista. O cafetão, a faca, os batalhões da África, Sidi Bel Abbès, o legionário com cheiro bom de areia quente. Não sei o que elas cantavam, Fréhel e Damia, mas decidi descobrir. Peguei o dinheiro. A srta. Cora precisava ser tranquilizada. Enquanto eu pegasse seu dinheiro, as regras seriam cumpridas. Ela se sentiria em terra firme.

Não lhe dei tempo de acender a luz. Peguei-a nos braços, ela logo disse não, não, depois seu grande tolo, e se colou a mim com todo o seu corpo. Não a despi, era melhor assim. Levantei-a e a levei para o quarto, esbarrando nas paredes, atirei-a na cama e a possuí duas vezes seguidas sem sair de dentro, e não só ela, mas o mundo inteiro com todos os seus camburões, porque é isso a impotência. Depois disso, me esvaziei completamente de injustiça e raiva. Ela continuou gemendo por um momento e então ficou em silêncio. Tinha gritado meu nome durante, muito alto, e meu querido, meu querido, meu querido, ela pensava que era só pessoal, mas era muito mais. Quando se calou e parou de se mexer e só restava dela um pouco de respiração, voltei a abraçá-la suavemente e a buscar seus lábios, e não sei por que pensei no que Chuck tinha me dito, que em todo lugar há túmulos de Cristo a serem libertados. Estávamos no escuro, o que fazia a srta. Cora ser bela e jovem e ela tinha dezoito anos em meus braços e em minha alma e consciência. Também pensei no rei Salomão, que aos oitenta e quatro anos ainda consultava de cabeça erguida uma vidente extrassensorial para mostrar que não havia limites. Eu sentia o corpo da srta. Cora batendo asas como a ave da televisão, presa no derramamento de óleo, tentando voar. Há massacres em todos os lugares e não posso estar em todos os lugares ao mesmo tempo. Não sobrou ninguém no número que você discou. Não estou nem aí para as cambojanas, não se pode possuir todas. Marcel Kermody, ex-Jeannot Coelho. Há coletas de dinheiro nas ruas de Paris contra a fome no mundo. Chuck diz que nunca vão matar Aldo Moro, seria literário demais. *Prima della Rivoluzione*. Deveríamos nos tornar tão cinéfilos a ponto de as espécies dizimadas serem nada mais que espetáculo. Inventaram um tubarão que causou terror em *Tubarão* porque finalmente não éramos nós, mas o tubarão, pela primeira vez não éramos responsáveis. O rei Salomão errou o andar. Deveria estar cem milhões de andares acima, com uma central telefônica cem milhões de vezes mais potente. Mas não sobrou ninguém no número que você discou. Ainda acariciei a srta. Cora de novo e de novo como jamais se viu. Finalmente era algo ao alcance das mãos. Chuck diz que não devemos desanimar porque em cada homem existe um ser humano escondido e cedo ou tarde ele vai sair. Depois, ajudei-a a se despir, tirar o vestido e ficar nua, mesmo quando ela acendeu a luz, porque não tenho medo de nada. Eu estava muito menos consternado do que antes, quando ela sussurrava oh sim meu querido, sim, sim, agora, sim, sim, amo você, e não por causa das palavras, que não pertencem a ninguém e sempre marcam presença, mas por causa da voz que realmente tinha perdido a cabeça. Nunca tinha deixado ninguém tão feliz assim. Meu pai me contava que faltava de tudo durante a ocupação, mas que era possível conseguir de tudo no escuro. Dizíamos "no escuro" para mostrar que era ilegal, que não tínhamos direito. A srta. Cora não tinha direito por causa da caderneta que tinham colado nela, mas estava feliz no escuro.

— O que foi? Por que está rindo?

— Nada, srta. Cora, é como se nós dois estivéssemos no mercado clandestino...

Acho que ela estava atordoada demais para rir.

— Ah, não ligue, srta. Cora, estou bem, então não é nada.

— É verdade? É verdade que está bem comigo?

— Claro que sim.

Ela acariciou meus cabelos novamente.

— Eu fiz você feliz?

Fiquei completamente surpreso, porque afinal de contas, o que mais, agora.

— Claro que sim, srta. Cora.

Ela se reanimou um pouco e sua mão começou a me procurar como se quisesse provar que me agradava, e então ela se entregou inteiramente, nervosamente, como se estivesse em pânico e precisasse se acalmar. Eu a acalmei. Sempre é comovente quando uma garota inexperiente tenta provar a você que agrada, e a srta. Cora não tinha mais nenhuma experiência. Fazia isso de maneira desajeitada e desesperada, como se estivesse sendo perseguida pela polícia. Eu a afastei suavemente, não era nisso que eu precisava de ajuda. Não há nada mais injusto do que uma mulher com medo de já não ser desejável. São ideias que metem na cabeça delas, por causa das leis do mercado às quais estão submetidas. Ela estendeu de novo a mão no escuro e fiquei duro na mesma hora para não prolongar a tensão, eu não ia me levantar e ir embora, com licença, só estava de passagem. Não podia apagar sua caderneta, mas ela não precisava se desculpar e se sentir culpada por ter uma. Na contabilidade dos livros da natureza sempre há fraudes. Fraudes e falsificações, que deveriam ser passíveis de julgamento e instâncias superiores. Chuck está mais certo que qualquer um quando diz que tudo é uma questão de estética, e que uma mulher só pode se permitir peles flácidas, nádegas moles e seios murchos na arte, porque na vida isso só pode prejudicá-la, por causa da declaração dos direitos do homem. Srta. Cora colou os lábios nos meus e murmurou meu tesouro querido, meu lindo amor, e foi bastante comovente e caloroso, hoje em dia são raras as garotas que dizem meu tesouro querido, meu lindo amor. Já não há a mesma poesia. Depois, ficou como morta por ainda mais tempo, mas ainda segurava minha mão, como se quisesse se certificar de que eu não iria fugir. Ela deveria saber que tentativas de fuga não são do meu feitio. É como o rei Salomão, que está voltado para o futuro e o encara de frente, e que até mesmo faz um terno para os próximos cinquenta anos, tranquilamente, ele não conhece o medo, e quando diz "não sabemos o que o futuro nos reserva", sorri de prazer, de tantas coisas boas que o futuro guarda. Tudo estava tão silencioso que nem mesmo os carros lá fora podiam ser ouvidos. Há momentos verdadeiramente favoráveis como esse, em que ninguém pensa em ninguém e há paz no mundo. Estava tão calmo e tranquilo que me sinto realmente feliz de ter vivido isso. Eu estava exausto e isso sempre alivia a angústia. É o que chamam de esforço físico e de benefícios do trabalho árduo. Meu pai costumava dizer: se você trabalhasse oito horas por dia, todos os dias, no fundo de uma mina... O trabalho que os mineiros fazem é alguma coisa.

Ela se levantou para ir ao banheiro, às vezes é indispensável. Estendi a mão para procurar a lâmpada, sem motivo.

— Não, não, não acenda...

Acendi. Não era culpa dela, pelo amor de Deus, ela não precisava se sentir culpada. Acendi. Era uma pequena lâmpada vermelha, laranja e rosa, mas eu a teria olhado da mesma maneira carinhosa se fosse um holofote. Nunca vemos a garota de dezoito anos depois que o tempo fez seu trabalho, o tempo é o maior transvestidor que conheço.

— Não me olhe assim, Jeannot.

— Por quê? Está tudo nos direitos do homem.

A única coisa que ela não deveria ter esquecido era o baixo-ventre. Estava todo grisalho. Levei alguns segundos para entender que ela não tingia os pelos e os deixava grisalhos porque não acreditava mais. Pensava que, de todo modo, ninguém mais os veria.

Saltei da cama, peguei-a nos braços, ninando-a um pouco, e depois fui mijar. Deixei o banheiro para ela, peguei um cigarro de sua bolsa e voltei a me deitar. Estava me sentindo bem. E o quarto da srta. Cora era muito feminino. Havia o grande polichinelo preto e branco, que tinha caído da cama. Eu o recolhi. Ele podia ser dobrado em todas as direções. Havia flores pintadas nas paredes e objetos como os das vitrines de suvenires. Havia o coala de pelúcia em uma poltrona, de braços abertos. Havia quadros de verdade com gatos e árvores e uma foto de um mestre de cerimônias com garotas de pernas para cima, com uma assinatura: "Para a maior". Havia fotos de Raimu, Henri Garat e Jean Gabin, que reconheci em *Gueule d'amour*. Um verdadeiro museu. Na parede em frente à cama, entre dois espelhos, havia um grande retrato da srta. Cora em uma moldura de veludo grená. Como ela era jovem e bonita na época! Eu a reconheci muito bem, havia algo familiar. Ela deve ter feito muitos caras suspirarem, mas eu que a havia conquistado.

A pequena lâmpada de cabeceira me fazia bem, com sua luz suave. Eu costumava dizer a Tong que poderíamos fazer um esforço no nosso cubículo, em vez de agir como se não valesse a pena. Vemos belas luminárias em lojas por toda parte e não há razão para nos privarmos de uma.

A srta. Cora voltou. Ela vestia um penhoar rosa com babados. Sentou-se na beira da cama e nos demos as mãos para provar para nós mesmos.

Ela tinha tirado a maquiagem. Não havia muita diferença com o rosto de outras mulheres. E estava até melhor agora, sem maquiagem, passava mais confiança. Dava para ver tudo. Estava assinado. O que a vida mais ama, acima de tudo, é deixar sua assinatura.

— Quer algo para beber?

Merda, ela não ia começar de novo com a sidra.

— Se tiver uma Coca...

— Não tenho, mas prometo que vou ter da próxima vez...

Fiquei quieto por um momento. Eu com certeza voltaria. Não havia motivo para não voltar. Esperava que continuássemos amigos.

— Aceita um pouco de sidra?

Devia ser algo religioso para ela.

— Com prazer, obrigado.

Senti uma pontada de melancolia enquanto a srta. Cora estava na cozinha. Vontade de largar tudo e fugir, mas para quê.

Fui para o banheiro e bebi água da torneira.

Voltei para o quarto e a srta. Cora estava lá com uma garrafa de sidra e dois copos em uma bandeja. Ela encheu os copos.

— Você vai ver, Jeannot, vai dar certo.

— Não sou de fazer planos, srta. Cora.

— Ainda tenho contatos. Conheço muita gente. O que você precisa é fazer aulas. De canto e um pouco de dança. Na dicção, não mexemos. Você tem exatamente o que é necessário, um pouco malandro, um pouco canalha... A rua, sabe. Quando comparamos você com o que vemos hoje no cinema ou na televisão, vemos na hora que você tem uma verdadeira chance. Temos Lino Ventura, mas ele já não é tão jovem. E entre os cantores, não há nenhum com uma verdadeira cara de homem. Há um lugar para você ocupar. Você tem naturalidade.

Ela não parava de falar, como se tivesse medo de me perder. A primeira coisa a fazer era ter minha foto no anuário dos atores. Ela ia cuidar disso.

— Eu sempre quis cuidar de alguém, transformá-lo em uma grande estrela. Você vai ver.

— Escute, srta. Cora, não precisa me dar garantias. Não me importo. A senhorita nem imagina o quão pouco me importo. Não é tanto que eu quisesse ser ator, só não queria ser eu mesmo, é sempre demais. E antes de mais nada...

Ia dizer que eu é que cuidaria dela, mas soaria muito benemerente. Levantei da cama e ela ficou assustada, talvez fosse a última vez que me visse. Ela não entendia nada. Nada de nada. É o que chamamos de instinto de sobrevivência.

— Srta. Cora, não estou lhe pedindo nada. E quer saber? A senhorita não está sendo gentil consigo mesma.

Me inclinei e lhe dei um beijo, um beijo bobo, de leve, apenas roçado e já esquecido. Fiquei um momento inclinado, olhando ternamente para ela. A srta. Cora não tinha entendido nada. Ela pensava que era pessoal. Não tinha entendido que era um ato de amor.

— Até mais, srta. Cora.

— Até mais, Jeannot.

Ela colocou os braços em torno de meu pescoço.

— Ainda não consigo acreditar — disse. — A coisa mais difícil para uma mulher é viver sem carinho...

— Para todo mundo, srta. Cora. É impossível, então temos que nos virar entre nós. É por isso que as mães dão tanto carinho aos filhos, para que mais tarde eles tenham boas lembranças.

Eu a levantei e a abracei. Temi ficar duro de novo, em mim é automático, e se voltasse a fazer amor com ela, ela pensaria que era para evitar os sentimentos.

— Você me fez tão feliz... Eu faço você um pouco feliz também, Jeannot?

— Sim, é claro que me faz feliz, só de olhar para a senhorita...

Acomodei-a de volta na cama e fui embora.

Pensei que não fosse necessário amar uma pessoa para amá-la ainda mais.

19

Eram seis horas da manhã quando saí de lá e do outro lado da rua havia um bistrô que estava abrindo. O dono careca era do tipo que não tem nada a dizer. Eu disse bom-dia e ele não me respondeu. Bebi três cafés um atrás do outro e ele não parava de olhar para mim. Não deixa de ser curioso a quantidade de gente que não consegue me suportar à primeira vista. Isso provavelmente se deve a meu sucesso visual. Sempre fico de guarda atrás de um sorriso do tipo à mão armada. Chuck acrescenta que tenho um físico que desagrada aos homens que não o têm. Ou talvez seja apenas um antagonismo natural. Perguntei ao dono quanto tinha dado, duas vezes, e ele não respondeu. Eu também não podia com a cara dele, depois da noite que tinha passado. Ele tinha um pouco de cabelo cheio de pomada acima das orelhas, com uma camisa branca e um avental azul, e se postou do outro lado do balcão, como se entendesse que eu precisava de amizade. Não sei de onde vem meu caráter benemerente, e é o que tenho de menos hereditário. Meu pai passou a vida inteira carimbando e minha mãe, sendo carimbada. Para Chuck, eu tenho o que chamam de complexo de Salvador e isso não tem meio-termo, corro o risco de matar alguém.

Havia um rádio ao lado do caixa, me inclinei e liguei o aparelho. O dono me metralhou com o olhar.

— Desculpe se tomo essa liberdade — eu disse —, mas é para saber do derramamento de óleo. Sou bretão. Tenho um pai, lá, que é gaivota. E mais um café, por favor.

Ele me serviu um mais rápido do que se eu fosse Mesrine. O rádio me informou que todas as aves estavam condenadas nas ilhas santuários e me senti melhor, não havia mais nada a fazer. Não precisavam de mim. Ufa. Era um problema a menos. Yoko tinha pendurado em nossa casa uma reprodução de são Jorge matando o dragão, mas para ele era apenas a África do Sul. Se eu fosse menos egoísta, não me importaria nem um pouco com a tristeza que todos me causam.

O dono me julgava tanto com o olhar que fiquei tentado a confirmar o que pensava levando o rádio, as pessoas precisam ter razão. Mas pensar nisso foi suficiente e eu ri. Paguei o último café e saí, deixando-o sem assunto. Eram seis e meia, levei o táxi de volta à garagem da Rue Métary, onde Tong iria pegá-lo às sete. Era o dia dele. Peguei minha Solex e fui para Buttes-Chaumont, à Rue Calé, número 45, no quinto andar com vista para o pátio, onde nos instalamos ao chegar de Amiens, dezoito anos de minha vida e onde é que a gente vai se meter. Meu pai não se parece nada comigo, nem sei como o tive. Carimbou bilhetes de metrô quarenta anos de sua vida, alguns pegam o metrô, ele foi pego pelo metrô. Tem o rosto bonito da nossa terra, com cabelos brancos, bigode branco, alguns ficam bonitos aos sessenta anos.

Ele me recebeu de suspensórios. Trocamos um aperto de mão. Ele sabe que eu caí longe do pé. Ainda acredita na honra do trabalho, nos programas políticos, nas discussões de base. Para o meu pai, a velhice é um problema social, e a morte, um fenômeno natural.

— Então, Jean, como vai?

— Nada mal. Me virando.

— Ainda no táxi?

— E mais alguns bicos aqui e ali.

Ele me aqueceu um café e nos sentamos.

— E o que mais? Ainda mora com amigos?

— Os mesmos de sempre.

— Precisa de uma mulher em sua vida.

— A única mulher em minha vida está beirando os sessenta e cinco anos. Uma ex-cantora. Ela quer me ajudar a fazer teatro.

Eu não queria magoá-lo. Disse isso em voz alta para me situar. Talvez fosse realmente feio, a srta. Cora e eu. Caras da minha idade entendem tudo rápido demais. Eu confiava em meu pai. Ele conhecia as normas. Era sindicalista desde sempre.

— Não vou fazer teatro, não se preocupe — eu disse.

Estávamos sentados à mesa da cozinha e havia uma janela na nossa frente. Ela dava para o pátio e estava tudo cinza, mas o rosto dele ficou ainda mais cinza.

— Você está sendo sustentado por uma velha, então.

— Não. Eu deveria ter dito sim, para confirmar, mas não. Ela me passa uma grana de vez em quando e eu aceito, mas só para ajudá-la. É uma pessoa muito romântica. Ela se deixou levar por suas canções, prisão, guilhotina, batalhões da África, legionários, malfeitores. Esse repertório é muito mais antigo que ela. Sei que pode parecer estranho para você, mas quando ela me passa um dinheiro e eu aceito, isso a tranquiliza. É o que chamamos de canção realista. Bandidos, mães solteiras e tudo mais. Ela se chamava Cora Lamenaire, talvez você tenha visto cartazes no metrô, quando era jovem. Vocês têm mais ou menos a mesma idade.

Ele pegou o grande pão rústico de cima da mesa e começou a cortá-lo, lentamente, em fatias bem regulares, para se refugiar em algo seguro e familiar. Era ele que sempre cortava o pão em casa. É a primeira coisa de que me lembro, depois da partida de minha mãe. Ele me disse sua mãe nos deixou e depois começou a cortar lentamente o pão rústico em belas fatias regulares.

— Você veio até aqui só para me dizer isso? Que está sendo sustentado por uma velha?

Colocou o pão, as fatias e a faca sobre a toalha xadrez azul.

— Faz tempo que não nos vemos, então resolvi contar.

— Se você sentiu a necessidade de vir me contar isso às sete da manhã é porque está preocupado.

— Algo assim.

— Não há mais nada, pelo menos?

— Não, nada.

— A polícia não está procurando você?

— Ainda não. Ainda não consideram agressão a pessoas idosas.

— Não precisa bancar o palhaço.

— Vim falar com você sobre essa senhora porque é verdade que já não sei muito bem onde estou. Você ainda tem normas. O dinheiro não tem nada a ver.

— Está procurando desculpas.

Era inútil.

— O que você quer, gosto de velhas, devo ser um depravado.

Ele ficou quieto, com as mãos nos joelhos, olhando para o pão sólido e honesto em cima da mesa. Era mesmo incrível, no fim das contas, aquele homem todo branco de sessenta anos que não entendia que alguém poderia amar os velhos.

— Você começa assim e acaba assaltando agências de correios. Não sei se já não fez isso, para vir me ver de repente a essa hora.

Senti de novo a mesma ternura. Ela subiu em mim, me aqueceu por dentro e se transformou em sorriso.

— Me dê dez minutos antes de chamar a polícia.

Eu sentia ternura por ele e por seu pão rústico, firme, sólido e honesto, mas era inútil, quando você ama como se respira, todos acham que você tem uma doença respiratória.

20

Voltei para casa. Não havia ninguém, apenas são Jorge matando o dragão na parede. Subi para o meu lugar na cama do meio e fiquei ali, com as pernas balançando, a cabeça entre as mãos, procurando por mim mesmo e me perguntando onde estava e o que estava fazendo, e para onde ir, e por que ali em vez de outro lugar, e me perguntava como faria para voltar ao normal e me libertar de meu caráter benemerente, ou então teria que ir para uma ordem monástica.

Talvez meu pai estivesse certo e só exista o social. Poderíamos, então, seguir em frente tomando medidas e ao chegar na saída, desculpem mas não há mais nada a fazer, entraríamos no campo do impossível. Eu nunca deveria ter colocado os pés na casa do rei Salomão. Nunca deveria ter começado a conviver com os velhos, é um mau exemplo para a juventude. Peguei o dicionário de Chuck e procurei *velhice*. Encontrei: *última fase da vida humana, período de vida que sucede a maturidade e é caracterizado pelo fenômeno de senescência*. Procurei *senescência* e era ainda pior. Eu deveria tê-los amado teoricamente, de longe, sem me envolver. Mas não, tive que começar a viver uma história de amor a partir do fim.

Guardei o dicionário no lugar de sempre. Chuck está muito interessado em minha relação com os dicionários. É uma verdadeira fonte de prazer para ele quando abro o dicionário e começo a procurar.

— Você faz isso pelo afastamento. Pelo distanciamento.

— O que isso quer dizer?

— Para se distanciar, se afastar do que o comove ou assusta. Para se afastar da emoção. É uma forma de autodefesa. Quando você está angustiado, afasta as coisas reduzindo-as ao estado seco que elas têm no dicionário. Você as esfria. As lágrimas, por exemplo. Você quer afastá-las, então procura elas no dicionário.

Ele foi pegar o grosso *Budin*.

— *Lágrima: gota visível de um líquido salgado e claro proveniente do aumento de uma secreção das glândulas lacrimais*. É só isso que as lágrimas são no dicionário. Realmente as afasta, não? Em você, é uma busca pelo estoicismo. O que você quer é ser estoico. Insensível. Braços cruzados, olhar frio e dominador, e adeus, com licença, um olhar para todos nós de muito longe, uma espécie de nada mínimo. Você faz isso para minimizar.

Eu não me importava que Chuck estudasse às minhas custas, ele também precisava viver.

Estava ali, balançando as pernas, olhando para os meus tênis, quando ele voltou para se trocar, ele tinha ficado no plantão S.O.S. a noite toda e é sempre à noite que eles mais ligam. Eu devia estar pendendo da cama do meio como um pedido de socorro, porque ele me lançou um olhar de desprendimento zoológico. Só ele sabe nos manter à distância atrás de seus óculos.

— O que aconteceu, parceiro?

— Aconteceu que tracei a srta. Cora essa noite.

— Ah!

Ele tem uma maneira de fazer ah! como se não se surpreendesse com nada e não tomasse partido, nem que seja bonito, nem que seja feio, nem que seja corajoso, nem que seja bom, nem que seja ruim, nem que tenha grandeza nem nada. O cara sempre age como se já tivesse visto de tudo, como se não tivesse vinte e cinco anos, mas doze.

— Sim. Dormi com ela.

— Bem, não vejo onde está o problema, parceiro. Se você queria e...

— Eu não queria nada com ela, merda.

— Então você fez isso por amor.

— Sim, mas ela levou para o pessoal.

Chuck levantou as sobrancelhas bem alto e ajustou os óculos, que é o máximo que ele consegue fazer para parecer preocupado.

— Ah!

— Sim, ah! Ela não entendeu.

— Você poderia ter explicado a ela.

— Você não pode explicar a uma mulher que dormiu com ela em geral.

— Sempre há uma maneira gentil de dizer as coisas.

— Gentil, meu nariz. É perfeitamente nojento escolher não amar uma mulher apenas porque existem outras mais jovens e bonitas. Já existe bastante injustiça no mundo sem mais essa. Não foi pessoal com a srta. Cora, Chuck, foi pessoal com a injustiça. De novo agi com benemerência.

— Bem, você dormiu com ela, ela não vai morrer.

— Eu não devia ter feito isso. Podia ter feito de outra maneira.

— Como?

— Não sei, há outras maneiras de demonstrar simpatia.

Chuck tem pelo menos três andares de cabelo na cabeça. Ele deve ter um metro e noventa de altura, de tão alto que é, mas tem um peito afundado e cambitos tão finos quanto os de um flamingo. Poderia ter sido um jogador profissional de basquete, se fosse esportista.

— Me meti em uma enrascada, Chuck. Talvez seja melhor eu sair da França por um tempo, para ter uma desculpa. Não tenho intenção de continuar, como ela imagina, e também não posso parar, porque ela vai achar que está velha. Dormi com ela no impulso, é isso.

— Vocês podem continuar amigos.

— E como vou explicar para ela? O que vou dizer? Ela vai pensar que é por causa da idade.

Chuck tem um sotaque americano quando fala, o que faz tudo o que ele diz sempre parecer diferente e novo.

— Você explica para ela que já tinha outra mulher na sua vida e que a srta. Cora o fez perder a cabeça, mas que a outra descobriu e que não dá para viver assim. Obviamente, ela vai ver você como um dom-juan.

— Está zombando da minha cara? Falando nisso, lembrei que temos que descer o lixo. Hoje é sua vez.

— Eu sei. Mas, brincadeiras à parte, você só precisa sair do plano sexual. Vocês dois precisam se entender no plano sentimental. Você a visita de vez em quando, segura a mão dela, olha nos olhos dela e diz: srta. Cora, eu a amo.

Sorri para ele.

— Às vezes, tenho vontade de quebrar sua cara, Chuck.

— Sim, conheço esse sentimento de impotência.

— O que devo fazer?

— Talvez ela deixe você. E da próxima vez que sentir vontade, vá para a rua e atire migalhas aos pardais.

— Ah, chega.

— Ninguém dorme com uma mulher por piedade.

Tive que me segurar. Realmente tive que me segurar.

— Não foi por piedade. Foi por amor. Você sabe muito bem o que é, Chuck. Foi por amor, mas não tem nada a ver com ela. Você sabe que, para mim, é algo geral.

— Sim, o amor ao próximo — ele disse.

Pulei da cama e saí, ele estava me dando nos nervos. Na escada, dei meia-volta e voltei. Chuck estava escovando os dentes na pia.

— Tem uma coisa que gostaria de saber, parceiro — eu disse. — Você é o tipo de cara que viu de tudo e chegou à futilidade. Você chegou a uma conclusão. Concluiu que tudo isso e nada é a mesma coisa. Então pode me explicar o que diabos está fazendo há dois anos na Sorbonne? Ninguém tem mais nada a ensinar a você. Então por que tudo isso?

Peguei o monte de apostilas e anotações de cima da mesa e joguei tudo pela janela. Chuck começou a gritar como se estivesse sendo currado, foi a primeira vez que o tirei do sério. Isso me acalmou. Ele desceu as escadas gritando *fucking bastard* e *son of a bitch*, e eu o ajudei a recolher as folhas.

21

Eram quase dez horas e fui à livraria, Aline estava lá. Quando me viu entrar, foi logo buscar um dicionário para mim. Ela exalava um cheiro bom sempre que se mexia. Peguei o dicionário, mas não era aquele.

— Você não teria um dicionário médico?

Ela me trouxe um. Procurei *amor*, mas não havia nada.

— Não está aqui.

— O que você está procurando?

— Estou procurando *amor*.

Eu queria fazê-la rir, porque quando rimos de algo fica menos sério. Mas ela não era uma garota fácil de enganar. E devia ser óbvio. Devia ser visível que eu estava doente de amor. Queria dizer a ela, escute, amo uma mulher que não amo de jeito nenhum, o que me faz amá-la ainda mais, você pode me explicar? Eu não disse nada, quando não conhecemos alguém o suficiente não é fácil ser ridículo.

— Você não vai encontrar *amor* no dicionário médico. Ele costuma ser considerado uma aspiração natural da alma humana.

Eu também não ri.

Peguei o *Robert*.

Li em voz alta para que ela pudesse ouvir:

— *Amor: disposição para desejar o bem do outro e se dedicar a ele...* Ah! Veja que não é normal.

Ela ficou quieta e me encarou com a menor ironia possível. Eu esperava que ela não considerasse isso algo religioso da minha parte. Uma loira alta que nem sequer se maquiava.

— Você não teria um dicionário maior?

— Esse é um pouco resumido, verdade — ela disse. — É para uso diário. Para ter à mão. Em caso de necessidade.

Fiz como o Chuck:

— Ah!

— Pela rapidez. Tenho o *Grand Robert* em seis volumes e a *Enciclopédia Universal* em doze. E vários outros.

— Em casa, para casos de necessidade, ou apenas aqui?

— Você não é engraçado... Como é seu nome mesmo?

— Marcel. Marcel Kermody. Os coelhos me chamam Jeannot.

— Venha.

Ela me levou para uma sala nos fundos, onde havia apenas uma coisa nas paredes. Dicionários, de alto a baixo.

Tirou um por um, todas as letras *a*, e colocou os volumes na mesa à minha frente. Ela os atirou, na verdade. De maneira um pouco brusca, ou quase. Não estava com raiva, não, apenas um pouco irritada.

— Procure.

Sentei e procurei.

Aline me deixou sozinho, mas voltava de tempos em tempos.

— Está satisfeito? Tem o que precisa? Ou quer mais alguns?

Ela usava os cabelos muito curtos, um verdadeiro desperdício. Eram bonitos de ver. Os olhos eram castanho-claros, puxando para o âmbar quando ficavam alegres.

— Ah!

Eu tinha encontrado.

— Aqui, ao menos, há quatro páginas sobre *amor*.

— Sim, eles resumiram — ela disse.

Nós dois rimos, para tornar aquilo engraçado.

— Eles até dão exemplos para provar que existe — eu disse. — Veja. Em pintura, *amor: um certo velo que torna a tela muito adequada para receber a cola.*

Dessa vez ela riu de verdade e sem tristeza. Fiquei feliz, fiz mais uma mulher feliz. Parece que existem escolas de palhaços na URSS, onde ensinam você a viver.

Continuei no mesmo ritmo:

— *Amor: na construção civil, uma espécie de untuosidade deixada pelo gesso nos dedos...*

Ela riu tanto que realmente me senti de utilidade pública.

— Não é verdade... Você está me enganando... Uma pegadinha.

Mostrei a ela o *Littré*.

— Leia você mesma.

— *Amor:... espécie de untuosidade deixada pelo gesso nos dedos...*

Ela estava com lágrimas nos olhos.

Fiquei com a corda toda:

— *Amor engaiolado: termo de botânica. Termo de falcoaria: voar de amor é o que se diz das aves que voam em liberdade para auxiliar os cães...*

— Isso não é verdade!

Apontei para o texto com o dedo.

— Olhe você mesma... *para auxiliar os cães*. E isso, veja: *amor no feminino é singular apenas em poesia...*

Mais abaixo, havia: *Não há dores bonitas nem amores feios*, mas guardei isso para mim, não li em voz alta, não teria sido gentil com a srta. Cora.

— Qual você prefere? A espécie de untuosidade deixada pelo gesso nos dedos ou um certo velo que torna a tela muito adequada para receber a cola?

— Isso é realmente engraçado — ela disse, mas parecia achar cada vez menos graça.

— Sim, na minha profissão precisamos de pegadinhas.

— O que você faz?

— Estou na escola de palhaços.

— Interessante. Não sabia que isso existia.

— Claro que existe. Estou no vigésimo quinto ano. E você?

Ela tinha um olhar muito amistoso.

— No vigésimo sexto — disse.

— Tenho uma amiga que está no sexagésimo quinto, e um amigo, o sr. Salomão, o rei das calças, que está no octogésimo quarto.

Hesitei um pouco, para não parecer acreditar.

— Talvez pudéssemos fazer um número de palhaços juntos. Amanhã à noite?

— Venha ao meu apartamento na quarta-feira que vem. Tenho alguns amigos. Faremos um espaguete.

— Não pode ser antes?

— Não, não pode.

Não insisti. Não gosto muito de espaguete.

Ela me escreveu o endereço em um pedaço de papel e eu fui embora. Você deve ter notado que essa é minha expressão preferida, ir embora.

22

Na rua, tive mais um ataque de melancolia, e por uma boa razão. Eu tinha me encontrado no dicionário. Não disse à garota, não tinha a intenção de ser compreendido, estava com medo de desanimá-la. Mas eu tinha me encontrado no dicionário e me aprendido de cor para me reconhecer da próxima vez. *Amor: disposição para desejar o bem do outro e se dedicar a ele.* Senti uma tristeza profunda, como se tivesse me tornado meu próprio inimigo público número um. E eu ainda tinha um suplemento. Em mim, a coisa não parava na disposição para desejar o bem do outro e se dedicar a ele, o que já é bastante, quase impossível, quando se pensa em qualquer baleia que nem conhecemos, nos tigres-de-bengala, nas gaivotas da Bretanha ou na srta. Cora, sem falar do sr. Salomão, em estado de suspense e espera. Mas havia um suplemento que me atingiu como a varíola ao baixo clero. *Amor: apego profundo e desinteressado a algum valor.* Eles não diziam qual valor, aqueles sacanas. Então, melhor voltar para a casa de seu pai, sentar à sua direita e venerar seu belo, sólido e honesto pão rústico. *Apego profundo e desinteressado a algum valor...*

Voltei à livraria na mesma hora porque o valor não pode esperar o passar dos anos. Eu precisava dele imediatamente. Procurando bem, tinha certeza de que encontraria algo, entre *a* e *z* e em cerca de duas mil páginas.

— Esqueci o *Petit Robert.*

— Vai comprar?

— Sim. Preciso fazer umas pesquisas. Deveria levar o maior, em doze volumes, onde temos certeza de encontrar tudo, é só consultar. Mas estou com pressa e a angústia começa, então vou levar o pequeno, à espera de algo maior.

— Sim — ela disse. — Entendo. Há muitas coisas que acabamos perdendo de vista, então um dicionário é útil, lembra que existe.

Ela me acompanhou até o caixa. Tinha uma maneira de andar que era agradável de ver. Uma pena que cortasse os cabelos tão curtos, quanto mais mulher para ver, melhor, mas com menos cabelo havia mais pescoço, que eu gostava nela, portanto não se pode ter tudo.

— Quarta-feira, às oito e meia, não esqueça.

— Às oito e meia, espaguete, mas se quiser cancelar seus amigos, não se incomode por minha causa.

Rimos de novo, como se fosse uma pegadinha.

Subi em minha Solex e fui direto à casa do rei Salomão para ver se ele ainda estava lá. Quando ele acorda de manhã, deve ser uma grata surpresa todos os dias. Não sei em que idade começamos a contar de verdade. Eu segurava meu dicionário embaixo do braço e descrevia arabescos em forma de espaguete na minha bicicleta Solex, pensando na noite de quarta-feira.

Não tive sorte, o sr. Tapu estava na escada com o aspirador e logo percebi que estava em um bom dia. A última vez que o vi tão feliz foi quando a esquerda estava para ganhar as eleições, e ele sempre dizia que tinha mesmo que acabar assim, que estávamos ferrados e era bem feito para nós. Ele não se dirigiu a mim no início, triunfava em silêncio para me fazer imaginar o pior. Eu tinha ouvido pela manhã no táxi que palestinos e judeus tinham tido outras centenas de mortos ao mesmo tempo, e essa era a melhor coisa que poderia lhes acontecer, na opinião do sr. Tapu. Mas eram suposições. Adotei uma postura defensiva, instintivamente, encolhi os ombros, porque nunca se sabe com o que a imbecilidade vai acertar você.

— Olhe aqui…

Ele tirou do bolso uma página de jornal cuidadosamente dobrada e me entregou.

— Ele deixou cair isso no elevador…

Dizia *ele* como se houvesse apenas um inquilino no prédio.

— Quem?

— O rei dos judeus, caramba, só ele poderia se dar a esse luxo!

Desdobrei a folha. Eram anúncios pessoais. Havia duas páginas. *Jovem loira dourada busca amizade duradoura… Que homem correto, generoso, culto sonha comigo sem me conhecer? Quarenta, quarenta e cinco anos…* Havia alguns sublinhados a lápis vermelho. *Jovem mulher bonita sonha com uma mão firme na sua. Jovem mulher amante de leitura, música, viagens… Tenho trinta e cinco anos e me dizem que sou bonita, paisagens calmas e cores pastéis, gostaria de conhecer um homem sereno para navegar a dois em águas tranquilas.*

Não abri a boca.

— Então, o que acha?

Tapu estava rindo tanto que se viam seus abismos negros.

— Você se dá conta? Ele tem oitenta e quatro anos, seu rei Salomão! E ainda busca uma alma gêmea! Ele quer… ho! ho! ho! É demais para mim! Um homem sereno para navegar a dois em águas tranquilas! Ah, não! Ah, não aguento mais!

— Bem, ele também não.

— Mas você não entende? Ele está buscando uma alma gêmea!

— O que você sabe? As pessoas podem ler isso por…

Eu ia dizer "por amor", mas ele não teria entendido e, na verdade, eu também não entendia, ou então ele não lia isso por desafio, mas para cuspir no impossível e se reconfortar, é reconfortante ver que não se está sozinho em estar sozinho. Havia caras que eram cinquenta anos mais novos que ele e que estavam tão desesperados que escreviam anúncios pessoais, anúncios que gritavam como buzinas de neblina. *Que jovem mulher doce e que saiba apenas contar até dois compartilharia a vida de um solitário que nunca teve gosto pela solidão... A vida ainda pode me sorrir nos olhos de uma jovem mulher com talento para o futuro? Morena, encaracolada, delicada, brincalhona, frágil barquinho cansado das ondas busca porto seguro...*

— É possível ler isso por simpatia, merda!

— Simpatia? Estou dizendo que ele ainda está buscando! Alguns estão marcados!

Era verdade. Com cuidado, a lápis vermelho, ao lado.

— Você percebe? Sério, você percebe? O que ele está pensando? Mas, afinal, é inacreditável na idade dele! E ele tem até preferências! Estão numeradas!

Tapu não estava apenas me vencendo por pontos, ele estava me nocauteando. Porque não havia dúvida. O sr. Salomão tinha realmente numerado os anúncios por ordem de preferência. *Número 1:* estava escrito com sua letra. *Divorciada, sem filhos, trinta e cinco anos, busca reconstruir sua vida com um homem de cinquenta, cinquenta e cinco anos, que também sonhe com uma vida a construir...*

Tapu estava curvado sobre meu ombro, o dedo em riste.

— E ele quer se passar por um homem de cinquenta, cinquenta e cinco anos, está tentando trapacear, como sempre fez nos negócios! Quer enganar ela, é mais forte do que ele! A força do hábito! Mas afinal, ele não sabe que está no fim da linha, ou está se lixando para todo mundo?

A número dois tinha trinta e cinco anos, olhos alegres e um sorriso encantador. Todas as sublinhadas tinham entre trinta e trinta e nove anos. O rei Salomão não tinha escolhido nenhuma além dos quarenta. Aparentemente, não queria se comprometer se houvesse menos de quarenta e quatro anos de diferença entre ele e ela. Tinha feito uma exceção, mas era duvidosa. Ele não a havia numerado, nem sublinhado. *Admito ter cinquenta anos, embora não acreditem em mim. Que homem realmente maduro assumiria com firmeza o leme?* Havia um ponto de interrogação no final. O sr. Salomão também tinha feito ao lado um ponto de interrogação.

— Veja esta aqui!

O sr. Tapu arrancou o papel das minhas mãos.

Ele procurou, farejando como um cachorro para mijar, e o colocou sob meus olhos, apontando para um anúncio cuidadosamente enquadrado em vermelho, no meio da página:

— *Jovem mulher independente, trinta e sete anos, ativa, amante das coisas do espírito e do outono na Auvérnia, busca homem carinhoso com tempo livre para encarar a vida juntos até o final da jornada. Falocratas, abstenham-se.*

Falocratas, abstenham-se tinha sido sublinhado três vezes a lápis vermelho...

— Falocratas, você entende? Não, mas você consegue entender? Ele sublinhou isso, é uma oportunidade que não pode ser perdida! Falocratas, abstenham-se! Claro, na idade dele, não corre o risco de ter uma ereção! Então viu a oportunidade na hora! Não é? Estou dizendo, seu rei Salomão ainda sonha!

Eu estava entendendo, mas me recusava a aceitar.

— É só uma brincadeira — disse. — Ele faz isso para se divertir.

— Sim, sei, o humor judeu, conhecemos! — bradou o sr. Tapu.

— Ainda é permitido a um velho ler anúncios sentimentais no final da vida, para recordar! — gritei. — Ele se senta na poltrona, acende o charuto, lê os anúncios sentimentais de almas gêmeas em busca uma da outra e então sorri, murmurando ah, a juventude! ou algo assim. Sempre nos sentimos mais calmos quando vemos que as pessoas ainda se mexem! Isso é bom para a serenidade, merda!

Mas Tapu estava quase me esmagando, de tanto que pisava em mim.

— Pois eu estou dizendo que seu rei dos judeus acredita no Papai Noel! É obsceno! Porque você notará que não são mulheres mais velhas que ele sublinhou! São jovens! Ele deveria se envergonhar, nessa idade!

Ele até cuspiu em sua própria escada. Eu arranquei o papel de suas mãos e me fechei no elevador. Fiquei furioso enquanto subia, não tinha conseguido defender o sr. Salomão, que apenas se debruçava sobre todos os casos humanos e sublinhava em vermelho aqueles que lhe pareciam ter mais interesse e que eram mais dignos de serem atendidos. E se ele os numerava, não era porque ainda se interessasse por si mesmo e tivesse a pretensão de refazer sua vida aos oitenta e quatro anos e encontrar o amor, mas porque havia nos anúncios pessoais casos particularmente comoventes e que mereciam toda a humanidade que se pudesse oferecer. Acho que Chuck está errado em seu cinismo quando declara que o sr. Salomão zomba de si mesmo por desespero e que ele é o rei da ironia ainda mais que das calças, e que aliás, se não fosse o rei da ironia, ele não teria se proclamado rei das calças em suas vitrines, porque para se autodenominar assim era preciso ir longe na futilidade, na zombaria e na poeira bíblica. Chuck afirma que o sr. Salomão usa a futilidade e a zombaria para minimizar o iminente. Eu não posso acreditar que o sr. Salomão, que tem uma aparência rara no prêt-à-porter, e que não combina nem um pouco com calças, mas sim com dignitários como o falecido Charles de Gaulle ou Carlos Magno, quando eles tinham a mesma idade, possa ser o que o idiota do Chuck chama de "ironista". Em primeiro lugar, isso não leva você muito longe enquanto método de autodefesa, porque as artes marciais têm limites. Basta ver Bruce Lee, que era o mais forte e mesmo assim não pôde se impedir de morrer.

Chuck sempre sabe mais do que qualquer um e diz que o grande sonho da humanidade sempre foi o estoicismo.

De todo modo, parei o elevador entre dois andares e abri o dicionário em *estoicismo*, porque o sr. Salomão tinha vivido tanto tempo que talvez de fato tivesse encontrado algo para se apoiar, no ponto em que estava. Encontrei: *Estoicismo: coragem para suportar a dor, o infortúnio e as privações com aparente indiferença. Doutrina que professa a indiferença diante do que afeta a sensibilidade.* Na mesma hora esqueci o sr. Salomão, porque é verdade que para mim a sensibilidade é inimiga da espécie humana, se pudéssemos nos livrar dela finalmente viveríamos em paz.

23

Entrei no apartamento depois de limpar os pés, que era a única coisa que deixava o sr. Salomão fora de si, quando alguém não o fazia. Parei um momento na central telefônica para saber as novidades. Havia cinco voluntários atendendo aos S.O.S. e fazendo o possível. Entre eles estava a corpulenta Ginette, que eu não suportava porque ela só vinha para se beneficiar. Conhecíamos bem seu mecanismo, quando ouvia todas as desgraças que estavam do outro lado da linha, ela se sentia melhor e pensava menos em si mesma, sempre alivia pensar em alguém mais infeliz que você, como diz a religião. Você sente que há um pouco menos de você mesmo. Chuck dizia que era um regime que ela seguia para emagrecer. Isso se chama terapêutica. Claro que ela não perdia peso de verdade, mas seu peso pesava menos. Eu discutia com Chuck para provar que ela era uma vadia e não deveria vir aqui perder peso às custas dos outros, mas ele dizia que ela não estava ciente de seu mecanismo e que era seu subconsciente que funcionava assim. Pode ser, mas então o subconsciente é um verdadeiro piadista. Ela era muito loira, com olhos de vidro, ou melhor, de um azul-pálido que dava esse efeito. Acho que o sr. Salomão a mantinha porque ela chorava com bastante facilidade e isso fazia muito bem para as desgraças do outro lado da linha. É importante para alguém em necessidade, do ponto de vista da simpatia e da solidão, conseguir tocar em uma corda sensível. Não há nada pior para uma desgraça do que a falta de importância.

Além de Ginette e Lepelletier, havia dois novos que eu não conhecia. Sabia que o sr. Salomão tinha mandado verificá-los no dia anterior para garantir que não fossem aproveitadores. Ele tinha demitido na semana anterior dois veteranos que haviam se tornado profissionais endurecidos, porque é como no caratê, de tanto receber golpes você se torna duro. Lepelletier estava respondendo a um sujeito que não aguentava mais porque estava sozinho no mundo.

— É terrível, Nicolas... É Nicolas, certo? É terrível pensar que estamos sozinhos no mundo quando há quatro bilhões de pessoas na mesma situação, e esse número aumenta todos os dias por causa da demografia. Sozinho no mundo é propaganda. Quando nos sentimos assim é porque perdemos nossos pontos em comum. O quê? Espere, preciso pensar...

Ele colocou a mão no microfone e se virou para mim.

— Merda. Ele está me dizendo que se sente sozinho no mundo porque há quatro bilhões de pessoas na Terra e isso o reduz a nada. O que devo responder?

— Diga para ele ligar em dez minutos que você vai consultar o rei Salomão. Ele sempre tem resposta para tudo. Aritmética não é meu forte...

— Ótimo, é exatamente a resposta que preciso... Alô, Nicolas? Escute bem, Nicolas, não é uma questão de aritmética. Quantos anos você tem? Dezessete? Então você precisa entender que quando dizemos que são quatro bilhões, significa que você é quatro bilhões. É como se houvesse mais quatro bilhões de você mesmo. Isso o torna importante, não é mesmo? Você entende? Você não está sozinho no mundo, você é quatro bilhões. Você se dá conta? É maravilhoso! Isso muda tudo. Você é francês, africano, japonês... Você está em todos os lugares, meu velho, você está em toda a Terra! Pense nisso e me ligue de volta. Estarei aqui na próxima sexta-feira das cinco da tarde à meia-noite. Meu nome é Jérôme. Você precisa reaprender a contar, Nicolas. Você tem dezessete anos, deve conhecer a matemática atual. Sozinho no mundo é matemática antiga. Você tem a impressão de que não conta porque não sabe contar. Não esqueça de me ligar, Nicolas. Estarei à espera de sua ligação. Vou esperar, não esqueça de mim, Nicolas. Conto com você, lembre-se disso.

Era importante convencê-los de que a ligação deles era esperada. É importante quando se está deprimido sentir que há alguém interessado em você do outro lado da linha, esperando ansiosamente por notícias suas. Você se torna interessante. Há quem não abra o gás porque sabe que alguém está esperando sua ligação. Assim, podemos fazer uma pessoa durar de ligação em ligação até que o pior excepcional tenha passado e só reste o pior cotidiano. O sr. Salomão tinha três psicólogos que trabalhavam para ele e o auxiliavam com conselhos.

O sujeito ao lado de Lepelletier se chamava Weins. O sr. Salomão o recrutara por causa de seu histórico: trinta e uma pessoas de sua família tinham sido exterminadas pelos alemães quando estes ainda eram nazistas. O sr. Salomão dizia que isso o tornava incomparável e lhe conferia autoridade. Ele era o mais velho de nós, tinha quarenta e cinco anos, era um ruivo muito pálido e cacheado que perdia o cabelo, tinha sardas da mesma cor no rosto e usava óculos. Os óculos eram de aro de tartaruga e esses aros vêm das grandes tartarugas marinhas exterminadas. Tente entender. Ele realmente deveria usar óculos de metal, em sua situação. Era o mais paciente de todos nós; tinha uma voz calma e muito suave; foi o primeiro a ser recrutado pelo sr. Salomão como voluntário, mas ele logo nos deixaria, fazia dez anos que estava ali, tinha se tornado cardíaco e agora o médico lhe proibia a desgraça.

Era difícil encontrar atendentes, porque é difícil ser simpático o tempo todo sem cair no automático ou sem desmoronar, deixando-se vencer pela depressão. Tivemos um cara, era o que havia de mais humano, por meses e meses. Esse sr. Justin realmente se preocupava e essas coisas não enganam quem está do outro lado da linha. Ele se emocionava todas as vezes. Fazia isso escondido da esposa, para não dar a ela a impressão de que a estava traindo. Tudo é ponto de vista e às vezes, é verdade, nos consolamos com os outros. Mas esse não era o caso do sr. Justin, que era *bona fide*. Essa é uma expressão que o sr. Salomão guardava de seus dias de latim e que garantia a boa qualidade. O sr. Justin sofria muitíssimo, eu ainda o vejo com seu lenço, enxugando a testa. Até que um dia ele saiu dos trilhos. Tinha recebido a ligação de um senhor que não aguentava mais, de tão vítima que era do destino. Ele tinha perdido o emprego, estava com problemas de saúde, a filha estava se drogando e a esposa o traía sem cerimônia. O sr. Justin, muito descontraído, ouviu tudo e então disse:

— Bem, poderia ter sido muito pior, meu amigo.

— Como? Como? — gritou o outro. — Você acha que não é o suficiente?

— Sim, mas poderia ter sido muito pior. Toda essa merda poderia estar acontecendo comigo.

E ele riu. Era um tipo de depressão bem conhecido, como quando você vira um prato de espinafre na cabeça de um inocente. É uma história que foi contada em toda parte, não fui eu que inventei. Esse tipo de coisa não se inventa. Mas acho que fez muito bem ao sujeito do outro lado da linha, porque ele veio quebrar a cara do sr. Justin, aquilo o reanimou, era o que ele precisava.

Weins percebeu que eu também não estava bem, mas evitou me fazer perguntas, porque éramos amigos. Ele me passou a lista de coisas a fazer, todos os dias há os que não se contentam apenas com uma voz ao telefone e exigem uma presença, sobretudo à noite, se você não vier imediatamente me atiro pela janela. Um em cada cinquenta realmente faz isso, mas é suficiente. Temos um plantão especial para esses casos de emergência. Enfiei a lista no bolso, quase disse a Weins que tinha acabado de passar a noite com alguém que necessitava de uma presença e que já estava de bom tamanho. Mas eu não disse nada, teria sido injusto com a srta. Cora.

24

Deixei a central telefônica e atravessei a salinha de espera. Nunca há ninguém na sala de espera, apenas seis poltronas vazias, e é por isso que a chamamos de sala de espera, por causa das seis poltronas sempre vazias. Há um quadro e um buquê de flores amarelas na parede e, em frente, uma reprodução do retrato que o sr. Leonardo da Vinci fez de si mesmo, quando ainda era muito velho. Digo ainda porque ele morreu pouco depois. O sr. Salomão me fazia contemplar esse retrato com frequência, ele nunca se cansava, pois o sr. Leonardo tinha vivido cinco séculos atrás até os noventa e poucos anos, ao passo que a longevidade fez enormes progressos desde então, por razões científicas. Ele olhava para o retrato, que era um desenho feito à mão, e me dizia, isso é muito encorajador, não é mesmo, e como sempre eu não sabia se estava debochando de mim ou o quê.

Bati à porta do escritório que vinha logo depois da pequena sala de espera. Não sei por que ele a chamava de pequena, talvez em algum lugar houvesse uma grande sala de espera onde se poderia esperar ainda mais tempo, e isso é bom para a esperança. Gritou entre! Agarrei minha coragem com as duas mãos, usando uma delas para segurar com firmeza uma página do jornal com os anúncios pessoais.

O sr. Salomão usava um agasalho esportivo cinza, com a palavra *training* escrita em letras brancas no peito. Ele estava agachado, com os joelhos dobrados e os braços estendidos para a frente, e a seus pés havia um livro aberto mostrando posições de ginástica. Ficou assim por um bom tempo e então se levantou devagar, abrindo amplamente os braços e a boca e enchendo o peito de ar. Depois, começou a correr no lugar e a dar pequenos saltos, com as mãos para cima. Fiquei chocado, especialmente quando ele se sentou no chão e tentou tocar os pés com a ponta dos dedos, fazendo uma careta horrível.

— Cuidado, pelo amor de Deus! — gritei, mas ele continuou a se contorcer.

Pensei que estivesse sendo sarcástico e que se contorcesse por causa disso, *sarcasmo, do latim "sarcasmus", do grego "sarkazein", queimar a carne, ironia, zombaria, deboche*. Ele cerrava os dentes, tinha os olhos saltando das órbitas e gotas de suor na testa, talvez fosse a raiva, o desespero ou a velhice inimiga. Vai saber.

Ele ficou um momento de cabeça baixa, olhos fechados. Depois, olhou para mim.

— Pois é, meu amigo. Estou me exercitando, estou me exercitando. Sigo o método da aviação canadense. A meu ver, é o melhor.

Eu estava de saco cheio.

— Está se exercitando para quê, sr. Salomão? Vai lhe servir de quê, lá?

— Que pergunta estranha! Sempre pronto para atacar, essa é a minha máxima.

— Pronto para o quê? Atacar o quê? O senhor não vai para lá a pé, vai ser buscado de carro. Desculpe, sr. Salomão, não é que eu o ache completamente tolo ou algo assim, eu não me permitiria, visto que tenho pelo senhor sentimentos reverenciais, mas isso já está partindo meu coração! De tanto fazer ironia, vai acabar com uma cara de riso forçado! O senhor é um homem heroico, ficou quatro anos em um porão escuro dos Champs-Élysées, na época dos alemães, mas para quem ou para o que o senhor está treinando, na sua idade, com todo o respeito e com sua permissão, sr. Salomão?

E me sentei, de tanto que meus joelhos tremiam de raiva.

O sr. Salomão se levantou, se virou para a janela e começou a inspirar e expirar. Ele inflava o peito, com a palavra *training*, ficava na ponta dos pés, abria os braços e fazia o ar entrar em suas profundezas. Em seguida, expelia todo o ar como um pneu furado. Depois, começava a se encher de ar de novo até ficar completamente cheio, e depois pssssst! se esvaziava completamente.

Então ele parou.

— Lembre-se, meu jovem amigo. Inspire, expire. Depois de fazer isso por oitenta e quatro anos, como eu, aí sim! você se tornará um mestre na arte de inspirar e expirar.

Ele cruzou as mãos e começou a fazer genuflexões.

— Não deveria fazer isso, sr. Salomão, porque assim pode cair e, para pessoas da sua época, os ossos são a coisa mais perigosa que existe. Elas sempre quebram a bacia ao cair.

O sr. Salomão olhava para o dicionário que eu tinha embaixo do braço.

— Por que você sempre procura definições no dicionário, Jean?

— Porque ele é digno de fé.

O sr. Salomão inclinou favoravelmente a cabeça, como se a palavra "fé" obtivesse toda a sua aprovação.

— Isso é bom — ele disse. — É preciso manter a fé intacta. Não se pode viver sem fé. E o *Robert* nos é de grande ajuda.

Ele estava perto da janela e tinha o rosto em plena luz. Eu pensava no que Chuck me disse uma vez, que o sr. Salomão já tinha seu rosto definitivo. *Definitivo: que está fixo de maneira a não necessitar de revisão. Fixo, irremediável, irrevogável. Definitivo: que resolve totalmente um problema.*

Pensei na srta. Cora. Eu sabia muito bem que não se pode fazer nada contra o definitivo. Mas se pode fazer algo por ele.

Podemos ajudá-lo. Eu voltaria a ver a srta. Cora e daria o meu melhor. Era mais fácil para ela do que para o sr. Salomão, porque ela ainda não estava a par de si mesma.

O sr. Salomão tinha terminado. Ele se sentou de frente para mim, na grande poltrona, e não se mexeu mais. Acima, na parede, havia um grande retrato fotográfico dele, em pé na frente de sua loja de prêt-à-porter, com sua equipe. Ele notou que eu estava olhando para a foto, se virou ligeiramente para ela e a observou por um momento, não sem satisfação.

— Esta é uma foto minha na idade adulta — disse. — Eu estava no auge do sucesso...

Sarcasmos: do grego "sarkazein", que significa "queimar a carne", ironia, zombaria, deboche. O grande Groucho Marx se tornou senil no fim da vida, mas o sr. Salomão sofria apenas de rigidez nas pernas, dores nas articulações, fragilidade óssea e um estado geral de indignação e insubmissão que lhe causava sarcasmos.

Ele continuava sorrindo na direção do retrato fotográfico com as palavras *Salomão Rubinstein, rei das calças.* Estava escrito, como se diz quando nada está fora do lugar.

— Sim, no auge da minha grandeza, no zênite...

Estávamos sentados um na frente do outro, em silêncio.

— Bem, é verdade que não se tornou um virtuose do piano, sr. Salomão, mas calças também são extremamente úteis.

Ele tamborilava com os dedos. Tinha dedos longos e muito brancos. Eu o ajudei um pouco mentalmente, e o vi enquadrado na parede, na frente de um piano de cauda, que são os melhores, de casaca. Havia no mínimo dez mil pessoas na sala de concerto.

— Ah, sim — ele disse, e abaixei os olhos com o devido respeito a um pensamento profundo.

Eu me esforçava para não olhar muito atentamente para ele, como sempre fazia, apesar de mim mesmo, em todos os detalhes, para lembrar melhor depois. Gostava muito dele e faria qualquer coisa para lhe dar cinquenta anos a menos, ou até mais.

Eu me levantei.

— O senhor deixou cair isso no elevador.

Sabia que ele não ficaria vermelho, porque nessa idade a circulação os impede. Mas ainda assim esperava marcar um ponto. Bem, de jeito nenhum! Em vez de demonstrar constrangimento ou procurar desculpas, o sr. Salomão pegou a folha de anúncios com uma satisfação e uma vivacidade que não deixavam dúvida. Talvez você tenha ouvido falar que foram encontradas em um subterrâneo as cabeças dos reis da França que a Revolução cortou em Notre-Dame. Bem, o sr. Salomão tem uma cabeça assim, talhada em pedra e dignidade. Posso garantir mais uma vez, pois nunca é demais dizer, que ele tem um ar augusto. Sei que o dicionário é duvidoso sobre isso, pois diz: *augusto: que inspira grande respeito, reverência ou é digno disso*. E ainda acrescenta: *grande, nobre, respeitável, sagrado, sacro, valoroso, venerável*. Ele dá como exemplo o sr. Victor Hugo: "*Parece ampliar até as estrelas/ O gesto augusto do semeador*", mas então acrescenta, secamente: *palhaço coadjuvante*. O sr. Salomão pegou a folha de anúncios matrimoniais com um ar encantado, e juro que eu o observava de perto, porque com ele nunca sei se é o augusto que parece ampliar até as estrelas o gesto do semeador ou o palhaço coadjuvante.

— Ah, aqui estão elas, eu estava mesmo me perguntando onde as tinha perdido! — exclamou o sr. Salomão e, levantando-se da poltrona com as duas mãos, foi se sentar atrás da grande escrivaninha de filatelista.

— Foi o sr. Tapu que as encontrou.

— Um bom homem, um bom homem! — repetiu o sr. Salomão duas vezes, para melhor se contradizer.

— Sim, ele é um imbecil — concordei.

O sr. Salomão não insistiu nesse ponto e lhe concedeu o benefício do silêncio. Ele tinha pegado a lupa de filatelista e examinava os anúncios matrimoniais.

— Venha cá, Jeannot, o senhor vai me aconselhar.

Há momentos em que ele me chama de "você" e momentos em que me chama de "senhor", depende da distância.

— Aconselhar em quê, sr. Salomão? O senhor realmente quer contrair matrimônio ou só quer me deixar com dor de barriga?

— Não diga "contrair matrimônio", Jeannot, não é uma doença. Eu gostaria que tratasse a língua de Voltaire e Richelieu-Drouot com mais respeito, meu amigo. Vejamos...

Vou lembrar pelo resto da vida, e não é pouca coisa, do sr. Salomão debruçado sobre a página de anúncios matrimoniais. É difícil imaginar um homem tão majestoso se refugiando no ridículo e na trivialidade por razões de desespero metafísico, que, segundo Chuck, se devem à falta de metafísica, justamente. Eu até gravei isso em meu gravador. Não a falta de metafísica, mas o que Chuck disse. Quando você tem a oportunidade de não entender alguma coisa, não deve deixar isso escapar.

— Já sublinhei algumas que poderiam me interessar... *Que ombro sólido de meio século abrigaria uma cabeça suave, alegre, sensual?* O que acha, Jeannot?

— Ela quer um ombro de meio século, sr. Salomão.

— Meio século, meio século! — resmungou meu mestre. — Sempre há espaço para discussão, não? Algumas pessoas esquecem que estamos em plena crise e vêm com essas exigências!

Fui tomado por outra dúvida e dei uma espiada rápida em seu rosto para ver se ele não estava enganando a todos nós em proporções homéricas, mas de jeito nenhum, o rei Salomão estava realmente irritado.

— É incrível! — ele reclamou, com aquela bela voz que vinha de seus fundamentos, como nos edifícios sólidos o suficiente para durar mil anos. — É incrível! Ela está pedindo um ombro de cinquenta anos... O que a idade tem a ver com os ombros?

— Ela quer se sentir segura, só isso!

— E por que o meu ombro não poderia deixá-la segura? O que há de errado com o meu ombro aos oitenta e quatro anos que não havia aos cinquenta? Não vá me dizer que é uma questão de qualidade da carne.

Bem, já que era assim, quis ter certeza.

Eu li:

— *Françoise, 23 anos, cabeleireira, encantadora, 1,65 m, 50 kg, olhos azuis*... Vinte e três anos... Hein?

O sr. Salomão me observou. Então soltou a lupa de filatelista e desviou o olhar. Eu não quis insistir. Ainda assim, houve um certo desconforto entre nós. Eu estava tentando encontrar algo gentil para lhe dizer e foi então que causei uma catástrofe.

— Fica para a próxima vez — murmurei.

Eu só queria tranquilizá-lo. Mas quando você tem algo em mente e pensa nisso o tempo todo, é terrível. É preciso pesar cada palavra. O sr. Salomão se virou lentamente para mim, apertou um pouco os maxilares e entendi imediatamente o mal-entendido em todo o seu horror. Primeiro, os judeus não acreditam em reencarnação, são os cambojanos que acreditam ou gente ainda mais distante, onde eles têm uma religião que permite retornar à terra e se redimir. Mas não os judeus. Não se pode consolá-los prometendo que fica para a próxima vez.

— Não foi de modo algum o que eu quis dizer — murmurei.

— E o que você quis dizer, exatamente, se me permite perguntar, seu pequeno imbecil? — disse o sr. Salomão, com gélida polidez.

— Não quis ofender seus sentimentos religiosos judaicos, sr. Salomão.

— Mas que sentimentos religiosos, pelo amor de Deus! — berrou o sr. Salomão, absolutamente furioso.

— Sei que os judeus não acreditam em reencarnação, sr. Salomão. É como os católicos, não há próxima vez para eles, é para já. Eu não quis insinuar nada. Não devemos pensar nisso o tempo todo, sr. Salomão. Há aqueles que vivem até uma idade muito avançada. Quando pensamos nisso o tempo todo, só nos aproximamos cada vez mais, em vez de nos afastarmos em marcha a ré, e então acabamos nos contorcendo e queimando. Quando eu disse que fica para a próxima vez, não foi um sarcasmo, palavra grega derivada do iídiche *sarcazein*, "queimar a carne", arrancar os cabelos, zombaria insultante, deboche, escárnio. Eu queria apenas expressar sentimentos otimistas. Queria assegurar que o senhor talvez encontre a pessoa certa da próxima vez, na próxima edição do *Le Nouvel Observateur*, já que ele sai toda semana, e uma semana, sr. Salomão, não é tão longa assim, o senhor está com excelente saúde e não há motivo algum para que algo aconteça até lá...

Minha voz tremia, cada palavra me afundava mais e mais, é sempre assim com a angústia, ela sai apesar de você, você diz exatamente o que não quer dizer.

— Sr. Salomão, não há motivo para se preocupar. O *Le Nouvel Observateur* será publicado na semana que vem, é matemático para eles. Não conseguem evitar. Haverá uma próxima vez, em uma semana, praticamente nada nesses tempos que correm...

Fiquei quieto, mas era tarde demais. Eu tinha arruinado uma amizade à qual dava mais valor do que a qualquer palavra no dicionário. Eu estava com lágrimas nos olhos.

Para minha imensa surpresa, o rosto do sr. Salomão se suavizou em um sorriso amável, e tinha o dobro de rugas ao redor dos olhos, como sempre acontece quando eles riem. Ele pôs uma mão cheia de ensinamento em meu ombro.

— Vamos lá, meu jovem amigo, não pense o tempo todo na morte! Um dia, com a ajuda da sabedoria, você não terá mais medo. Paciência! Por volta dos oitenta, noventa anos, você terá adquirido a solidez interior à toda prova que é a força da alma, e da qual espero lhe deixar uma lembrança. Corações ao alto! Pense nos versos imortais do grande poeta Paul Valéry, já falecido, aliás, que exclamou: "*O vento se levanta! É preciso tentar viver! O ar imenso abre e fecha meu livro! Viva sem esperar pelo dia de amanhã! Colha hoje mesmo as rosas da vida!*". Não, é do sr. Ronsard, ele também já falecido. Todos já faleceram, aliás, mas a força de suas almas permanece. Ah! As rosas da vida! Colha, colha! Está tudo aí, Jeannot! Colher! Não é apenas a morte que nos colhe, nós também colhemos as rosas! Você deveria ir com mais frequência ao campo, colher as rosas! Oxigenar-se! Inspirar, expirar!

Havia uma luz vinda do céu em seu rosto, mas, por mais que eu olhasse, não conseguia dizer, não sabia se era a raiva, o desespero e a velhice inimiga e se ele estava zombando, com toda ferocidade, de si mesmo e de sua persistência em amar e querer viver ainda e sempre, como se fosse proibido. Eu não tinha nenhuma chance de me defender, ele era um campeão mundial, aos oitenta e quatro anos você sempre se torna campeão mundial.

— Que rosas da vida o quê, santa mãe! — gritei, pois tinha acabado de pensar na srta. Cora e meu coração quase parou, porque não tinha nada a ver. — Vou lhe dizer uma coisa, sr. Salomão, mesmo que isso o aborreça, mas essas rosas da vida, bem que eu gostaria de ver! Gostaria de vê-lo colher as rosas da vida! Nunca respeitei um homem como respeito o senhor, por causa da coragem que coloca em seu pânico diante da proximidade do definitivo, e em relação às rosas da vida, não digo que o senhor não possa cheirá-las com seu nariz, mas em relação ao resto, bem, permita-me ficar em silêncio!

E cruzei os braços sobre o peito, como meu bom mestre fazia em seus momentos antigos e solenes, e não era por zombaria que o imitava, eu daria metade da minha vida para que ele tivesse mais uma.

O sr. Salomão tinha a lupa em um olho, mas amizade no outro. Ele ainda manteve a mão em meu ombro por alguns instantes e depois voltou a se debruçar sobre os anúncios, e parecia se debruçar de tão alto que não sei dizer.

— Onde parei... *Françoise, 23 anos, cabeleireira, encantadora, 1,65 m, 50 kg, olhos azuis.*

Ele permaneceu assim debruçado, mas acho que foi sobretudo por causa das lembranças. Bem, sempre temos direito a lembranças. Então ele se levantou sozinho, não precisei ajudá-lo, e foi até as prateleiras da biblioteca. Passou o dedo pelos livros, olhando-os com a lupa. Todos eram encadernados, dourados, em couro de verdade.

— Ah, aqui está...

Ele pegou um que era vermelho.

— Deixe-me ler isso para você, Jeannot... É do nosso querido Victor Hugo. Ouça!

Ergueu um dedo no ar de maneira instrutiva:

As mulheres viam em Booz mais do que um jovem
Pois o jovem é belo, mas o velho é grandioso!

— Não é verdade! — exclamei. — Ele realmente escreveu isso?

— Veja você mesmo. E mais isso, veja...

Ele ergueu o dedo ainda mais alto:

Um velho que volta à fonte original
Entra nos dias eternos e deixa os dias cambiantes!
E vemos uma chama no olhar da juventude,
Mas nos olhos do velho vemos a luz!

Então nos olhamos, o sr. Salomão colocou o braço em volta dos meus ombros e rimos juntos, nos finamos de rir, um riso de verdade, e nós dois demos dois passos de dança, levantando a perna, embora eu o tenha ajudado um pouco para que não caísse. Nunca tínhamos sido tão pai e filho, poderíamos até ter feito um número familiar, o sr. Salomão e eu, como aquele acrobata americano de setenta e três anos, sr. Wallenda, que caiu de trinta e cinco metros na América enquanto caminhava na corda bamba, sobre o vazio, na rua, e seu filho imediatamente assumiu seu lugar. É sempre de pai para filho, na profissão.

Depois, o sr. Salomão me acompanhou até a porta, ainda com o braço em volta dos meus ombros.

Quando eu estava para sair, ele me perguntou:

— Como vai a srta. Cora?

— Estou cuidando dela.

25

Eu sabia que não podia simplesmente abandonar a srta. Cora de uma só vez. As delicadezas importam nesses casos.

No primeiro dia em que não a vi depois do Slush, ela telefonou duas vezes para a central perguntando por mim e não deu sorte, Ginette não sabia que era pessoal e sugeriu enviar outra pessoa. A srta. Cora ficou muito magoada. Fiquei mais três dias sem vê-la, porque, nesses casos, é preciso espaçar. Mas eu não dormia à noite. Sempre quis ser um canalha que não se importa com nada, mas quando você não é um canalha é aí que se sente um, porque os verdadeiros canalhas não sentem nada. O que faz com que a única maneira de não se sentir um canalha seja ser um canalha.

Quanto menos eu tinha vontade de ver a srta. Cora, mais queria vê-la. O melhor seria explicar a ela que nos deixamos levar pela embriaguez do momento, mas que agora a vida precisava seguir em frente. É preciso saber distinguir entre uma excitação momentânea e o verdadeiro amor. Eu tinha preparado tudo isso na minha cabeça, mas não era algo para ser dito.

No fim, pensei que seria muito melhor não preparar nada e ir vê-la como se nunca tivesse havido nada entre nós. Era ainda mais urgente porque depois dos três primeiros dias ela não telefonou mais, devia pensar que eu a havia abandonado.

Eram três horas da tarde quando ela abriu a porta e me viu, meu coração realmente se aqueceu ao vê-la tão feliz de me ver. Sempre precisamos de alguém que precise de nós. Ela colocou os braços em volta do meu pescoço, apertou o corpo contra o meu e não disse nada, mas sorriu como se tivesse certeza, como se sempre tivesse sabido que eu precisava dela. Devia ter pensado muito e senti que ela tinha encontrado uma "explicação" para tudo, com a ajuda da psicologia. Ela usava calças amarelo-canário sob um roupão de banho azul-celeste e estava descalça. Sentei-me enquanto ela estava na cozinha, não nos falamos, ela ia e vinha com ar satisfeito, como se tivesse entendido tudo. Eu estava um pouco preocupado, pois ela realmente poderia ter entendido e me mandar para longe, não era porque tinha sessenta e cinco anos que não tinha mais seu orgulho de mulher. Assim que voltou com a sidra e uma torta, eu quis me explicar, dizer a ela que estava enganada, que não era porque os voluntários da S.O.S. ajudavam as pessoas sozinhas na vida e lhes ofereciam apoio moral, para mim não era profissional, era muito mais geral em termos de injustiça. Quando estávamos sentados diante da sidra e da *tarte tatin* e ela estendeu a mão para colocá-la sobre a minha enquanto olhava fundo nos meus olhos, recebi sua explicação em cheio e soube o que ela havia concluído, com a ajuda da psicologia.

— Fale-me sobre sua mãe, Jeannot.

— Não tenho muito a dizer sobre minha mãe, srta. Cora, ela deixou boas lembranças quando partiu.

— Quantos anos você tinha?

— Onze anos, mas ela não pôde partir antes. Ainda não tinha ninguém na vida dela.

— Deve ter sido um choque terrível para você.

— Por quê, srta. Cora?

— Aos onze anos, quando sua mãe foi embora...

— Escute, srta. Cora, eu não podia simplesmente colocá-la para fora antes. Eu era muito pequeno, e mãe é mãe. Era para o meu pai fazer isso, não eu. Ela não fazia nada contra mim, eu não podia me meter. Às vezes, quando meu pai estava trabalhando, ela trazia um sujeito para casa, mas nunca me faltou nada e isso era problema do meu pai. Claro, eu achava meu pai um babaca, mas ainda preferia estar com os babacas a estar com os outros. Um dia ela veio falar comigo e disse não aguento mais, não posso mais viver assim, estou indo embora, você vai entender mais tarde. Até agora não entendi o que significa *viver assim*. Sempre vivemos *assim*. Eu a via de vez em quando, mantivemos uma boa relação. A única coisa que posso garantir, srta. Cora, é que para os babacas é realmente uma injustiça.

Fiquei bastante contente de saber que ela já tinha resolvido tudo em sua cabeça: eu tinha comido ela porque precisava de uma mãe.

— Mas, afinal, você sente falta dela?

— Srta. Cora, se começarmos a procurar tudo o que está faltando... Temos que nos limitar, porque não podemos sentir falta de tudo ao mesmo tempo.

— Você tem uma estranha maneira de se expressar, Jeannot!

Eles me fazem rir. Se você pega o *Petit Robert*, vê que ele tem apenas duas mil páginas e isso foi o suficiente para eles desde o início dos tempos históricos e para toda a vida e até depois. Chuck diz que sou o Douanier Rousseau do vocabulário, e é verdade que examino as palavras como um inspetor de alfândega para ver se elas não têm algo escondido.

— A senhorita tem um dicionário?

— Tenho o *Petit Larousse*. Você quer ver?

— Não, é só para saber com o que a senhorita vive.

Pensei: bom, enfim, há pessoas que conseguem viver com o salário mínimo.

— Você poderia fazer suas refeições regularmente aqui comigo, em vez de comer qualquer coisa.

De repente, soltei meu garfo. Mas me segurei. Eu não ia explicar a uma pessoa que vivia com o *Petit Larousse* que me faltava muito mais coisa do que minha mãe. Ela devia, no entanto, assistir às notícias de vez em quando. Os periféricos, como se diz. Ela tinha uma televisão em um canto, para o programa de variedades. Variedades, isso é bom. Na véspera, tinham mostrado o cadáver de Aldo Moro e as forças expedicionárias no Líbano e em todos os lugares, com o corpo do garoto massacrado em primeiro plano em Kolwezi. Mas era verdade que eu podia fazer refeições regulares, em vez de comer qualquer coisa.

Ela se levantou e foi até a cômoda onde estavam as frutas cristalizadas de Nice que o sr. Salomão havia mandado para ela. Ainda estavam lá. Frutas cristalizadas nunca estragam.

— Eu queria saber uma coisa.

— Claro.

— Já não sou jovem e...

Ela me deu as costas. É mais fácil de costas. Bem, só havia uma coisa a fazer, me levantei, fui até ela, virei-a para mim, abracei-a e beijei-a. Eu não estava com muita vontade de beijá-la na boca, mas, como era injusto, beijei-a na boca. Na cama, ela dizia coisas como eu queria fazer você feliz e meu amor, meu terno amor, e tentava me agradar como nunca se viu. Ela fazia movimentos tão violentos e bruscos com o quadril que fiquei com medo de que se machucasse.

— Por que eu, Jeannot? Você pode ter qualquer moça jovem e bonita.

Eu estava deitado de costas, fumando. Não podia explicar. Você não pode explicar a uma mulher que você ama ternamente que não é pessoal, que você ama ternamente em geral e até morrer. Nesses casos, é sempre melhor um pouco de prêt-à-porter do que explicações feitas sob medida.

26

Foi assim por três semanas. A cada vez eu dizia a mim mesmo que era a última, mas não era possível. Eu me afundava mais e mais no impossível. Ela não me perguntava mais nada, quase não conversávamos, e via muito bem que eu não precisava de uma mãe.

Eu dormia na casa de Aline quase todas as noites. Seus cabelos estavam crescendo um pouco, a meu pedido. Falávamos pouco, não precisávamos nos tranquilizar. Eu estava com ela o tempo todo, mesmo quando a deixava. Perguntava a mim mesmo como tinha conseguido viver tanto tempo sem conhecê-la, na ignorância. Assim que a deixava, ela crescia diante dos meus olhos. Eu caminhava pela rua e sorria para todo mundo, pois a via em toda parte. Sei que todo mundo morre de amor, porque é o que mais faz falta, mas eu tinha parado de morrer e estava começando a viver.

Até levei algumas coisas para a casa de Aline. Pouco a pouco, para não a assustar. Primeiro a escova de dentes, porque é o que há de menor. Uma cueca, uma camisa, ela também não disse nada. Então ousei e levei uma mala inteira. Morri de medo ao entrar com a mala na mão, era um verdadeiro atrevimento, e fiquei parado como um bobo no corredor quando ela abriu a porta e eu devia estar com uma expressão tão angustiada que ela riu. À noite, tinha seios pequenos como se eles tivessem acabado de nascer. Às vezes, quando eu ficava cinco ou seis horas abraçado nela, ela dizia:

— Deram seu corpo para o cliente errado.

Eu dobrava o braço e fazia ela tocar meus músculos.

— Sinta isso. Um verdadeiro durão, não?

— Você tem razão, Jeannot Coelho. Para viver feliz, melhor viver escondido.

Ela era a única garota que eu conhecia que não colocava imediatamente uma música ao chegar em casa, você podia realmente estar com ela. Com as outras, havia sempre um disco ou o rádio, e tinha algumas até com estéreos que vinham de todos os lados. Havia livros por toda parte em sua casa, e até mesmo uma enciclopédia universal em doze volumes. Eu tinha vontade, mas não queria parecer interessado em mais nada.

Reduzi o tempo com a srta. Cora para uma ou duas vezes por semana, para desacostumá-la. Eu deveria ter dito a Aline mais cedo, não podia ser uma questão de ciúme entre mulheres. Ela sempre deixava a chave embaixo do tapete. Uma noite, voltando da casa da srta. Cora, eu a acordei. Sentei na cama sem olhar para ela.

— Aline, me envolvi em uma história de amor com uma pessoa que tem sessenta e cinco anos e não sei como sair dela...

Disse a idade logo de cara porque não queria que ela ficasse com ciúme.

— Mas se é uma história de amor...

— É uma história de amor em geral, não com ela.

— Por pena?

— Ah, não, eu não sou assim tão canalha. Por amor, tem coisas que não consigo admitir, que não posso aceitar, quando fazem você envelhecer e ficar sozinho... Fiz isso por indignação, no impulso, e agora não sei como sair dessa. Quando não a vejo por um dia ou dois, ela entra em pânico... Vai pensar que a estou deixando porque ela é velha quando na verdade é o contrário, não a deixo porque ela é velha...

Aline se levantou e deu três voltas pelo quarto, me lançando olhares ocasionais, depois voltou a se deitar.

— Há quanto tempo isso vem acontecendo?

— Não sei. Você teria que procurar na sua enciclopédia universal.

— Não banque o engraçadinho!

— Eu juro, Aline, se pudesse rir nesse momento, iria atrás dos caras que dão bolsas para isso. Bolsas da Vocação, é assim que se chama.

— O que você vai fazer?

— Bem, se você disser que é você ou ela...

— Não conte comigo. É fácil demais. Quem é ela?

— Uma ex-cantora. Cora Lamenaire.

— Esse nome não me diz nada.

— Claro, é de antes da guerra.

— Quando foi a última vez que a viu?

Não respondi.

— Quando?

— Acabei de sair de lá.

— Bom, parece que está indo bem nesse departamento.

— Não seja uma vaca, Aline. Se você me mandasse embora e adeus, eu entenderia, mas não seja uma vaca.

— Desculpe.

— Você age como se eu estivesse traindo você com outra mulher. Não é nada disso.

— Porque ela não conta mais, ela já não é uma mulher?

Esperei um momento. Então perguntei a ela:

— Você já ouviu falar em espécies ameaçadas?

— Ah, é porque é ecológico?

— Não seja cruel, Aline. Não seja cruel. Eu quase fui para a Bretanha, sabe, onde teve o derramamento de óleo. Outro. Mas era preciso estar em um grupo de trinta, enquanto aqui...

Ela não tirava os olhos de mim. Eu nunca tinha estado tão dentro do olhar de uma mulher.

— Como ela é?

— Não dá para ver. Claro, depende de como se olha. Se olhar com malícia... Quando se está procurando, sempre se encontra algo. Tem as rugas, o murcho e o flácido, o pendurado... É a propaganda que faz isso...

— A propaganda?

— A propaganda. As mulheres sempre têm a propaganda nas costas. Elas precisam ter os cabelos mais bonitos, a pele mais bonita, o máximo frescor... Que sei eu. Com a srta. Cora, se você não procurar muito ou esquecer a caderneta...

— Que caderneta, meu Deus?

Eu me levantei e fui pegar o dicionário na estante. Encontrei a palavra de primeira, como um campeão, e li:

— *Caderneta: conta de mercadorias, de consumo adquirido a crédito. Ele está muito endividado, abriu cadernetas em toda parte.* Viu? A srta. Cora está muito endividada. Com sessenta e quatro anos ou mais, acho que está trapaceando um pouco. É pesado de carregar. A vida abriu uma conta para ela, e a coisa se acumulou.

— E você está tentando reembolsá-la?

— Não sei o que estou tentando fazer, Aline. Talvez seja melhor assim. Às vezes, me parece que é a vida que se endivida contra nós e não quer mais pagar...

— Que se endivida *conosco*, não *contra* nós.

— No Quebec se diz contra nós.

— Você é do Quebec agora?

— Sou de Buttes-Chaumont, mas no Quebec é mesmo outra língua. Vá ver *L'Eau chaude, l'eau frette*, está passando no La Pagode, na Rue de Babylone, você vai ver novas possibilidades. Ainda se pode falar de outra maneira. Só estou dizendo isso para explicar que a vida contrai dívidas contra nós e ficamos esperando que ela venha nos reembolsar e...

— ... e isso se chama sonhar.

— ... e então chega um momento, como com a srta. Cora, em que começamos a sentir que é tarde demais, que a vida nunca vai nos reembolsar, e é angustiante... É o que na S.O.S. chamamos de angústia do rei Salomão...

Eu estava de pé perto da estante de livros e estava nu, embora sempre esteja nu, mesmo quando estou vestido, já que não há nada para vestir. Aline se levantou novamente, deu três voltas pelo quarto, com os braços cruzados, e parou na minha frente.

— E você está tentando reembolsar a senhorita... como era mesmo?

— Cora. Cora Lamenaire. Eu sou Marcel Kermody.

Eu ri para fazê-la rir.

— E você está tentando reembolsar a srta. Cora porque a vida se endividou com ela e aos sessenta e cinco anos não se pode esperar que ela seja reembolsada?

— Temos que tentar, né. Já faz seis meses que sou voluntário na S.O.S., é a consciência profissional.

Ela esperou um momento olhando para o meu rosto em todos os detalhes.

— E agora você sente que foi longe demais e se pergunta como vai sair dessa?

— Bem, eu sei que é só por um tempo. Ela sabe que sou um canalha e que vou abandoná-la. O repertório é assim.

— Do que você está falando? Mas do que você está falando? Que repertório?

— Sempre é assim nas canções realistas. A srta. Cora foi acima de tudo uma cantora realista. Ela mesma me disse que essas canções sempre terminam mal. É o gênero que pede isso. Ou elas se atiram no Sena com o bebê, ou é o parceiro que pega a faca e as corta com a navalha, ou é a guilhotina, os pulmões e a prisão ou tudo ao mesmo tempo. Não há o que fazer, só chorar.

— Merda, você está me deixando deprimida.

— Não há motivo para isso, as canções mudaram, agora não se cantam mais as mesmas.

Ela me olhou ainda mais intensamente.

— Ei, você também é bom com a faca...

— De brincadeira.

Acho que foi a partir desse "de brincadeira" que realmente começamos a nos entender. Não voltamos a falar sobre isso naquela noite. Na verdade, não falamos mais, sobre nada. Silêncio. Mas já não era o mesmo. Não aquele que eu conhecia bem, um silêncio barulhento. Era um novo. Em geral, quando acordo à noite, o barulho recomeça e tento dormir o mais rápido possível. Mas naquela noite, com Aline, eu acordava de propósito para não perder um minuto. Toda vez que eu dormia, era como se fosse roubado. Pensava que talvez uma noite como aquela fosse excepcional e que não podia contar com aquilo de novo. Pensava que era apenas uma noite de sorte e que não devia acreditar que aquilo havia acontecido. São fantasmas ou fantasias, porque o dicionário permite a escolha. Até me levantei e acendi a luz para ter certeza. *Fantasma: esforço de imaginação pelo qual o eu tenta escapar da realidade.*

— O que está procurando, Jean?

— *Fantasma.*

— E?

— Estou feliz.

Ela esperou que eu voltasse para perto dela.

— Sim, eu sei, entendo, mas não precisa ter medo.

— Não tenho esse hábito. E também tenho um amigo, o sr. Salomão, o rei das calças, que me passou a angústia dele, a futilidade eclesiástica, a poeira e a busca do vento. Nele é compreensível, já que aos oitenta e quatro anos é um alívio cuspir no prato em que se comeu, é filosófico. É o que Chuck chama de refugiar-se nas alturas filosóficas e lançar para todas as coisas terrenas um olhar poderoso. Mas não é verdade. O sr. Salomão ama tanto a vida que ficou quatro anos em um porão escuro nos Champs-Élysées para não a perder. E quando você está feliz, o que chamamos de feliz mesmo, você tem ainda mais medo porque não está acostumado. Acho que um cara esperto deveria se esforçar para ser infeliz como uma pedra por toda a vida, assim ele não teria medo de morrer. Nem consigo dormir direito. É nervosismo. Bem, estamos felizes, mas isso não é motivo para nos separarmos, certo?

— Quer um calmante?

— Não vou tomar um calmante porque estou feliz, merda. Venha cá.

— A vida não vai punir você porque está feliz.

— Não sei. Ela está de olho, sabe. Um cara feliz chama a atenção.

No dia seguinte, quando fui visitar a srta. Cora, foi a própria Aline que escolheu as flores. Ela mesma arranjou as flores e me entregou o buquê e me beijou de coração leve, nas duas bochechas, na Rue de Buci, na frente da loja, e com tanto carinho nos olhos que me senti um bom garoto.

27

Quando cheguei à casa da srta. Cora com o buquê, encontrei--a soluçando.

— O que houve, srta. Cora? O que aconteceu?

Eu ainda não conseguia chamá-la apenas de Cora. Ela estava com o rosto arruinado e os olhos pareciam estar pedindo socorro.

— Arletty...

Balançou a cabeça e não conseguiu falar. Sentei a seu lado e a abracei suavemente. Então ela melhorou um pouco. Pegou a revista que estava em seu colo.

— Escute isso...

Ela leu o que a srta. Arletty tinha dito à revista *Point*: "*É uma pena deixar o passado para trás sem segurá-lo um pouco...*".

E então sua voz falhou e ela chorou de novo como na canção do sr. Jehan Rictus que ela tinha em disco, *Não há nada a fazer, só chorar*. Então, naquela noite, tentei segurá-la como nunca antes. Foi entre *não há nada a fazer* e minha pessoa naquela noite. Eu não podia devolver à srta. Cora seus vinte anos, nem a colocar de volta no topo da memória popular, com Arletty, Piaf, Damia e Fréhel, mas eu a segurei um pouco como mulher, e depois fui para a casa de Aline e foi ela quem me abraçou e fechou suavemente meus olhos com seus lábios.

28

Isso durou o quanto pude suportar. Eu segurava a srta. Cora como nunca havia tentado fazer em minha vida. Mas não é possível amar uma coisa mais do que tudo no mundo quando ela se torna uma mulher que não amamos. Nunca deveríamos amar uma pessoa sem amá-la pessoalmente, mas de maneira geral, contra a injustiça. E não podemos lhe explicar nada nem cair fora, é covardia causar dor. Eu continuava segurando a srta. Cora com todas as minhas forças, mas era apenas físico. Depois, era obrigado a correr até a casa de Aline para me recompor. A coisa estava ficando feia, feia, feia. Eu fazia amor com Aline como se estivesse me lavando. E estava começando a perceber no rosto de Aline, às vezes, uma dureza que me assustava.

— Você não está com ciúmes, está?

— Não diga besteira. Não tem nada a ver com a srta. Cora. E comigo também não.

— Então o que é? Você está de mau humor.

— Já chega de protetores e benfeitores de pobres coitadas, velhas ou jovens...

Ela tocou minhas bolas com o dedo.

— Está começando a exagerar com esse papo do *salário mínimo*. Merda. Isso é piedade.

— Não, é apenas o que chamam de fraqueza, entre os fortes.

29

Uma noite, quando a srta. Cora adormeceu em meus braços, tive medo, muito medo, porque senti que seria mais fácil estrangulá-la enquanto estava feliz do que deixá-la. Eu só precisava apertar um pouco mais forte e nunca mais teria que machucá-la. Me vesti rapidamente. Virei-me antes de sair para ter certeza, mas não, eu não tinha feito, ela dormia tranquilamente. Eram três da manhã. Eu não podia ir acordar o rei Salomão em busca de sua sabedoria proverbial e pedir seu conselho. O tempo todo eu tinha em mente a imagem da gaivota presa no óleo da Bretanha e já nem sabia se era a srta. Cora ou eu. Vagava de bicicleta pela noite. E então, como tantos outros perdidos vagando pela noite, pensei em ligar para a S.O.S. Parei em frente ao Pizza Mia em Montmartre, que nunca fecha, desci ao subsolo e liguei. Não atenderam de imediato, pois por volta das duas, três da manhã é quando há mais chamadas.

— S.O.S. Voluntários.

Merda. Era o sr. Salomão. Eu deveria ter imaginado, sabia que ele se levantava à noite para atender pessoalmente o telefone e oferecer sua benevolência, pois é à noite que ele se sente mais angustiado e é quando está mais só que ele mais precisa de alguém que precise dele.

— Alô, S.O.S. falando.

— Sr. Salomão, sou eu.

— Jeannot! Alguma coisa aconteceu com você?

— Sr. Salomão, prefiro dizer de longe e à distância, porque tracei a sr. Cora para segurá-la...

Ele não ficou nem um pouco surpreso. Acho até, palavra de honra, que o ouvi rir com prazer. Ou talvez fosse eu enlouquecendo. Ele me perguntou a seguir, com interesse científico:

— Como assim, segurá-la? Segurar como, meu jovem?

— Por causa do que a srta. Arletty disse no jornal, *é uma pena deixar o passado para trás sem segurá-lo um pouco...*

O sr. Salomão fez um longo silêncio. Cheguei a pensar que tinha nos deixado, sob o peso da emoção.

— Sr. Salomão! Está aí? Sr. Salomão!

— Estou aqui — disse a voz do sr. Salomão, que na escuridão da noite era ainda mais profunda. — Estou bem, estou aqui, ainda não morri, apesar do que dizem. Você é um grande angustiado, meu jovem amigo.

Eu ia dizer que ele é que tinha me passado sua angústia, mas não iríamos discutir para saber quem havia começado, talvez já estivesse aqui antes de todos nós.

— Meu pequeno — ele disse, e nunca o senti tão emocionado, lá onde estava, do outro lado da linha, inclinado sobre nós de suas augustas alturas.

— Sim, sr. Salomão. O que devo fazer? Eu amo alguém. Não amo a srta. Cora e por isso, é claro, a amo ainda mais. Bem, eu a amo, mas no geral. Entende? Sr. Salomão! Ainda está aí? Sr. Salomão!

— Merda! — berrou o sr. Salomão, e fiquei arrepiado. — Ainda estou aqui, não tenho a menor intenção de não estar aqui e estarei aqui pelo tempo que eu quiser, mesmo que ninguém mais acredite!

Ele se calou novamente e dessa vez deixei, sem interromper.

— Como era aquela frase da srta. Arletty?

— *É uma pena deixar o passado para trás sem segurá-lo um pouco...*

O rei Salomão ficou em silêncio ao telefone e então ouvi um suspiro profundo.

— Muito verdadeira, muito certa...

E de repente, se irritou de novo e gritou:

— Mas não é minha culpa se essa imbecil...

Ele se interrompeu e tossiu:

— Desculpe. Bem, fiz o que pude. Mas ela tem uma cabeça de passarinho e...

Acho que estava falando da srta. Cora, mas de novo se interrompeu.

— Bem, então, você fez isso... Como disse?

— Tracei a srta. Cora.

— Isso. Imaginei. Você faz o tipo.

— Não é minha especialidade, sr. Salomão, se está me chamando de cafetão.

— De jeito nenhum, de jeito nenhum. Eu só quis dizer que você faz o tipo que não podia deixar de agradar a ela e de fazê-la perder a cabeça. Não tem problema.

— Sim, mas como vou sair dessa?

O sr. Salomão pensou um pouco e então disse algo enorme:

— Bem, talvez ela se apaixone por outra pessoa.

Fiquei indignado. Ele estava zombando de mim no meio da noite.

— Está zombando de mim, sr. Salomão. Isso não é gentil, sempre o reverenciei, como o senhor não deve ignorar.

— Deixe a língua francesa em paz, Jeannot. Não tente traçá-la também. Você não vai engravidá-la sem ela perceber, eu lhe garanto. Os maiores escritores já tentaram, e todos morreram, assim como os últimos analfabetos. Não há como escapar. A gramática é implacável e a pontuação também. A srta. Cora pode acabar encontrando outra pessoa, mais velha. Boa noite.

E ele desligou o telefone, o que nunca se faz na S.O.S., sempre deixamos a pessoa que telefona desligar, para que não se sinta rejeitada.

Fiquei um tempo ouvindo o tom de discagem, era melhor do que nada. Voltei para casa e encontrei Aline acordada. Não precisei falar, ela sabia. Fez café para nós. Ficamos um tempo sem falar, era como se estivéssemos falando. Ela finalmente sorriu.

— Ela está esperando, sabe. Deve estar sentindo que isso não pode durar, que não é...

Não terminou a frase e tomou um pouco de café. Fui eu que terminei:

— ... que não é natural? Diga.

— Bem, não é natural.

— Sim, e é isso que é tão nojento na natureza.

— Talvez, mas você não pode mudar a natureza.

— Por quê? Por que não podemos mudar essa vadia? Faz muito tempo que ela vem nos tratando como nada. E se a natureza for fascista? Devemos continuar deixando-a agir?

— Bem, dirija-se a seu amigo, o sr. Salomão, o rei das calças, e peça-lhe para nos cortar um pouco de natureza sob medida, e não a do prêt-à-porter. Ou dirija-se ao outro rei Salomão, lá no alto, aquele que não está aqui e a quem suplicamos há alguns milênios. Ok?

— Eu sei, eu sei que não há nada a fazer. Há uma música assim do sr. Jehan Rictus.

— Vá falar com a srta. Cora. Ela sabe. Você mesmo me disse que está no repertório dela.

— O repertório do coração partido, que porcaria. E se ela fizer como em suas canções realistas e se atirar no Sena?

Aline ficou zangada.

— Fique quieto. Claro, eu não a conheço, mas... Escute, você precisa entender que isso não é para mim, Jeannot. Não me importo que você durma com ela. Não é isso que importa. Mas justamente o que importa você não pode dar a ela. E isso não é justo, nem para ela... nem em geral.

— Para as mulheres em geral?

— Não vamos entrar nisso, Jeannot. Há situações em que a bondade se torna esmola. Também acho que você interpreta a srta. Cora com sua própria sensibilidade e que talvez seja diferente para ela.

Ela continuou, sorrindo:

— Não passou por sua cabeça, por exemplo, que ela tenha ficado com você *por falta de algo melhor*?

Olhei para ela, mas não disse nada. De repente, fiquei com medo de que Aline também tivesse ficado comigo por falta de algo melhor. Que tudo fosse por falta de algo melhor. E que todos nós fôssemos falta de algo melhor. Merda, tomei o café de bico calado, era melhor assim.

— Que ela tenha ficado com você por falta de algo melhor e que precise, acima de tudo, de paz, de companhia, do fim da solidão?

Talvez fosse verdade. Talvez eu fosse um mal menor para a srta. Cora. De repente, me senti melhor. Ufa.

30

A srta. Cora tinha comprado ingressos para ver *Violetas imperiais* no dia seguinte, depois iríamos jantar em um bistrô onde ela conhecia todo mundo. Era uma opereta, como se dizia antigamente. Ela a tinha visto antes da guerra com Raquel Meller, que ela adorava. Tinha conhecido todas as glórias nacionais daquela época, quando ainda era criança e as via passar pela entrada dos artistas, que agora você encontra nos velhos cartazes dos antiquários, Raquel Meller, Maud Loti e Mistinguett.

— La Miss ainda dançava aos setenta anos. É verdade que eram necessários três rapazes para levantá-la.

No intervalo, ela me arrastou aos bastidores, conhecia alguém, um sujeito agitado chamado Fernando alguma coisa, não consigo lembrar. Ele recebeu a srta. Cora como se fosse tudo que estivesse precisando. Nós nos olhamos e até sentimos simpatia um pelo outro, como se estivéssemos pensando algo como ah, merda!

A srta. Cora lhe deu um beijo.

— Boa noite, Fernando querido... Quanto tempo...

Fernando nem mesmo escondeu que por ele poderiam ter passado mais cinquenta anos.

— Boa noite, Cora, boa noite...

— A última vez, foi... Vamos ver...

— Sim, isso mesmo, lembro perfeitamente...

Ele cerrava os dentes, fungava, se segurava para ser educado.

— Desculpe, Cora, mas estou muito ocupado...

— Eu só queria...

Coloquei o braço na cintura da srta. Cora.

— Venha, Cora...

— Eu queria apresentar um jovem ator de quem estou cuidando...

Estendi a mão.

— Marcel Kermody. Prazer.

Fernando me olhou como se fosse a mais antiga profissão do mundo.

— Eu o represento — disse a srta. Cora.

O sujeito apertou minha mão, olhando para os próprios pés.

— Desculpe, Cora, mas não é um bom momento. Já tenho meus figurantes... Enfim, se surgir uma brecha...

Pensei comigo mesmo que as coisas deviam acontecer assim desde sempre. Eu era histórico. Até comecei a encarnar o papel.

— Posso lhe trazer alguns recortes de jornal — eu disse.

— Isso, isso.

— Eu danço, canto, faço acrobacias e como merda. Posso dar um salto mortal, se quiser...

Comecei a tirar a jaqueta.

— Não aqui — ele gritou. — Mas o que é isso, afinal?

Eu murmurei.

— O senhor teria um franco?

Fernando não disse mais nada. Ele sentiu que na próxima vez receberia um soco na cara. Porque era preciso ver a srta. Cora, tão feliz por estar de volta a seu meio artístico, onde ainda era tão conhecida e amada.

— Venha, srta. Cora.

— E o segundo ato?

— É demais de uma só vez. Voltaremos.

— Você sabia que Jean Gabin começou como dançarino no Folies-Bergère? Você é tímido demais, Jeannot. Mas causou uma impressão. Percebi na hora.

O bistrô ficava na Rue Dolle, na Bastilha, que a srta. Cora chamava de Bastoche. Ela chegou e foi abraçar o proprietário, um homem de calça cinza xadrez e suéter de caxemira tabaco, com rosto de beberrão, vermelho, e havia fotos de boxeadores e ciclistas por todo lado e Marcel Cerdan acima do balcão, que tinha morrido em um acidente de avião quando estava no auge. Havia outros campeões mundiais nas paredes, Coppi, Antonin Magne, Charles Pélissier, André Leduc, todos vencedores do Tour de France. Alguns eram escaladores, outros triunfavam nas trilhas do Norte, na descida, no plano, no sprint. Os gigantes da estrada. Também havia campeões do circuito automobilístico de Mônaco, com nomes em destaque, Nuvolari, Chiron, Dreyfus, Wimille. Simpatizei com o proprietário. As pessoas são terrivelmente esquecidas, sobretudo as desconhecidas. A foto faz muito por elas, e nunca pensamos o suficiente sobre como foi a vida das pessoas antes da fotografia.

A srta. Cora foi ao banheiro e o proprietário me ofereceu uma bebida enquanto isso.

— Ela foi alguém, a srta. Cora — disse para me encorajar. — Ela tem méritos. É difícil ser esquecido quando se foi alguém.

Ele mesmo pedalou três vezes no Tour de France.

— O senhor ainda anda de bicicleta?

— Aos domingos, às vezes. Já não tenho pernas. É mais por memória. Você também parece atlético.

— Sou boxeador. Marcel Kermody.

— Ah, sim, claro. Desculpe. Mais um?

— Não, obrigado, não é bom para a forma.

— A srta. Cora vem aqui todas as quartas-feiras, quando temos coelho à caçadora. Boxe, hein?

Ele não conseguiu se segurar:

— É como Piaf e Cerdan — disse.

Com isso, até se sentou à mesa.

— Cerdan e Piaf, para mim, foi a história de amor mais bela de todas — ele disse.

— Uma canta, o outro não — eu disse.

— Como é?

— Há um filme assim.

— Se Cerdan não tivesse morrido em um acidente de avião, ainda estariam juntos.

— O que o senhor quer, é a vida.

— Pensei que a srta. Cora fosse afundar, há dez anos. Ela conseguiu um emprego como atendente de banheiro em uma brasserie. Cora Lamenaire, você se dá conta! Se ela não tivesse se apaixonado por aquele canalha, durante a ocupação alemã... Felizmente encontrou um de seus antigos admiradores, que cuidou dela. Ele lhe paga uma boa pensão. Não lhe falta nada.

Ele me lançou um olhar entre amigos, como se quisesse me tranquilizar, dizendo que a mim também não faltaria nada.

— É um rei do prêt-à-porter, pelo que dizem. Um judeu.

Dei uma gargalhada.

— Deve ser o mesmo — eu disse.

— Você o conhece?

— Sim, é típico dele.

Me sentia bem.

— Eu tomaria outro kir.

Ele se levantou.

— Isso fica entre nós, certo? A srta. Cora tem muita vergonha daquela época, quando foi atendente de banheiro. Isso a marcou profundamente.

Ele me trouxe um kir e foi atender os clientes. Eu desenhava com o dedo na toalha de mesa e me sentia bem pensando no rei Salomão. Deveríamos lhe dar plenos poderes. Instalá-lo lá em cima, no alto, onde ele brilha por sua ausência, onde falta um rei do prêt-à-porter. Bastaria erguer os olhos e imediatamente nos cairia um par de calças na cabeça. Eu visualizava muito bem o sr. Salomão sentado em seu trono, fazendo chover calças com benevolência. São sempre as partes inferiores que têm mais pressa. As partes superiores são um luxo. A televisão disse que um bilhão e meio de homens, incluindo mulheres, vivem com menos de trinta francos por mês, sem contar aqueles que sofrem também na pele. E eu sou do tipo luxuoso que reivindica as partes superiores. Se você tivesse trabalhado oito horas por dia em uma mina... Tenho minhas partes luxuosas que sonham com o grande patronato paternalista e o grande capital. Mas falta o rei Salomão lá em cima, e isso é angustiante. Continuei a desenhar com o dedo na toalha de mesa, me perguntando onde e como peguei essa angústia de luxo. Depois, me perguntei o que a srta. Cora estaria fazendo no banheiro, talvez estivesse sonhando com a época em que era atendente de banheiro, todos nós temos momentos de nostalgia às vezes. Agora que o sr. Salomão lhe concedera sua benevolência financeira, ela podia se permitir sonhar. Com frequência devia se dar o prazer de descer aos banheiros das brasseries e se sentir bem ao ver que não estava mais lá, e sim outra pessoa. Nunca deveríamos permitir que aqueles que foram alguém se tornassem outra coisa. Eu iria ver o rei Salomão para perguntar se ele havia me mandado de propósito à casa da srta. Cora, por julgar que eu era o que ela estava precisando e para lhe oferecer algo mais do que sua benevolência financeira. Deve ter decidido que eu tinha a cara de bandido perfeita para agradá-la, como o outro, e isso era de novo ironia e sarcasmo dele ou, pior ainda, ressentimento e vingança, depois que ela o abandonou por aquele nazista. Ele era realmente o rei da ironia.

A srta. Cora voltou.

— Desculpe, Jeannot... Telefonei para uma amiga. Já escolheu? Eles têm coelho à caçadora hoje.

Ela fez um trocadilho:

— Um coelho à caçadora para Jeannot Coelho!

Eu ri porque era uma piada tão ruim que senti pena dela. Uma piada ruim sempre levanta o moral quando alguém ri. Havia um programa do Canal 1 em que se podiam ouvir piadas ruins, contadas por pessoas que sentiam pena de si mesmas e de quem nós também sentíamos pena.

A srta. Cora gostava muito de vinho tinto, mas não era o que se chamaria de beberrona. Eu pensava no que o sr. Salomão havia feito por ela e era como um conto de fadas. Uma pessoa idosa está sem recursos e, de repente, um rei aparece, a tira do banheiro e lhe dá uma pensão. Depois, o rei decide que isso não é suficiente e que algo mais precisa ser feito para a memória, e é aí que entra o abaixo-assinado, Marcel Kermody. Na Rue Chapuis, perto de minha casa, uma velha mendiga está sempre circulando, ela tem cabelos brancos e bandagens em torno de uma perna que tem o dobro do tamanho da outra, ela se veste, se assim se pode dizer, com trapos, e o pior para a tribo dos Kermody é que ela está sempre empurrando um tandem, que é uma bicicleta de dois lugares, como você pode verificar. Não sei se foi o marido que ela perdeu ou um filho ou talvez os dois, não se pode saber tudo, e às vezes é melhor assim.

— No que está pensando, Jeannot? Você parece bem longe.

— Estou bem perto, srta. Cora. Estava pensando em outra pessoa que conheço e que a senhorita evitou.

Ela fez uma careta.

— Ela está com ciúmes?

— Perdão, srta. Cora, o que disse?

— Ela arrancaria meus olhos se nos visse?

O proprietário tinha colocado um disco de acordeom e isso me permitiu desconversar.

— Srta. Cora, por que nas canções realistas sempre há desgraças e corações partidos?

— Porque é um gênero popular.

— Ah.

— É o gênero que exige.

— Mesmo assim são coisas impossíveis. Mães solteiras se tornam prostitutas para sustentar as filhas e depois a filha se torna bonita e rica e a mãe se torna uma velha mendiga e morre de frio na rua. Merda.

— Sim, eu tinha uma música desse jeito, do sr. Louis Dubuc, música de Ludovic Semblat.

— É um exagero.

— É bom para a emoção. É preciso fazer força para tirar as pessoas de si mesmas.

— Bem, certamente alguns se sentem um pouco melhor ouvindo isso, porque pelo menos eles não precisam se atirar no rio ou morrer de frio na rua, mas eu acho que deveriam tornar as canções realistas mais felizes. Acho que deveriam cantar a felicidade. Se eu tivesse talento, faria canções felizes em vez de fazer as pessoas sofrerem. Não acho que uma mulher que se atira no rio porque foi abandonada pelo namorado seja realista.

Ela tomou um gole de vinho e olhou para mim com amizade.

— Você já está pensando em me deixar?

Fiquei paralisado. Não digo apenas pela expressão. Realmente fiquei. Era a primeira vez que ela ameaçava se atirar no Sena.

Então eu ri com vontade. Fiz a cara de verdadeiro canalha que ela gostava porque era justo que a mulher sofresse. Tinha esquecido que nas canções realistas é preciso sofrer por amor, senão falta sentimento.

Mas era angustiante. Eu não podia dizer srta. Cora, nunca vou deixá-la. Estava fora de meu alcance.

Então me esquivei:

— O que aconteceu entre a senhorita e o sr. Salomão?

Ela não pareceu surpresa.

— Foi há muito tempo, Jeannot.

E acrescentou, para me tranquilizar:

— Somos apenas amigos agora.

Eu estava com o nariz enfiado no prato porque senti vontade de rir e justamente não queria rir de jeito nenhum. Ela tinha o direito de me imaginar com ciúmes dela. Não era engraçado. E também não era trágico. Ela não era uma velha mendiga empurrando um tandem vazio. Estava bem-vestida, de roxo e laranja, com um turbante branco cruzado na testa, e tinha uma pensão que recebia todo mês. Seu futuro estava garantido. Todas as quartas-feiras, vinha comer coelho à caçadora.

— Tivemos uma história antes da guerra. Ele estava loucamente apaixonado por mim. Era um homem muito generoso. Casacos de pele, joias, carro com motorista... Em 1940, ele conseguiu um visto para Portugal, mas eu não quis partir com ele e ele ficou. Encontrou um porão nos Champs-Élysées e ficou quatro anos no escuro sem ver a luz do dia. Chateou-se terrivelmente comigo quando me apaixonei por Maurice. Ele trabalhava para a Gestapo e foi fuzilado na Libertação. O sr. Salomão ficou muito chateado comigo. No fundo, ele não tem gratidão, se quer saber. Não parece, mas ele é muito duro. Nunca me perdoou. No entanto, me devia sua vida.

— Como assim?

— Eu não o denunciei. Sabia que ele estava escondido em um porão nos Champs-Élysées, como judeu, e eu só precisava dizer uma palavra. Maurice era especialista na perseguição aos judeus e eu só precisava dizer uma palavra. Eu nunca disse. Quando conversamos, mais tarde, lembrei a ele, eu lhe disse, sr. Salomão, o senhor não tem gratidão, eu não o denunciei. Isso o afetou. Ele ficou todo branco. Cheguei a pensar que fosse ter um ataque. Mas não, pelo contrário, ele começou a rir.

— O riso é sua reserva de valor.

— Sim, ele realmente começou a rir. E depois apontou para a porta e disse adeus, Cora, não quero vê-la mais. É assim que ele é. E, no entanto, quantos você conhece que salvaram judeus durante a ocupação?

— Não sei, srta. Cora, eu ainda não fazia parte deste mundo na época, graças a Deus.

— Bem, eu salvei um. No entanto, estava completamente apaixonada por Maurice e faria qualquer coisa para agradá-lo. Mas me calei por quatro anos, sabia onde o sr. Salomão estava escondido e não disse nada.

— A senhorita ia vê-lo de vez em quando?

— Não. Eu sabia que não estava precisando de nada. A zeladora do prédio lhe levava comida e tudo o mais. Ele deve tê-la comprado a preço de ouro.

— Por que acha isso? Ela pode ter feito isso de bom grado.

— Então como abriu um negócio de roupas íntimas na Rue La Boétie depois da guerra? Com que dinheiro?

— Talvez o sr. Salomão tenha dado a ela depois, como agradecimento.

— Bem, a mim ele não agradeceu. A única coisa que fez por mim foi quando tive problemas na Libertação, por causa de Maurice. Ele foi ver o Comitê dos Atores, quando fui chamada para a depuração, e disse a eles: "Deixem-na em paz, senhores. A srta. Cora Lamenaire sabia onde eu estava escondido há quatro anos e não me denunciou. Ela salvou um judeu". E então ele riu de novo e foi embora.

De repente, eu também ri. Gostava muito do rei Salomão. Mas agora o amava ainda mais.

A srta. Cora baixou os olhos.

— Havia uma grande diferença de idade entre nós. Vinte anos de diferença, na época, era muito mais do que hoje. Ele tem oitenta e quatro anos hoje, e eu... A diferença entre nós é muito menor agora.

— A senhorita ainda é muito mais jovem que ele.

— Não, já não é a mesma coisa.

Ela sorriu para as migalhas de pão na mesa.

— Ele vive sozinho. Nunca amou outra mulher além de mim. Mas não consegue me perdoar. Me culpa por tê-lo abandonado. Mas quando eu me apaixono, não é pela metade. Sou o tipo de mulher que se entrega completamente, Jeannot.

Era só o que me faltava. Mas eu não disse nada. Ela tinha erguido os olhos para mim, para deixar bem claro.

— No começo, eu não sabia que Maurice trabalhava para a Gestapo. Quando você ama um homem, nunca sabe nada sobre ele, Jeannot. Ele era dono de um bar e havia alemães que o frequentavam, como em qualquer lugar. Eu só tinha olhos para ele e você nunca vê realmente um cara quando só vê ele. Atiraram nele duas vezes, mas eu achava que era coisa do mercado clandestino. Em 1943, descobri que se ocupava dos judeus, mas naquela época todo mundo se ocupava dos judeus, era legal. Mas mesmo quando eu soube, não disse nada, por causa do sr. Salomão. E, no entanto, juro que teria feito qualquer coisa por Maurice.

O proprietário chegou com a sobremesa.

— Salomão não consegue entender — disse a srta. Cora. — Ele é muito duro. Quando ama, é impiedoso. Ao saber que eu estava na miséria, imediatamente me deu uma pensão para se vingar.

A sobremesa também não estava ruim.

— A senhorita escreveu para ele dizendo que estava na miséria?

— Eu? Não. Tenho meu orgulho. Não, ele descobriu por acaso. Trabalhei como atendente nos banheiros da Grande Brasserie, na Rue Puech. Não há vergonha nisso. Até pensei que um jornalista me descobriria lá e faria uma matéria no *France-Dimanche*, sabe, Cora Lamenaire se tornou atendente de banheiro, e que isso poderia trazer meu nome à tona e me lançar novamente, nunca se sabe.

Olhei rapidamente para ela, mas não, ela não estava brincando.

— Fiquei lá por três anos e ninguém me notou. E então, uma noite, eu estava sentada em frente à minha bandeja, quando vi o sr. Salomão descendo as escadas para ir mijar. Ele passou por mim sem me ver, eles sempre estão com pressa. Pensei que fosse morrer. Eu não o via fazia vinte e cinco anos, mas ele não tinha mudado. Havia ficado todo branco, com uma barbicha, mas era o mesmo homem. Há pessoas que se parecem cada vez mais consigo mesmas ao envelhecer. E ele tinha o mesmo olhar escuro, com lampejos. Passou sem me ver, muito elegante, chapéu, luvas, bengala, terno príncipe de Gales. Eu sabia que ele tinha se aposentado do comércio de calças e que tinha se metido na S.O.S., de tão sozinho que estava. Pensei em ligar para ele mil vezes, mas tenho meu orgulho e não podia perdoá-lo pela ingratidão quando o salvei da Gestapo. Você não pode imaginar o efeito que teve sobre mim. Ele ainda era o rei Salomão e eu, Cora Lamenaire, tinha me tornado atendente de banheiro. Não digo isso contra as atendentes de banheiro em geral, não existe trabalho vergonhoso, mas eu era alguém, conheci os favores do público, então... Você entende?

— Entendo, srta. Cora.

— Você pode imaginar meu estado, enquanto o rei Salomão mijava ao lado. Eu não sabia se devia fugir ou o quê. Mas não tinha do que me envergonhar. Arrumei a maquiagem rapidamente. Vou dizer com franqueza que senti uma esperança como jamais se viu. Eu tinha apenas cinquenta e quatro anos, ainda estava me virando, e ele tinha pelo menos setenta e quatro anos. Eu tinha uma chance, sabe. Poderíamos recomeçar nossa vida juntos. Bem, você entendeu, sempre fui uma romântica, e aquilo me pegou de jeito novamente. Talvez pudéssemos começar tudo de novo, salvar tudo, uma vida a dois, em algum lugar de Nice. Então arrumei a maquiagem. Me levantei, esperei por ele. O sr. Salomão saiu do banheiro e me viu.

Ele se imobilizou de tal forma que achei que fosse cair. Apertou a bengala que segurava junto com as luvas. Ele sempre foi muito elegante, dos pés à cabeça. Ficou ali me olhando e não conseguia falar. Foi então que lhe dei um golpe de verdade, mas com um sorriso. Me sentei e empurrei para ele o pratinho com moedas de um franco. Ele tremeu. Juro que o vi tremer como se a terra o sacudisse. Ele ficou cinza e bradou — você conhece a voz dele — "O quê? Você? Aqui! Não! Ó meu Deus!". E então virou um sussurro. "Cora? Você? Atendente de banheiro! Estou sonhando, estou sonhando!" Depois suas pernas cederam e ele se sentou na escada. Fiquei ali, sorrindo, com as mãos nos joelhos. Triunfal. Então ele pegou o lenço e enxugou a testa com uma mão trêmula. "Sr. Salomão", eu lhe disse, "não é um sonho, posso lhe garantir que é exatamente o oposto!" Eu estava muito calma, até fiz as moedas de um franco tilintarem no prato. Ele repetiu mais algumas vezes "Atendente de banheiro! Você! Cora Lamenaire!". E então você não vai acreditar, mas uma lágrima escorreu pelo rosto dele. Uma única lágrima, mas você sabe como eles são...

Eu disse:

— Sim, não as deixam escapar com facilidade.

— E então ele se levantou, me agarrou pelo pulso e me arrastou escada acima atrás dele. Sentamos a uma mesa de canto e conversamos. Não, não é verdade, não conversamos, ele não conseguia dizer uma palavra, e eu não tinha nada a acrescentar. Ele bebeu água e se acalmou. Comprou um apartamento para mim e me deu uma boa pensão. Mas quanto ao resto...

Ela olhou de novo para as migalhas na mesa.

Gritei para o proprietário dois cafés, dois, como fazia quando era garçom no Bel-Air.

— Quanto ao resto, srta. Cora...

— Quanto ao resto, o rei Salomão pensou em mim. E eu nem sabia se era um gesto augusto de zombaria ou se havia ternura, amizade, e talvez até mais, naquele sorriso. Vai saber. A única coisa que eu sabia era que estava sentada no sorriso do rei Salomão. Fui vê-lo duas ou três vezes. Ele me fez visitar o lugar.

— A central telefônica?

— Sim, onde recebem as ligações. Às vezes, ele se senta e atende pessoalmente. Eles recebem ligações o tempo todo, de pessoas em necessidade extrema e que não têm ninguém, e, se quer minha opinião, ele precisa dessas ligações que recebe, se sente menos sozinho. Ele nunca conseguiu me esquecer. Se tivesse esquecido, não seria tão intransigente, depois de mais de trinta e cinco anos. Mas é rancor. Todo ano ele me envia flores no meu aniversário, para deixar bem claro.

— Uma pessoa má, em suma.

— Não, ele não é mau. Mas é duro consigo mesmo.

— Talvez ele esteja fingindo, srta. Cora. Ele é um homem que se veste com a última elegância, como a senhorita notou. É o estoicismo que faz isso. O estoicismo, sabe, é quando não queremos mais sofrer. Não queremos mais acreditar, não queremos mais amar, não queremos mais nos apegar. Ele tem medo de perdê-la. Na idade dele, tem medo de se apegar. Os estoicos eram pessoas que tentavam viver acima de suas possibilidades.

A srta. Cora bebia seu café com tristeza.

— Os estoicos são pessoas que tentam se conter.

— Bem, o sr. Salomão está errado em se conter. De que adianta passar a vida vivendo se não se pode aproveitar a vida no final? Nós dois poderíamos ter viajado juntos. Não sei o que ele está tentando provar. Você viu o que ele colocou na parede, acima da escrivaninha?

— Não notei.

— Ele colocou a foto de De Gaulle no jornal, com o que ele disse sobre os judeus: “Povo de elite, seguro de si e dominador”. Ele recortou isso com De Gaulle e emoldurou.

— É normal ter uma foto de De Gaulle quando se é patriota.

Caí na gargalhada. Não consegui me conter, era meu lado cinéfilo. Que pegadinha.

Ela pareceu um pouco desorientada e então acariciou minha mão em cima da mesa, como se eu fosse um pouco tolo, mas não faz mal, mamãe ainda gosta de você.

— Não vamos falar do rei Salomão a noite toda, Jeannot. Ele é um velho senhor bem estranho e muito infeliz. Ele mesmo me disse que à noite se levanta para atender o telefone. Passa três ou quatro horas todas as noites ouvindo as desgraças dos outros. É sempre à noite que as pessoas precisam. E eu, que poderia ajudá-lo, continuo do outro lado de Paris. Você consegue entender?

— Acho que ele não quer voltar para a senhorita porque tem medo de perdê-la. Outro dia, não comprou um cachorro por essa razão. O estoicismo exige isso. A senhorita deveria ver no dicionário. O estoicismo é quando se tem tanto medo de perder tudo que se perde tudo de propósito, para não ter mais medo. É o que chamamos de angústia, srta. Cora, mais conhecida como cagaço.

A srta. Cora me olhava.

— Você tem uma maneira curiosa de se expressar, Jeannot. Sempre parece dizer algo diferente do que está dizendo.

— Não sei. Sou cinéfilo, srta. Cora. No cinema, você está no escuro rindo como um louco e é a melhor coisa que se pode fazer no escuro. É muito difícil para o sr. Salomão se agarrar no último momento a uma mulher muito mais jovem do que ele. É como em *O anjo azul* do sr. Joseph Sternberg, com Marlene Dietrich, quando o velho professor perde a cabeça por uma cantora muito mais jovem do que ele. A senhorita viu *O anjo azul*, srta. Cora?

Isso a deixou feliz.

— Sim, claro.

— Aí está. Então consegue entender que o sr. Salomão também viu e está com medo.

— Não tenho a idade de Marlene no filme, Jeannot. Eu poderia fazê-lo feliz.

— Isso é o que ele não quer de jeito nenhum, srta. Cora. Céus, já lhe expliquei. Quando a pessoa está feliz, ela dá importância à vida e, então, fica com mais medo ainda de morrer.

A srta. Cora tinha um pequeno truque. Ela molhava o dedo, pressionava-o sobre as migalhas de pão e as colocava na língua. Era para não comer pão, que engorda.

— Se entendi bem, Jeannot, você ficou comigo porque não posso dar importância à vida? Assim você não precisa se preocupar?

Pronto. É sempre a mesma coisa no amor, você dá um dedo e elas querem a perna inteira.

— Eu teria muito a dizer sobre isso, srta. Cora.

— Diga. Convido-o a dizer.

Nunca a faria entender que se tratava de uma história de amor que não tinha nada a ver com ela. Eu me segurei por um momento, mas ela estava ali, na minha frente, com olhos e um sorriso que pareciam desamparados.

Eu poderia ter dito, srta. Cora, eu a amo como a todas as espécies ameaçadas, mas seria demais para ela. Se ela percebesse que havia gaivotas e filhotes de foca envolvidos, não teria gostado. O melhor que eu podia fazer era despertar suas lembranças. Então lancei:

— Vai me encher o saco, agora?

Ela se assustou na mesma hora. Assim ela entendia. A garota submissa. Era assim que falavam com elas em sua poesia.

— Não é porque você me dá dinheiro de vez em quando que precisa começar a me aporrinhar!

Ela se iluminou e colocou a mão sobre a minha.

— Desculpe, Jeannot.

— Tudo bem.

Ela deu uma risadinha.

— É a primeira vez que me chama de "você"...

Ufa.

O proprietário veio nos oferecer um calvados por conta da casa. A srta. Cora manteve a mão sobre a minha, mais para o proprietário do que qualquer outra coisa. Ela me olhou fundo nos olhos e ficou quieta para ser mais expressiva. Era possível ver claramente como ela era aos vinte anos, com seu lindo sorriso travesso e os cabelos cortados bem retos no meio da testa. Tinha se acostumado a ser jovem, bonita, popular e amada, e isso ficou com ela. Depois, ela se admirou em sua bolsa, onde havia um espelho. Pegou o batom e passou um pouco nos lábios.

— A senhorita quer que eu fale com o sr. Salomão?

— Ah, não, de jeito nenhum! Como eu ficaria parecendo! Azar o dele.

Eu gostava de olhar para a srta. Cora. O vestido tinha mangas compridas até os pulsos. A bolsa era nova, de crocodilo. Ela estava usando um cinto laranja de bolinhas.

— Srta. Cora, eu gostaria que me deixasse falar com ele. Não deve culpá-lo por ter ficado quatro anos naquele porão sem ir visitá-la. Era perigoso. Ele precisa da senhorita. Para não lhe esconder nada, ele falou a seu respeito outro dia.

— Mesmo?

— Claro que não me disse que não pode viver sem a senhorita. Ele tem sua dignidade. Mas sempre pede notícias suas. E quando ele menciona seu nome, há uma luz em seu rosto. Fique tranquila, não vou prometer nada a ele. A pior coisa que pode acontecer nesse caso é a piedade. Não quero que ele sinta que a senhorita tem pena dele.

— Ah, não, tudo menos isso! — disse a srta. Cora, exclamando. — Ele tem orgulho!

— Devemos preservar a virilidade masculina dele. Com sua permissão, vou fazê-lo acreditar no contrário. Vou fazê-lo pensar que a senhorita precisa dele.

— Ah, não, Jeannot, isso não...

— Espere, srta. Cora. Tem sentimentos por ele ou o quê?

Ela me encarou por um momento.

— Eu não entendo aonde você quer chegar, Jeannot... Quer se livrar de mim?

— Bom, então não se fala mais nisso.

— Não fique zangado...

— Não estou zangado.

— Se está cansado de mim...

Ela ia começar a se queixar enquanto eu tentava salvá-la, a imbecil. Eu não estava tentando me livrar dela, nunca pude me livrar de ninguém. Murmurei de novo:

— Srta. Cora, srta. Cora! — pegando na mão dela, porque é um gesto que sempre se faz necessário.

Pedi a conta e o proprietário disse que já estava paga. A srta. Cora foi à cozinha se despedir e ficamos juntos por um momento, por educação.

— É, sim. A srta. Cora foi alguém. E faz muito tempo que você...

— Não, não tanto, antes eu trabalhava em Rungis.

— Você é jovem demais para saber, mas Cora Lamenaire foi um nome... Só que ela nunca escutou nada além do próprio coração. É uma mulher para quem só a vida sentimental importa...

Eu fui ao banheiro, era melhor. Quando voltei, a srta. Cora estava me esperando. Ela pegou meu braço e saímos.

— O proprietário é boa gente, não é?

— Fantástico.

— Venho vê-lo de vez em quando. Isso o deixa feliz. Ele foi loucamente apaixonado por mim, você não pode nem imaginar!

— Ah, é?

— Você nem imagina. Ele me seguia por toda parte. Eu fazia muitas turnês no interior e a cada parada, lá estava ele.

— Bem, ele corria no Tour de France, pelo que entendi.

— Você é engraçado. Não, sério, ele me seguia por toda parte. Queria se casar comigo. Então venho vê-lo de vez em quando. Ele me dá vinte por cento de desconto.

— Quando amamos alguém, algo sempre fica.

— E, no entanto, foi há quase quarenta anos.

— Algo sempre fica, srta. Cora. O sr. Salomão também, nunca pôde esquecê-la.

Ela fez uma cara séria.

— Ah, aquele lá! Um verdadeiro cabeça-dura. Nunca vi um homem tão teimoso.

— Para viver quatro anos escondido em um porão, é preciso ser teimoso. Os judeus são tão teimosos que é por isso que ainda estão aqui.

— Judeus ou não, os homens são todos iguais, Jeannot. Só as mulheres sabem amar. Para os homens, a vaidade masculina está acima de tudo. Às vezes penso nele e sinto pena. Viver sozinho tal qual um velho lobo, como deve ser?

— Ah, sim, é verdade.

— Nessa idade, ele precisa de uma mulher para cuidar dele. Alguém que cozinhe um pouco para ele, que saiba manter um lar, aliviá-lo de todas as preocupações. E não uma estranha, mas alguém que o conheça bem, porque ele deve entender que aos oitenta e quatro anos você não pode começar com alguém que não conhece. Não há mais tempo para se conhecer e se acostumar um com o outro. Ele vai morrer sozinho em um canto. Isso é vida?

— Claro que não, srta. Cora.

— Você não vai acreditar, mas às vezes não consigo dormir à noite, de tanto pensar no sr. Salomão sozinho na velhice. Meu coração é muito sensível, é isso.

— É isso.

— Note que estou muito bem como estou. Não tenho do que reclamar. Tenho meu apartamento, meu conforto. Mas não sou egoísta. Mesmo que eu tenha que perder minha tranquilidade, aceitaria cuidar dele, se ele me pedisse. Não temos o direito de viver apenas para nós mesmos. Às vezes, quando fico alguns dias no meu apartamento sem ver ninguém, me sinto terrivelmente inútil. Isso é egoísmo. Às vezes me pego sentada à mesa chorando, tão envergonhada de estar lá sozinha, cuidando de mim mesma e de mais ninguém.

— Talvez pudesse trabalhar como voluntária na S.O.S., srta. Cora.

— Ele não aceitaria, tenho certeza. É no apartamento dele e ele acharia que estou tentando me aproximar e tê-lo de volta. Para falar a verdade, eu ligava muito para a S.O.S., na esperança de falar com ele, mas sempre eram vocês, os jovens, que atendiam. Caí nele uma única vez. Fiquei tão emocionada que desliguei...

Ela riu e eu também.

— O sr. Salomão tem uma voz muito bonita ao telefone.

A voz, ao telefone, é uma coisa importante.

— Dizem que ele coleciona cartões-postais e selos e fotos de pessoas que nem conheceu. Não sei se guardou uma foto minha. Antigamente, ele tinha montes e montes delas. Até me recortava do jornal e colava em um álbum. Uma vez, saí em uma página inteira da revista *Pour Vous*. Ele comprou cem exemplares. Agora, deve ter jogado tudo fora. Nunca vi um homem tão rancoroso. É claro, ele era louco por mim, então deve ter destruído todas as recordações, para não se lembrar. Sabe, quando nos vimos pela última vez e ele me deu o endereço do porão onde se escondeu, para que eu fosse vê-lo, ele segurava minha mão na dele e a única coisa que conseguia repetir era Cora, Cora, Cora. Cometi um erro, eu deveria ter ido, mas o que você quer, quando conheci Maurice, foi amor à primeira vista, perdi a cabeça. Não sou do tipo que calcula e pensa no futuro. Se tivesse sido maliciosa, teria ido vê-lo duas ou três vezes, para o caso de os alemães perderem a guerra. Mas não é do meu feitio. Eu estava no auge, cantava em todos os lugares, era muito requisitada. Mas só Maurice importava, e nada mais. Um dia, um garçom veio me dizer você deveria ter cuidado, srta. Cora, Maurice é um homem muito perigoso. Você vai ter problemas depois. Foi tudo o que ele me disse, e mais tarde ele mesmo teve problemas, a Gestapo o pegou. Eu me informei um pouco, e foi então que descobri que Maurice trabalhava para a Gestapo. Mas já era tarde demais, eu o amava. As pessoas nunca entendem como podemos amar alguém que não merece. Eu também não entendo, agora, como pude amá-lo. Mas no amor não há nada para entender, é assim, não podemos fazer nada. Não é algo que seja possível calcular. Foi a maior estupidez que cometi na vida, mas nunca fui calculista. Eu vivia como se fosse uma canção. Além disso, quando somos jovens, não imaginamos que um dia seremos velhos. Está longe demais, muito além da imaginação. Uma vez, passei nos Champs-Élysées ao lado do prédio onde o sr. Salomão estava em seu porão e senti remorso. Lembro muito bem, atravessei a rua imediatamente. Se você me dissesse naquela época que eu teria sessenta e cinco anos e o sr. Salomão oitenta e quatro, eu teria rido na sua cara. Eu poderia tê-lo visitado à noite, levado champanhe e foie gras para ele, perguntado como estava e como andava seu ânimo. Pensei nisso. Mas sabe de uma coisa? Acho que só agora eu o amo de verdade. Antes da guerra, ele me cobria de presentes, ele ainda era jovem, me adulava, eu gostava de sair com ele, mas não era o verdadeiro sentimento. Então você entende que quando conheci Maurice e experimentei o verdadeiro sentimento, a loucura, a paixão, enfim, foi como se o sr. Salomão nunca tivesse existido. Tive outros amantes, sabe. Eu era um pouco louca por mim mesma quando jovem. Lembro que o que mais me incomodava durante a ocupação, quando não fui visitá-lo em seu porão, era que ele era judeu. Entenda que não era de modo algum porque ele era judeu. Eu nem me importava. Era como com Maurice, eu nem me importava que ele fosse a favor dos nazistas. Um homem é um homem, amamos ou não amamos. Eu era muito jovem, não soube apreciar o sr. Salomão em seu justo valor. É preciso maturidade. Mas é tarde demais. É o mais estúpido da maturidade, ela sempre chega tarde demais. E quer saber? O sr. Salomão ainda não tem maturidade. Se tivesse, há muito tempo teria me pedido para viver com ele. É um homem velhíssimo e ainda tem paixões, intensidades, fúrias terríveis. Não soube se suavizar. Porque, afinal, não há dúvida, ele ainda me ama, e é a paixão que o torna tão rancoroso. Se ele não me amasse mais como antes e se não fosse paixão, há muito tempo teria me pedido para ir morar com ele, teríamos chegado a um acordo. Seria a maturidade e o bom senso nele. Mas não, não é, é a paixão, o ressentimento, a fúria terrível. Você conhece bem o olhar dele: pega fogo lá dentro.

Eu disse:

— *Há uma chama no olhar da juventude, mas no do velho há luz.*

Ela pareceu surpresa.

— O que está dizendo?

— O sr. Salomão encontrou isso em Victor Hugo.

— De todo modo, é um apaixonado. Ele não soube se adaptar. Pensei por muito tempo que não seria capaz de se manter tão rígido até o fim, que ele se suavizaria, e que um belo dia alguém tocaria minha campainha, eu abriria, e lá estaria o sr. Salomão com um grande buquê de lilases na mão e ele diria Cora, esqueci tudo, venha viver comigo, esqueci tudo, menos meu amor por você...

Espiei a srta. Cora e vi que ela não estava ali, que ela sorria em um sonho. Tinha um rosto infantil, na escuridão, com a franja reta na testa e um sorriso ingênuo cheio de confiança no futuro.

Ela suspirou.

— Mas não. Ele é intransigente. Sabe, se ele me amasse menos, já teria se acomodado há muito tempo. Se não fosse paixão, ele seria muito menos exigente. E o coração dele não soube envelhecer, é isso que o torna intransigente. Ele não consegue me perdoar, como se tivesse vinte anos e ainda vivesse a violência dos sentimentos, então melhor morrer do que perdoar. Ele não sabe envelhecer. Só endurece tudo ao redor, por fora, como os velhos carvalhos, mas por dentro o coração é jovem, fervilha, se revolta, quer quebrar tudo. Então ele continua vivendo cercado por minhas fotografias e meus cartazes, que deve ter em um cofre fechado à chave e que ele certamente abre à noite para olhar. Se eu fosse um pouco mais puta, iria fazer um número para ele, iria dizer sr. Salomão, eu sei que você nunca pensa em mim, mas eu penso em você o tempo todo, preciso de você, e começaria a chorar, se eu fosse realmente puta, me jogaria aos pés dele, e às vezes acho que é isso que ele espera, esse cretino, e me pergunto se não vou fazer isso um dia, às vezes não se deve hesitar em esquecer o orgulho, quando é para ajudar alguém a viver. O que você acha?

Respirei fundo, eu precisava de ar.

— É verdade que está sendo um pouco dura com ele, srta. Cora. É preciso saber perdoar.

— Mas faz trinta e cinco anos que ele me responde com silêncio!

— É um pouco culpa sua. Ele não sabe que a senhorita começou a amá-lo de verdade. A senhorita não deixou isso claro para ele. Tenho certeza de que hoje, se os alemães voltassem, e ele estivesse em seu porão...

— Eu iria com ele.

— Precisa dizer isso a ele.

— Isso o faria rir. Você sabe como ele é. Tem um riso que parece varrer tudo, como se fôssemos fios de palha lá dentro. Às vezes, o riso parece ser tudo o que lhe resta. É terrível não poder ajudar um homem que está tão infeliz.

— Quando foi a primeira vez que a senhorita percebeu que o amava de verdade?

— Não sei dizer. Foi acontecendo aos poucos, um pouco a cada ano. E ele foi muito gentil quando me salvou do banheiro e me deu todo o conforto e uma pensão. Eu não podia mais culpá-lo. Foi acontecendo aos poucos. Não era mais loucura e paixão, como com Maurice, eu tinha mudado, não eram mais desvarios. Passei a pensar nele cada vez mais. E começou a crescer.

Nos despedimos à porta. Ela não me pediu para entrar. Mas ficamos um bom tempo no corredor. Acendi a luz três vezes. Na segunda vez, quando acendi de novo, vi que ela estava chorando. Eu nunca tinha recebido tanta ternura feminina dos olhos de uma mulher que poderia ter sido minha avó. Ela acariciou minha bochecha e soluçou, mas em silêncio, sem fazer barulho. Felizmente, a luz se apagou. Eu ainda disse:

— Srta. Cora, srta. Cora.

Desci correndo as escadas. Eu também sentia vontade de chorar. Mas não por piedade. Por amor. Amor não apenas pela srta. Cora, não, era muito mais. Ah, porcaria, não faço a menor ideia do que era.

31

Eu não quis correr direto para a casa de Aline, seria patético demais. Também não queria voltar para a Rue Neuve, tinha dito a meus amigos que ia morar com Aline e eles teriam rido ao me ver voltar no meio da noite, como se ela tivesse me expulsado, eu não tinha que explicar nada para eles. Já fazia bastante tempo que eu era voluntário, e se não conseguisse parar agora que tinha alguém, nunca mais pararia, sempre estaria na casa dos outros, acabaria em algum lugar com os grandes macacos em extinção, ou com as baleias e talvez ainda mais longe, onde não houvesse mais ninguém para salvar. Aline disse isso rindo, mas às vezes é rindo que se está mais certo, e a srta. Cora, e o rei Salomão e todos os velhinhos que caminham com passinhos curtos para mim são ecológicos. Chuck deve estar certo quando diz que tenho uma sensibilidade com mania de grandeza. Vi um filme assim na cinemateca, *As aventuras de Robin Hood*, com Errol Flynn, que tirava dos jovens e dava aos velhos, ou que tirava dos ricos e dava aos pobres, dá na mesma. Acho que não é apenas a velha mendiga, todo mundo está empurrando um tandem vazio. Caminhei um pouco com os punhos cerrados nos bolsos e comecei a fantasiar, fugia de uma prisão de segurança máxima, como Mesrine. Eu estava no estado que Chuck chama de as duas fontes da moral e da religião, um estado de angústia. O mais desagradável em Chuck é a maneira como ele conhece você como a palma da mão, dando de ombros, fazendo um gesto cansado com a mão e murmurando "caso clássico". Ele me tira do sério, aquele filho da mãe, com seu monte de conhecimento. É o que chamam de enciclopédia ambulante. *Enciclopédia ambulante: pessoa com um conhecimento extremamente amplo em todas as áreas*. Procurei no dicionário, porque é assim que às vezes me sinto, uma pessoa com um conhecimento extremamente amplo em todas as áreas. Não é difícil, vem naturalmente. Para se tornar uma enciclopédia ambulante, basta ser um autodidata da angústia, é o que chamam de soma total de todos os conhecimentos. Pensei em acordar Chuck e dar uma boa surra nele, porque aí, pelo menos, haveria algo que ele não teria entendido. Abro a porta, acendo a luz, ele dorme como um anjo, vou até ele e o sacudo, dou-lhe uns tabefes, ele fica surpreso, grita: mas o que é isso, o que deu em você, o que foi que eu fiz? E eu dou uma risada e digo: ora, vamos lá, tente entender, e vou embora assobiando, com as mãos nos bolsos. Ele apanhou sem saber por quê, está completamente atônito, pergunta, interpela, tenta entender e, pronto, é uma enciclopédia ambulante, *uma soma total de todos os conhecimentos*. Só de pensar nisso me acalmei.

Fui ao Maupou em Montmartre, que é uma brasserie aberta a noite toda, e fiquei lá um pouco, com minha cerveja. Havia três prostitutas em uma mesa, uma delas antilhana, sentei ao lado como um menino que sempre se sente melhor quando a mãe está por perto. Não para depreciar minha mãe, que não era de modo algum uma prostituta e que escolhia. Mas acho que as prostitutas são maternais porque estão sempre aqui para consolações da igreja. Conversamos um pouco, mas não era uma coisa a se dizer a elas. Chuck tem razão quando diz que o fascismo tinha seu lado bom porque podíamos ser contra ele. Era uma coisa sociológica incrível que permitia conhecer o inimigo. Quando você não tem inimigos legítimos, acaba se entrincheirando em uma fazenda e atirando em qualquer um. Li livros sobre a Resistência e sempre me perguntei o que eles, os resistentes, fizeram depois e contra o que viveram desde então. O mais difícil é quando você não pode mais ser antifascista. Você encontra substitutos, mas nunca com a mesma legitimidade. Na Itália, até mataram Aldo Moro, de tanto que precisavam de substitutos. Quando Chuck uma vez jogou na minha cara que isso é lirismo em mim, e que sou do tipo lamurioso como nunca se viu em alguém sem talento e que a velhice e a mortalidade são coisa do século XIX, como Victor Hugo e Lamartine, que sendo ignorante eu estava atrasado, que eram elegias em mim e que eu era um elegíaco, esperei ele sair para não dar na vista e depois fui procurar no dicionário, nunca se sabe, talvez houvesse ali uma explicação para a angústia do rei Salomão, que peguei por convivência. Encontrei *elegia: poema lírico que expressa um lamento doloroso, sentimentos melancólicos*, e para *elegíaco*, encontrei: *que está no tom melancólico e terno da elegia*. Eu pensava nisso diante do meu copo de cerveja e isso me fez bem, como sempre que encontro referências. A antilhana ao lado tinha passado as férias na Martinica e isso me interessou, era longe. Foi bom ouvi-la dizer "longe de tudo", era encorajador saber que isso existe, longe de tudo. Existem até expressões que previram isso: *desaparecer como pedra na água* e *passar como peido em vento forte*. Eu disse para a garota, que se chamava Mauricette:

— Deve ser tranquilo por lá, não?

— Sim, ainda tem alguns cantos. É preciso conhecer.

— Em Paris, nunca estamos tranquilos, por causa das grandes metrópoles — disse a amiga dela.

— É o paraíso na Terra — disse Mauricette. — Vale a viagem.

Na mesma hora, tomei uma decisão. Eu acordaria Aline e nós dois partiríamos. Poderíamos pedir dinheiro emprestado ao sr. Salomão e abrir uma livraria lá. Sempre nos sentimos aliviados quando tomamos uma decisão e essa me fez realmente muito bem. Chamei o garçom.

— É por minha conta.

Elas me agradeceram, tivemos uma boa conversa. Saí, já eram quase quatro horas da manhã, mas uma livraria sob o sol das Antilhas é uma boa razão para acordar alguém, não é angústia. Ainda há alguns cantos tranquilos, mas é preciso conhecer, como disse Mauricette. Na beira do mar do Caribe, que tem um azul garantido. Há tubarões, mas eles não estão ameaçados. O resto do mundo deve estar mais longe que de costume. Poderíamos até ter filhos negros, Aline e eu. Sentei na calçada e ri. Os negros são menos angustiados que os brancos porque têm menos civilização, é sabido. Eu tive civilização demais. Então caí na gargalhada. Fiquei rindo assim por meia hora, atirando tortas de creme em minha própria cara para me livrar de minha soma total de conhecimentos, e quando toquei a campainha de Aline, não se percebia mais nada, eu tinha recuperado meu rosto de sempre, aquele pelo qual eu iria para a prisão mesmo sem confessar.

32

Quando Aline abriu a porta, ainda sonolenta, passei por ela e me atirei na cama, como se estivesse em casa. Ela entrou sem pressa, olhou para mim, de braços cruzados, e logo percebi que não valia a pena me esconder, então tirei minha máscara, caiu de meu rosto. Me senti nu. Ela se sentou na beira da cama e isso foi realmente estranho para uma garota tão jovem e que não tinha filhos. Pode-se pensar que foi porque perdi minha mãe muito jovem, mas essa é uma explicação prêt-à-porter, já que fazia milhões de anos, caso contrário precisaríamos acreditar que é dos macacos dos quais descendemos que sentimos falta, em termos de paternidade. Aline era jovem e bonita, e me fazia bem estar com alguém que, para variar, não precisava de mim. Sem S.O.S., sem pedidos de socorro, sem chamados de emergência, e era disso que eu mais precisava. Não sei como é na Martinica quando se conhecem os cantos, mas não irei conferir, melhor acreditar que existem. O que você faz quando não suporta mais seu estado humano? Você se desumaniza. Se junta às Brigadas Vermelhas e pouco a pouco atinge o estado de insensibilidade. É a superação, segundo Chuck. Como Charlie Chaplin, em *O garoto*, que encontra um bebê, abre um esgoto e considera se livrar completamente da criança.

— Aline...

— Tente dormir.

— Você é uma verdadeira puta sem coração.

— É a vida, fazer o quê.

— Pensei que poderíamos partir juntos para as Antilhas. É periférico lá. O que periférico significa exatamente?

— Um lugar afastado do centro.

— Isso mesmo. É periférico.

— Eles têm televisão.

— Não somos obrigados a assistir. Eu poderia pegar dinheiro emprestado e poderíamos viver lá. Nos livramos de tudo isso.

— Parece difícil.

— Nada é difícil quando se está motivado. Veja Mesrine, que fugiu da prisão de segurança máxima.

— Ele tinha cúmplices.

— Você e eu nos bastamos como cúmplices. Você deveria deixar o cabelo ainda mais comprido. Para que haja mais de você.

— Isso se mede em centímetros?

— Não, mas nunca é demais. Você sabe o que significa elegíaco?

— Sim.

— Que é melancólico e terno. Tenho um amigo que diz que os estudantes das Brigadas Vermelhas mataram Moro para se dessensibilizarem. Você entende?

— Não.

— Para se dessensibilizar. Para ir a um lugar onde não se sente mais nada. O estoicismo.

— E daí?

— Não sou capaz disso.

Ela riu.

— É porque você não é suficientemente literário. Não tem teoria. Ou, se preferir, para falar como você... você não é teórico o suficiente para chegar a esse ponto. É preciso muita reflexão. É preciso um sistema. Onde você parou?

— Em uma brasserie de Pigalle.

— Onde parou nos estudos?

— Sou autodidata. É assim que nos tornamos uma enciclopédia ambulante. Estive com a srta. Cora mais cedo. Ela está tão sozinha, perdida e desesperada que eu a teria estrangulado. Você entende?

— Mais ou menos.

— E então me dei conta de que era eu, não ela. Ela não sabe que está velha, perdida e infeliz. É um vício. A vida, como uma droga, é isso. Ela tem seu pequeno conforto, como diz. Então eu gostaria de saber: o que a vida tem? O que ela tem que faz você engolir tudo e pedir mais? Sabe: inspire, expire, como se fosse suficiente?

— Vamos dormir, Pierrô.

— Meu nome é Jean, merda. Está zombando de mim.

— Tire a roupa, Pierrô lunar. Venha nanar. Venha nanar no colinho da mamãe, meu queridinho.

— Você é uma verdadeira puta sem coração, Aline. Foi isso que me atraiu em você desde o início. É incrível finalmente encontrar alguém que não precisa de ninguém.

Ela apagou a luz. O escuro é relativo. Às vezes é acolhedor, tranquilo, como dizem sobre os mares escuros, às vezes é ameaçador. O silêncio também tem variações. Ou ele ronrona ou cai sobre você e o rói como um osso. Existem silêncios que estão cheios de vozes que gritam e que não se ouvem. Silêncios S.O.S. Silêncios que não sabemos o que têm, de onde vêm, seriam necessários engenheiros. Podemos sempre tapar os ouvidos, mas não o resto. Apertei Aline contra mim e não lhe disse Aline, sempre estou na casa dos outros, para uma mulher é irritante ser tratada como uma incapacidade. Eu a mantinha bem aninhada perto de mim e era o momento certo para falar de tudo o que poderíamos deixar para trás juntos. Me calei, para que soasse melhor. Se precisássemos de palavras, como estranhos que só têm isso para compartilhar, não valeria a pena nos entendermos. Apenas uma vez, enquanto ouvia mensagens que não escutava, falei sobre dicionários e disse a ela que nunca tinha encontrado uma palavra que explicasse. Se você trabalhasse oito horas por dia no fundo de uma mina... Adormeci com ela nas Antilhas, em um canto que é preciso conhecer ou não se tem a menor chance de encontrá-lo.

33

Acordei com sol, um café sorridente, croissants brilhantes e um beijo na ponta do nariz. Os pequenos momentos são sempre os melhores.

— Vi um gato no jornal, ele se perdeu e voltou para casa depois de andar mil quilômetros. Alguns instintos de orientação são surpreendentes. Ano passado, um cachorro, um chow-chow, pegou o trem sozinho para ir ao encontro da dona. É uma questão de afeto para eles.

Peguei mais um croissant. Ela preferia torradas. É verdade que a França está dividida em duas. Há os que preferem torradas e os que preferem croissants.

— Me avise quando você...

— Preciso estar na livraria às nove e meia. Mas você pode ficar aqui.

Ela nem hesitou:

— Você pode vir morar aqui de uma vez por todas.

Não consegui falar.

— Você não me conhece o suficiente. Estou sempre na casa dos outros. Chamam isso de delito de vagabundagem.

— Bem, você estará na minha casa.

Calma, segura, mordiscando sua torrada. Primeiro pensei merda, ela deve ser extremamente solitária para se atirar assim, mas era mais uma das minhas ideias.

— Vi um filme na cinemateca, *O destino bate à sua porta*, é o título mais verdadeiro que conheço. Depois que ele bate à porta, já não é o mesmo destino. Mas outro. Um destino sociológico.

Ela ria com a torrada na mão. Tinha caninos pequenos e um nariz um pouco empinado.

— E você vive do quê, além disso?

— Tenho um terço de um táxi, e posso consertar qualquer coisa. Enfim, não qualquer coisa, apenas encanamento, eletricidade, mecânica simples. Sou um faz-tudo. Há muita demanda hoje em dia. Parei um pouco há alguns meses, tenho um amigo que me substitui. Tenho muito trabalho com o sr. Salomão. Consertos também, reparos...

Ela me ouvia. Depois de uma hora, percebi que eu estava falando havia uma hora. Sobre as vozes que telefonam dia e noite, as pessoas que queremos consertar, tudo isso. E sobre o sr. Salomão, que às vezes se levantava à noite para atender as ligações, já que não havia mais ninguém. E que me enviava em casos de urgência, como a srta. Cora.

— Consertos e reparos, é isso.

Eu explicava como o rei Salomão vivia sozinho havia trinta e cinco anos para punir a srta. Cora, que não fora vê-lo em seu porão durante a ocupação.

— Os judeus têm um Deus muito rigoroso, ao que parece.

Falei sobre os idosos que era preciso visitar todos os dias para ver se ainda estavam lá. Parei logo antes da velha mendiga que empurrava seu tandem vazio.

— Tenho um amigo, Chuck, que deve estar certo. Se estou sempre na casa dos outros, é porque não tenho identidade suficiente. Não tenho identidade suficiente para cuidar de mim mesmo, já que não sei quem sou, o que quero e o que posso fazer por mim. Entende?

— Entendo acima de tudo que seu amigo Chuck, aparentemente, se basta a si mesmo. Autossuficiência. Enfim, também não é muito bonito em mim. A primeira coisa que senti em você...

— O quê?

Ela riu, mas não foi tão alegre.

— A primeira coisa que senti em você é que há muito para pegar.

Levantou-se e virou as costas para se vestir, mas foi mais porque não gostou de ter dito isso.

— Agora é para você, Aline. Tudo o que tenho. Pegue.

— Ah, tudo bem. Mas você pode vir morar aqui. Você já fez isso um pouco, sem me perguntar, mas agora estou pedindo. Às vezes erramos e, então, a melhor maneira de nos livrarmos um do outro é morando juntos em algum lugar. Já errei bastante assim. Sou o tipo de devoradora que se contenta com migalhas.

Ela usava uma espécie de jaqueta e calças verde-oliva. Nunca a vi de outra maneira. Ela se virou para mim.

— Se é para quebrar a cara, melhor que seja logo. Nem tenho certeza se vou conseguir amar você, se sou capaz de amar alguém. É realmente preciso ter fé. Então venha morar comigo.

— Aline.

— Sim?

— Do que todos nós temos medo?

— Que não dure.

Fiquei um momento a observá-la enquanto ela ainda estava lá.

— Aline.

— Sim?

— Só há você agora. Os outros, acabou.

Isso me fez pensar no sr. Geoffroy de Saint-Ardalousier, em sua mansarda.

— A propósito, tenho um amigo que tem setenta e dois anos e escreve. Ele lançou um livro do próprio bolso.

— Uma edição de autor?

— Isso. Ele levou a vida inteira para terminá-lo. Poderíamos convidá-lo para a sua livraria, fazer um pequeno evento, sabe, como quando a pessoa escreve um livro e se torna famosa?

Ela me observava com uma espécie de... sei lá, amizade, ou talvez até ternura, vai saber com os olhos que estão sempre sorrindo quando está claro.

— Você quer ajudá-lo?

— O que há de engraçado nisso?

— Pensei que não quisesse mais cuidar dos outros.

— É para encerrar, sabe.

— Para acertar as contas.

— Por assim dizer. É um pouco pesado imaginá-lo em sua mansarda, com o livro que publicou do próprio bolso. Ele não tem família, apenas a assistência social, e se parece com Voltaire. Vi Voltaire na televisão outro dia e eles se parecem. Voltaire foi alguém, não?

Ela acendeu um cigarro e me observou.

— Não sei se você está zombando do mundo por desespero, Jeannot, ou se foi Deus que o fez assim e isso é o que se chama de natureza cômica...

Refleti por um momento.

— Pode ser. Ou talvez eu tenha pegado isso do rei Salomão. Ou então pode ser cinefilia de minha parte. Para mim, não há nada mais agradável do que estar sentado no escuro e rir para se aliviar.

Peguei a mão dela.

— Mas isso não impede o sentimento — eu disse.

Ela parecia assustada. Teve até um pequeno arrepio.

— O que foi?

— Acho que passou uma corrente de vento glacial — ela disse. — Um vento de nada e de poeira...

Foi então que a surpreendi. Realmente a surpreendi. Lembrei exatamente os versos do poeta imortal que o sr. Salomão tinha me recitado para a mesma ocasião, e os recitei, a respeito do dito vento:

O vento se levanta! É preciso tentar viver!
O ar imenso abre e fecha meu livro...

Ela estava bebendo café, mas esqueceu que fazia isso e segurou a xícara no ar, olhando para mim. Não parei nem para respirar e recitei:

Viva sem esperar pelo dia de amanhã,
Colha hoje mesmo as rosas da vida!

— Merda — ela disse, e fiquei feliz que finalmente outra pessoa dissesse isso e não eu.

Levantei um indicador instrutivo e disse:

— Ah!

— Onde diabos você aprendeu isso, Jeannot?

— Foi o rei Salomão que me ensinou. Para rir um pouco ele me dá lições. Me ensina pelo exemplo. Parece que há uma escola de palhaços em algum lugar, mas não sei onde. Em toda parte, talvez. É melhor se contorcer do que se morder. Uma vez eu disse a ele que era autodidata, ele achou muito engraçado e depois acrescentou respeitosamente todos somos, todos somos. Todos morreremos autodidatas, meu pequeno Jean, até os mais graduados entre nós. Sabe, Aline, graduado é uma palavra engraçada. O oposto de degradado. Eu procurei. A pessoa de quem estou falando e que vive em uma mansarda com a obra de sua vida, o sr. Geoffroy de Saint-Ardalousier, está degradado, sozinho, tem artrite, é cardíaco, a vida está cheia de dívidas com ele e ele não pode mais ser reembolsado, exceto pela Segurança Social. Está completamente degradado. *Graduado: elevado, eminente, importante. Degradado: destituído de graus, títulos, funções, que sofreu deterioração. Degradação: destruição, estrago, devastação, decomposição, desintegração, despojamento*. A srta. Cora está degradada e o sr. Salomão mantém um telefone para se regraduar e até procura nos anúncios, *cabeleireira, vinte e quatro anos, encantadora*. Nunca vi um velho gagá tão combativo, tão decidido a não se deixar degradar. Ele veste um terno elegante de longa duração e consulta uma vidente com desafio, para provar a si mesmo que ainda tem futuro. O combatente supremo, é assim que chamam na Tunísia. Só que os combatentes lutam para avançar, e o sr. Salomão luta para recuar. Acho que se lhe dessem quarenta anos, ele aceitaria. Acho que todos deveríamos praticar artes marciais, Aline, para nos defendermos. Ah.

— Sim, ah — ela disse.

Estava vestindo a meia-calça.

— Chamavam isso de elixir cordial, antigamente — eu disse. — Davam isso a você para levantar o moral. Quando vejo você vestindo suas meias, me sobe o moral.

Beijei sua coxa.

— Tolstói fugiu aos noventa anos — ela disse —, mas morreu antes de chegar, em uma estação de trem.

— Sim, em Astapovo — eu disse.

Eu não deveria ter dito. Isso a afetou. Eu não deveria tê-la afetado.

— Onde diabos você aprendeu isso? — ela perguntou suavemente.

— A escola não é a única coisa que existe, Aline. Há também o ensino público obrigatório, sabe. É o que chamamos de obra de uma vida, entre os autodidatas.

Ela calçou os sapatos e se levantou. Não olhou para mim nem uma vez.

Perguntei, para mudar de assunto:

— Então, o que vamos fazer para o sr. Geoffroy de Saint-Ardalousier?

— Podemos organizar uma sessão de autógrafos.

— Precisamos fazer isso logo, então. Ele está quase terminando.

Ela pegou a bolsa e a chave. Hesitou. É o que chamamos de independência, entre as mulheres.

— Vou deixar a chave embaixo do tapete.

— Dizem que há cantos nas Antilhas, mas é preciso conhecer.

Ela se virou para mim. Sem vestígio de nada. Apenas bonita. Ou mesmo bela, depende do estado em que você se encontra quando olha.

— Jean — ela disse —, onde começa e onde termina para você? Só podemos ser Deus para os cachorros.

— Não vamos começar a discutir, Aline. Não estamos em negócios. E, além disso, está tarde. Nove e vinte. O melhor momento é de manhã cedo. Depois, o dia se organiza.

Ela repetiu:

— Jean.

— Jeannot Coelho, é assim que me chamam entre os caçadores. Aliás, tem um coelho que ficou famoso na América, um certo Harvey, que mordia todo mundo. Você leu?

— Li.

— Veja que há coelhos até nas Brigadas Vermelhas.

— Vou deixar a chave embaixo do tapete.

— E para a srta. Cora, o que você me aconselha?

— Me recuso a aconselhar você. Não tenho esse direito.

— É melhor eu continuar e amenizar o impacto gradualmente, ou é melhor de uma só vez?

— Isso não vai mudar nada. Até à noite, talvez. Se você nunca mais voltar, vou entender. Somos quatro bilhões, acho, tenho concorrência. Mas eu gostaria que você voltasse. Tchau.

— *Ciao*.

Ciao é uma palavra bonita. Fico me perguntando se os estudantes das Brigadas Vermelhas a disseram para Aldo Moro. Para eles também não é pessoal, é geral. *Amor* está mudando de dicionário, está passando para o de termos médicos.

34

Liguei para Tong a fim de que ele me substituísse no táxi e fui para a biblioteca municipal ler *Salambô*, não há nada mais engraçado que esse cara, Flaubert, que faz amor com as palavras e se esconde atrás delas. Depois, fui à casa do sr. Geoffroy de Saint-Ardalousier, pela boa notícia. Ele estava sentado em sua poltrona com a coberta sobre os joelhos. Tive que fazer a faxina porque não havia ninguém. Em breve não haverá mais criados. Eu disse que ele teria uma sessão de autógrafos em uma livraria de verdade. Ele ficou tão feliz que tive medo de que aquilo o matasse. Ele estava sentado com sua touca de Anatole France na cabeça e seus longos bigodes muito limpos. Ainda consegue se levantar e fazer sua higiene sozinho, depois irá para o asilo, onde também não estará mal.

— É uma boa livraria, pelo menos?

Ele tem o que se chama de voz trêmula.

— A melhor. A jovem que a gerencia ficou empolgada com seu livro.

— Você deveria lê-lo, Jean.

— Oh, sabe, eu e a leitura... Saí da escola no primário.

— Entendo, entendo. Aliás, nosso sistema educacional é terrível.

— Isso é verdade. Todos se tornam enciclopédias ambulantes.

Fui fazer suas compras. Ele gosta de doces. Comprei tâmaras porque elas dão um ar exótico, de oásis, abrem o horizonte. Ele ficou contente.

— Adoro tâmaras.

Bom, pelo menos eu tinha acertado nisso e fui embora. Uma assistente social o visitava duas vezes por semana, para o caso de necessidade. O mais perigoso para eles são os ossos. Quebram por qualquer coisa e eles não conseguem se levantar. Alguém deveria passar duas vezes por dia.

Voltei para o cubículo, onde encontrei Chuck e Yoko discutindo sobre os problemas do Chifre da África. Estavam se matando. Eles têm cada vez mais problemas e se matam por lá. Chuck aprovava os cubanos e Yoko lamentava. Eu olhava para Yoko sonhadoramente, por causa do fetiche negro entre as mulheres, ao que parece, mas se eu propusesse à srta. Cora que Yoko me substituísse, Aline não me perdoaria. Coloquei o disco em que a srta. Cora se atira da ponte no Sena com seu filho ilegítimo, e no verso havia outra canção, em que ela perdia a razão e vagava pelas ruas de Paris até o fim, em busca de seu amante. Tentei falar sobre isso com Chuck e Yoko, mas eles me ouviram entediados, porque não era sobre o Chifre da África.

— Bem, vai deixá-la, e depois? — Yoko quis saber. — Isso vai despertar emoções nela, o que é melhor do que nada.

— É verdade que uma mulher que gosta de má literatura é perigosa — reconheceu Chuck. — Ela pode até dar um tiro em você.

Pensei um pouco.

— E onde você quer que eu arranje uma arma? Não posso dar uma para a srta. Cora, porque não tenho.

— E ainda por cima é suicida, o imbecil— resmungou Yoko. — Você deveria...

— Eu deveria trabalhar oito horas por dia em uma mina, já sei. Assim, não pensaria mais nisso. Se eu fosse mineiro, quebraria a cara de vocês dois.

— Em primeiro lugar, o que deu em você para beijá-la, afinal? — resmungou Chuck.

— Foi uma maneira de me expressar. Eu queria mostrar para todo mundo.

— Você e suas histórias de amor, que coisa...

Yoko cuspiu, mas não exatamente, apenas fez *pff* com os lábios porque ele era higiênico.

— Já expliquei que fiz isso por impulso. Na boate, zombaram dela, e eu quis mostrar para eles. E depois recomecei, para não parecer fraco. Ela é uma mulher que já foi jovem e bonita, não há razão para não fazer isso. E nem se trata dela mesmo, vejam só.

Chuck se interessou.

— Talvez você possa nos explicar de que se trata?

Dei de ombros e fui embora. Fiquei feliz de deixá-los com um pouco de mistério.

Fui à academia e bati no saco de pancada por vinte minutos, o que me aliviou. É bom para a impotência poder bater em alguma coisa. A única coisa que poderia me tirar dali sem dor seria se o rei Salomão aceitasse esquecer seu rancor e se encarregasse da srta. Cora pessoalmente. Era a melhor solução para eles também, se pudessem recuperar um ao outro. Eu entendia que, para o sr. Salomão, os quatro anos que ele tinha ficado escondido em um porão sem que a srta. Cora lhe desse um sinal obviamente eram uma crítica sangrenta, mas por outro lado ele lhe devia gratidão, já que ela não o denunciara como judeu, o que na época era bem-visto. Há momentos, épocas em que não se deve ser muito exigente e em que é preciso saber agradecer às pessoas pelo que elas não fazem contra você. Fui tomado por uma justa indignação ao pensar que fazia trinta e cinco anos que eles arruinavam suas vidas e que tinham ressentimento, arrependimento, remorso, em vez de sentarem num banco qualquer sentindo o perfume do lilás, onde quer que ele cresça. Subi em minha Solex e fui direto para a casa do sr. Salomão, somente ele poderia me tirar daquele apuro.

35

Eu estava com um pé dentro do elevador quando o sr. Tapu saiu de sua salinha.

— Ah, é você de novo!

— Claro. Sou eu, sr. Tapu. Ainda tenho um longo caminho pela frente, a menos que sofra algum acidente.

— Você deveria pedir ao rei dos judeus que lhe mostre sua coleção de selos, enquanto estiver lá. Ontem, subi por causa de um vazamento e pude dar uma olhada. O rei Salomão tem dez vezes todos os selos de Israel, dez vezes os mesmos!

Fiquei esperando. Tive um pressentimento. Eu sabia que com o sr. Tapu não se podia chegar ao fundo, ele não tinha limites.

— Negócios em primeiro lugar, entende? Todos os judeus estão investindo em selos de Israel. Eles acham que quando os árabes eliminarem Israel com bombas nucleares, só restarão os selos! E então... imagine só!

Ele levantou um dedo.

— Quando o Estado judeu desaparecer, esses selos vão ter um valor enorme! Então é um investimento!

Estávamos em pleno mês de agosto, mas fiquei arrepiado, de tão profundo que era. Chuck diz que foi assim que o mundo foi criado, que no início era a Imbecilidade e o mundo se fez, mas esses são pontos de vista e eu prefiro acreditar que alguém estava se divertindo, sem querer mal a ninguém, e a coisa saiu assim, uma pegadinha que se tornou realidade. Eu não podia recuar, estava de costas para a parede, olhando para o sr. Tapu com respeito porque ele era o poder e a glória. Comecei a andar como um caranguejo em direção às escadas, tirei o boné que tinha se erguido sobre minha cabeça por causa dos cabelos e disse:

— Com licença, majestade, preciso ir...

Chamo-o de majestade porque a etiqueta exige e porque não há monarquia mais antiga que a do rei dos imbecis!

Ele começou a gritar e eu me senti melhor, tinha feito outra boa ação.

Encontrei o sr. Salomão já deitado em sua cama, mas ele tinha os olhos abertos e respirava. Tinha vestido seu magnífico roupão, suas mãos estavam juntas, ele estava imóvel e de repente tive a impressão de que estava treinando. A morte é uma coisa que não se pode imaginar, é preciso estar morto para entender. Então ele estava treinando e tentando imaginar como seria. Até seu olhar já estava calmo e quase comecei a chorar pensando que ele me deixaria sozinho com a srta. Cora. Eu logo exclamei:

— Sr. Salomão! — para ter certeza, com uma voz suplicante, e ele virou a cabeça para mim e eu quis acrescentar sr. Salomão, não deve pensar nisso o tempo todo, e principalmente não deve se colocar nessa posição antecipatória horizontal para treinar, com a palavra *training* escrita em letras inglesas no peito de seu agasalho por baixo de seu magnífico roupão. Eu queria dizer sr. Salomão, o senhor precisa me tirar dessa situação porque foi o senhor que me colocou nela, é seu dever humanitário se encarregar da srta. Cora pessoalmente e ser feliz com ela como jamais se viu e terminar a travessia de vocês dois com serenidade, de mãos dadas, um pôr do sol tranquilo e música, em vez de ter me enviado para a casa dela com um propósito irônico. Mas eu não disse nada. Ele olhava para mim com seus mil anos a mais que eu no olhar, o que lhe conferia pequenos lampejos de entendimento, e eu me sentia nu, visto e conhecido, descoberto e revelado, não valia a pena, ele era inflexível e eu não ia ficar de joelhos para que ele se ocupasse da srta. Cora pessoalmente.

— O que foi, meu pequeno Jean? Você parece preocupado.

E houve ainda mais dos pequenos lampejos em seus olhos.

— Não é nada, sr. Salomão, já falei com o senhor sobre aquela gaivota presa no derramamento de óleo e que ainda está batendo as asas e tentando voar. É ecológico, para mim.

— Às vezes é preciso saber se conter e manter distância, meu pequeno. Existem grupos de meditação hoje em dia que permitem esquecer. Todos se sentam juntos em posição de lótus, até que a transcendência vem. Você deveria tentar.

— Não tenho seus recursos, sr. Salomão.

— Que recursos?

— Não tenho seus recursos irônicos.

Ele virou um pouco a cabeça, mas dava para ver mesmo de perfil, nos cantos dos olhos e dos lábios, estava um pouco mais profundo, mais uma vez foi como se esboçasse o sorriso que esboçou trinta e cinco anos antes quando foi dizer ao comitê de depuração que a srta. Cora lhe salvara a vida e como se algo disso tivesse ficado nele.

Eu me sentei.

— Ela fala do senhor o tempo todo, sr. Salomão. Acho terrível desperdiçar a vida por questão de orgulho. Acho que o amor-próprio é o pior de todos. Especialmente quando se é um homem de sua estatura, sr. Salomão. Eu sei que ela deveria ter ido visitá-lo de vez em quando, para ver se não faltava nada em seu porão, ou no dia 31 de dezembro para lhe desejar um feliz Ano-Novo, ou para lhe levar lírios-do-vale em maio, mas o senhor sabe como ela é, nela é sempre o coração que comanda, e ela se deu mal com aquele sujeito, o coração é sempre cego. O senhor é estoico demais, sr. Salomão, pode verificar isso no dicionário. Eu acho que preferir morrer a ser feliz não é uma política. O senhor pode pensar que é velho demais e que portanto já não vale a pena ser feliz, mas posso lhe garantir que o senhor ainda pode viver até os cento e trinta e cinco anos, se for para um vale no Equador, ou para a Geórgia ou para a região de Gunza, eu até anotei esses nomes do jornal especialmente para o senhor, caso tenha planos de longo prazo, já que o senhor faz treinamento com seu agasalho esportivo e não é do tipo que se deixa levar. E fico feliz de ver que o estou divertindo, sr. Salomão, mas o senhor faria muito melhor sendo feliz, em vez de sorrir. Com todo o respeito que lhe devo, para mim o estoicismo é como se todos morressem de boca aberta e patas para cima, eu sou contra, é algo humano demais para mim. Qual é o sentido de não sofrer se isso só causa mais sofrimento?

Mas não havia o que fazer. O rei Salomão permanecia intransigente. Ele tinha vivido tanto tempo no prêt-à-porter que não queria mais ouvir falar daquilo. E eu nem sei se estava falando com ele, se o fazia ouvir minha prece, se era em voz alta ou um murmúrio ou se não era nada disso, porque juntos éramos um pouco como pai e filho, e quando as pessoas realmente se entendem, não há mais nada a dizer.

Esperei por um momento, sentado, na esperança de que ele ainda me desse algo que eu pudesse levar para a srta. Cora, mas não foi daquela vez. Ele até fechou os olhos, para encerrar. Parecia ainda mais cinza, imóvel e de olhos fechados, do que quando estava em movimento.

36

Havia um recado para mim na central telefônica, ligar de volta com urgência para a srta. Cora. Liguei de volta e ela logo exclamou.

— Jeannot! Que gentileza me ligar.

— Eu ia mesmo fazer isso.

— O dia está tão bonito, então pensei em você. Você vai rir, mas...

Ela riu.

— Pensei que seria bom fazer canoagem no Bois de Boulogne!

— Fazer o quê?

— Canoagem. É um belo dia para fazer canoagem no Bois.

— Meu Deus!

Escapou de mim desse jeito, até gritei. Ela ficou satisfeita.

— Sim, você jamais teria pensado nisso, não é mesmo?

Olhei para os outros na central, Ginette, Tong e os dois irmãos Masselat, que eram estudantes na vida normal.

— Srta. Cora, tem certeza de que isso existe? Nunca ouvi falar disso nos dias de hoje.

— Canoagem? Mas já fiz isso várias vezes no Bois de Boulogne.

Tapei o microfone. Sussurrei para eles, de tão chocado que fiquei:

— Ela quer fazer canoagem. No Bois de Boulogne. Pelo amor de Deus!

— Então vá fazer, ora! — disse Ginette.

— Mas, sem brincadeira, ela ficou louca ou o quê? Eu não vou fazer isso em pleno dia! Ela pirou completamente.

Sugeri, com tato:

— Srta. Cora, posso levá-la ao zoológico, se preferir. Vai lhe fazer bem. E depois podemos tomar um sorvete.

— Por que você quer ir ao zoológico, Jeannot? Que ideia!

— A senhorita poderia se vestir com elegância, com uma sombrinha, iríamos ver os lindos animais! Os lindos leões, os lindos elefantes, as lindas girafas e os lindos hipopótamos. Hein? Os lindos pássaros.

— Mas, Jeannot! Que maneira é essa de falar comigo, como se eu fosse uma criancinha! O que deu em você? Se estou incomodando, é só dizer...

Sua voz ficou trêmula.

— Desculpe, srta. Cora, mas estou chocado.

— Meu Deus, aconteceu alguma coisa com você?

— Não, estou sempre assim, chocado. Bem, está decidido, não iremos ao zoológico, srta. Cora. Obrigado por ter pensado nisso. Até logo, srta. Cora!

— Jean!

— É verdade, srta. Cora, foi muito gentil ter pensado nisso!

— Eu-não-quero-ir-ao-zoológico! Quero fazer canoagem no Bois de Boulogne! Tinha um amigo que sempre me levava lá. Você não está sendo gentil!

Bem, fazemos o que temos que fazer.

— Escute, Cora, agora chega, está bem? Ou vou ter que ir aí e lhe dar uma surra?

Desliguei. Ela deve ter ficado muito feliz. Ainda havia alguém que realmente se importava com ela. Olhei para os outros, que olhavam para mim.

— Algum filho da mãe aqui já fez canoagem? Parece que se fazia isso antigamente.

O mais velho dos Masselat lembrou vagamente de algo.

— Tem a ver com os impressionistas — ele disse.

— Onde?

— Deve ser na Orangerie. Ela provavelmente quer ver os impressionistas.

— Ela quer fazer canoagem no Bois de Boulogne — eu gritei. — Não tem jeito, é isso que ela quer. Nada a ver com os impressionistas.

— É verdade — disse o mais novo dos Masselat. — Os impressionistas ficavam no rio Marne. Maupassant e tal. Eles almoçavam na grama e depois faziam canoagem.

Fiquei sentado ali e escondi o rosto nas mãos. Eu nunca deveria ter ido pessoalmente. Atender o telefone é uma coisa, ir pessoalmente ao local, onde tudo acontece, é outra. Peguei os fones de ouvido de Ginette para arejar as ideias. A primeira ligação que recebi foi de Dodu. Bertrand Dodu. Nós o conhecíamos bem na S.O.S. Ele telefonava fazia anos, várias vezes ao dia e à noite. Não pedia nada e não dizia nada. Só precisava ter certeza de que estávamos ali. De que havia alguém. Isso era suficiente.

— Alô, Bertrand.

— Ah, reconhece minha voz?

A felicidade.

— Claro, Bertrand. Claro que reconheço. Tudo bem?

Ele nunca respondia que sim nem que não. Eu sempre o imaginava bem-vestido, grisalho nas têmporas.

— Está me ouvindo? É mesmo você, amigo da S.O.S.?

— Claro que sou eu, Bertrand. Estamos aqui. E como! Estamos realmente aqui.

— Obrigado. Até mais tarde. Vou ligar de novo depois.

Eu sempre me perguntava o que ele fazia no resto do tempo. Quando não estava ligando. Devia fazer alguma coisa.

Recebi mais duas ou três desgraças pelo telefone e isso me acalmou. Eu saía de mim mesmo, de alguma forma. Era menos eu. Liguei para Aline na livraria para conversar. Eu não tinha nada para dizer, queria ouvir sua voz, só isso. Ela tinha recebido a aprovação da direção para organizar uma sessão de autógrafos na segunda-feira. Liguei para o sr. Geoffroy de Saint-Ardalousier.

— Está feito, vai ser na próxima segunda-feira. Eles agarraram a oportunidade, acredite.

— Mas segunda-feira está muito em cima. É preciso fazer publicidade antes!

— Sr. Geoffroy, não espere demais. O senhor já esperou o suficiente. É preciso se apressar. Qualquer coisa pode acontecer!

— O que você quer que aconteça?

Fiquei perplexo. Era sempre eu quem pensava nisso, nunca eles.

— Não sei o que pode acontecer, sr. Geoffroy. Qualquer coisa. O senhor pode ser morto por um terrorista, a livraria pode pegar fogo, hoje existem sistemas nucleares que podem atacar em poucos minutos. O senhor precisa se apressar.

— Tenho setenta e seis anos, esperei a vida toda, posso esperar um pouco mais!

— Desejo do fundo do meu coração que espere um pouco mais, sr. Geoffroy. É sempre no final que ganhamos. O senhor está com o espírito certo. Mas vai ser na próxima segunda-feira. Eles vão fazer publicidade. Vamos nos preparar melhor para o seu próximo livro, mas não podemos mudar nada. É assim que funciona. Agora é sua vez. O senhor precisa se preparar.

— É o momento mais importante da minha vida, meu caro amigo.

— Eu sei. O senhor precisa se preparar com coragem. Haverá uma assessoria.

— Uma assessoria de imprensa?

— Não sei que tipo de assessoria, não entendo nada disso, mas sempre há uma!

— E como vou chegar lá?

Então eu ri. A ideia de que ele precisava ter meios de transporte.

— O senhor não precisa se preocupar com nada, sr. Geoffroy, iremos buscá-lo.

Eu ainda estava rindo quando desliguei. Deveria ter me dedicado a nascimentos, natividades, promessas de futuro, coisas alegres e rosadas que começam em vez de terminar. É uma pena que o sr. Salomão não trabalhe com berçários.

— Merda — falei para os outros. — Da próxima vez, vou cuidar de bebês.

Liguei de novo para a srta. Cora.

— Srta. Cora, vamos fazer canoagem, está combinado.

Ela exclamou:

— Jeannot Coelho, você é um amor!

— Peço que não me chame de Jeannot Coelho, srta. Cora. Isso me aborrece, me chame de Marcel. Marcel Kermody. Anote isso em algum lugar.

— Não fique zangado.

— Não estou zangado, mas tenho o direito de ser chamado como todo mundo.

— A que horas você vem me buscar?

— Hoje não posso, tenho coisas urgentes. Da próxima vez que o tempo estiver bom.

— Promete?

— Sim.

Desliguei. Estava insuportável de quente, mas não podíamos abrir a janela por causa dos barulhos da rua. Escutei por um momento o mais novo dos Masselat dando seu máximo.

— Eu sei, entendo. Vi o programa. Sim, é claro, foi horrível. Eu não disse que não podemos fazer nada, Maryvonne. Há organizações poderosas cuidando disso. A Anistia Internacional e a Liga dos Direitos do Homem, por exemplo. Espere um segundo...

Ele pegou um cigarro e o acendeu.

— Ela viu os horrores no Camboja na televisão ontem — disse.

— Ela não deveria ter assistido — disse Ginette.

— Acho que não adianta nada protestar contra os programas do Canal 2, Maryvonne, já que não são diferentes dos programas do Canal 1. Se não é no Camboja, é no Líbano. Eu sei que você gostaria de fazer algo. Todos nós gostaríamos de fazer algo. Quantos anos você tem? Bem, aos catorze anos você não deveria ficar sozinha. Você precisa se reunir com jovens da sua idade e discutir tudo isso, vai se sentir muito melhor depois. Tenho aqui uma lista de grupos criados especialmente para isso. Pegue um lápis, vou ditá-la para você. Eu sei, eu sei. Sei que discutir não muda nada nos massacres, mas pelo menos ficamos com ideias mais claras e aprendemos geografia. Sempre nos sentimos muito melhor quando temos ideias claras. Você não quer se sentir melhor? Sim, entendo, entendo. É sempre assim quando somos sensíveis e temos coração. Mas é importante se reunir com outros jovens, é muito importante. Em um primeiro momento, vocês não conseguem fazer nada, claro, você está certa. Mas em um segundo ou terceiro momento, com ideias claras, com paciência, com perseverança, aos poucos conseguimos e nos sentimos muito melhor. O importante é não ficar sozinha e se reunir com os outros e perceber que os outros também têm coração e que há muita gente com boa vontade. Eu sei que pareço estar consolando você e não é isso que você está procurando. Posso falar francamente com você? Você me liga porque se sente isolada e infeliz. Sim, e porque você gostaria de fazer algo pelo Camboja ou contra, enfim, contra o Camboja — veja que não tem ideias claras — e não sabe como. Então você tem dois problemas: um, você está isolada e infeliz, dois, você tem o Camboja. Os dois problemas estão ligados. Mas você precisa começar pelo primeiro. Você *pode* não se sentir isolada e infeliz, em um primeiro momento, e isso é muito importante, porque isso dá coragem. E em um segundo momento, você vai lidar com os outros problemas que a preocupam. Obviamente, se você nos ligou, é porque não sabe a quem recorrer. Então pegue um lápis e anote a lista de organizações que podem ajudar... Os nomes, espere... Ajudar *você* a ajudar os *outros*...

A lista de organizações era atualizada toda semana. Comecei a sentir que tinha explorado tudo o que havia. Ajudar os outros para esquecer um pouco de si mesmo, para se perder de vista. Recebíamos o tempo todo pedidos de pessoas que queriam vir trabalhar como voluntárias.

Ginette estava passando a alguém o endereço da organização para mulheres agredidas.

Liguei para Aline.

— A srta. Cora quer fazer canoagem. Ela viu isso com os impressionistas.

— Bem, que simpático. Ela tem gostos simples.

— Você também está tirando sarro de mim.

— Deixei a chave embaixo do tapete, Marcel Kermody.

37

Eu estava mais afundado do que nunca no derramamento de óleo, me sentia enredado dos pés à cabeça e não sabia como escapar. Tinha vontade de desaparecer, realmente desaparecer, de não estar mais aqui de jeito nenhum. Fui à biblioteca e pedi *O homem invisível*, de H. G. Wells, mas não era nada do que eu esperava e mesmo que eu pudesse me tornar invisível, continuaria vendo todos eles, com a srta. Cora na primeira fila. E então fui tomado por uma onda de indignação porque, afinal de contas, tenho minha própria vida, estou farto de Jeannot Coelho. Chuck está certo quando diz que tenho a neurose dos outros, nunca estou em casa, sempre estou na casa deles. E se a srta. Cora quisesse fazer canoagem no Bois de Boulogne, eu podia arranjar isso para ela. Saí, decidido, pulei em minha Solex e voltei para o Boulevard Haussmann. Subi, atravessei a pequena sala de espera e bati na porta do sr. Salomão. Ele estava vestido com a última elegância e dava uma entrevista a um jornalista interessado.

— Não se pode insistir o suficiente na questão do telefone, senhor. Deve entender que um homem isolado não vai à tabacaria ao lado para nos telefonar, especialmente à noite. Se a França tivesse uma rede telefônica digna de sua missão espiritual e de suas tradições humanitárias, seria um grande passo na luta contra o isolamento e a solidão. É tudo o que tenho a dizer.

— Eu gostaria de lhe fazer uma pergunta delicada. Há quem se pergunte se não há em sua abordagem um certo aspecto paternalista.

— Talvez paterno. Não paternalista.

E então ele me surpreendeu. Realmente surpreendeu, vindo de um homem de sua idade e já tão bem-vestido. Houve um lampejo em seus olhos escuros que não os tornava mais claros, pelo contrário, e foi como se eu tivesse ouvido um trovão.

— De qualquer forma, caro senhor, paternalista ou não, é muito melhor do que ficar sozinho em seu canto comendo porcaria.

O jornalista ficou atônito. Era um tonto. Chamo de tontos aqueles que são um tanto tontos, mas não querem ser atonitamente tontos. O sujeito agradeceu e foi embora. O sr. Salomão o acompanhou até a porta com sua grande cortesia.

Eu tinha me sentado na poltrona para maior confiança.

— Então, Jeannot, problemas?

— Os problemas serão seus, sr. Salomão. Terá que fazer canoagem com a srta. Cora.

— O quê?

— Ela quer fazer canoagem como os impressionistas.

— Que história é essa?

— Ela gosta do senhor e o senhor também. Chega de bancar o imbecil.

Eu nunca tinha falado assim com ele desde que o mundo era mundo.

— Meu pequeno Jean...

— É Marcel.

— Desde quando?

— Desde que Jeannot Coelho morreu atropelado.

— Meu pequeno Jean, não permito que fale comigo desse jeito...

— Sr. Salomão, eu já não tenho coragem suficiente para falar com o senhor, então me deixe em paz e não banque o imbecil. A srta. Cora gosta do senhor.

— Ela lhe disse isso?

— Não só me disse como confirmou. Vocês deveriam se casar e ter uma longa vida feliz juntos.

— Ela o enviou?

— Não. Ela tem dignidade.

O sr. Salomão se sentou. Ele se sentou de uma maneira que eu nunca o tinha visto fazer. Posso até dizer que ele se sentou enquanto ainda estava de pé. E quando chegou ao fundo da poltrona, passou a mão manicurada sobre os olhos. Arlette, do cabeleireiro do outro lado da rua, é quem faz suas unhas.

— É impossível. Não posso perdoá-la.

— Ela salvou sua vida.

Ele teve outro brilho sinistro.

— Só porque não me denunciou?

— Exatamente, ela não o denunciou, não tem discussão. Ela soube por quatro anos que o senhor estava naquele porão nos Champs-Élysées como judeu, não o denunciou por amor. Ela poderia ter denunciado o senhor por amor ao sujeito da Gestapo com quem ela vivia, mas preferiu não o denunciar por amor ao senhor, sr. Salomão.

Agora eu o havia acertado em cheio.

— Sim, é uma mulher de grande coração — ele murmurou, mas não havia ironia em sua voz.

— E agora ela quer fazer canoagem com o senhor.

Ele se rebelou.

— Eu não vou.

— Sr. Salomão, não deve se privar por princípios. Não é gentil. Não é gentil com ela, com o senhor, com a vida e nem mesmo com os princípios.

— E que ideia é essa de fazer canoagem, na idade dela, afinal? Ela vai fazer sessenta e seis anos na próxima sexta-feira.

— Eu achava que tinha sessenta e quatro.

— Ela está mentindo. Está tentando trapacear. Na próxima sexta-feira é o seu sexagésimo sexto aniversário.

— Então, faça canoagem com ela, justamente.

Ele tamborilou os dedos na testa. Eu perguntei:

— O senhor ainda a ama, sr. Salomão? Só para saber.

Ele fez um gesto com a mão e depois a mão voltou à sua testa.

E sorriu.

— Já não é uma questão de amor agora — disse. — É muito mais.

Eu nunca soube o que ele quis dizer. Em um homem que vivia com seus selos havia trinta e cinco anos e que colecionava cartões-postais que nem eram endereçados a ele, e que se levantava à noite para atender aos S.O.S. dos outros, talvez houvesse necessidades tão grandes e desesperadas que eu teria que esperar até ter oitenta e quatro anos para entender.

Ele fez outro gesto cansado com a mão.

— Irei à canoagem — disse.

Aí sim que não pude me conter. Pulei e o abracei. Era realmente um fardo que ele tirava dos meus ombros.

38

Eu queria correr imediatamente até a srta. Cora para contar a boa notícia, mas o sr. Salomão tinha me dado uma lista de tarefas. Um certo sr. Alekian, um habitué, não telefonava havia quatro dias e não atendia o telefone. Era preciso ver se ele ainda estava lá. Alguns caem, se machucam e não conseguem mais se levantar. Mas o sr. Alekian estava completamente lá. Sim, ele não tinha telefonado. Era porque não estava nem um pouco angustiado havia alguns dias. Ele mesmo me abriu a porta. Se arriscava ao caminhar. Nunca queria dizer sua idade, recebia mil e duzentos francos por mês e a assistência social duas vezes por semana. Ele alisava o bigode.

— Agradeço, mas nunca me senti tão bem.

Isso era ruim. Não há nada pior, neles, do que o alívio. Agora alguém teria que passar para vê-lo de manhã e à noite.

— Até logo, até logo.

Ele sentiu a necessidade de me dizer que ainda tinha família na Armênia soviética.

— Primos de segundo grau.

— Seria gentil, sr. Alekian, se pudesse me passar o endereço deles. Para avisá-los. Talvez eu viaje para lá neste verão.

Ele olhou para mim e sorriu. Merda. Sempre é preciso tomar cuidado para não levantar suspeitas. Talvez ele estivesse sorrindo por outra razão. Jesus Maria José, como se costumava dizer antigamente.

— Mas é claro...

Ele trotou até uma cômoda e abriu uma gaveta. Havia um envelope com um endereço na parte de trás.

— Eu sempre quis visitar a Armênia, sr. Alekian. Dizem que o folclore ainda existe por lá. Assim, posso dar um alô a seus primos quando...

— Bem, desejo que faça uma boa viagem!

Apertamos as mãos. Pelo menos agora tínhamos o nome de alguém para avisar, em caso de necessidade. Desci correndo as escadas, telefonei do primeiro bistrô.

— É sobre o sr. Alekian, na Rue de la Victoire. Ele nunca se sentiu tão bem, está todo contente, todo limpo, todo pronto. Alguém só precisa passar de manhã e à noite para vê-lo...

Tínhamos uma lista inteira de associações para isso também. Depois, levei uma lata de caviar da parte do sr. Salomão para a princesa Tchchetchidzé, uma *ci-devant*, no asilo para senhoras de alta sociedade em Jouy-en-Josas. O sr. Salomão dizia que não havia nada pior do que decair. Depois, corri para a biblioteca com a lista de livros que Chuck tinha me indicado como indispensáveis. Ele havia escrito em ordem Kant, Leibniz, Espinosa e Jean-Jacques Rousseau. Peguei-os, coloquei-os na mesa e fiquei ali uma boa hora sem abri-los. Foi bom não mexer neles, era uma preocupação a menos.

Depois passei para ver os amigos e estavam todos lá: Chuck, Yoko e Tong, e todos estavam com uma cara estranha. No chão, havia um papel de embrulho, uma regata vermelha e branca, um chapéu de palha, um cinto largo de couro e uma coisa que a princípio não entendi e que acabou se revelando um bigode falso. Estavam todos em volta, olhando.

— É para você.

— Como assim, para mim?

— Foi sua namorada que trouxe. Uma loira.

— Aline?

— Não perguntamos.

— Mas para que diabos é isso?

— Para fazer canoagem.

Pulei para o telefone. Tive dificuldade para falar, estava quase engasgado.

— O que deu em você?

— Levei um chapéu de palha, uma camiseta regata e tudo mais.

— E tudo mais?

— Era assim que eles se vestiam, os impressionistas. É isso que ela quer, não é? Vai lhe trazer memórias de juventude.

— Não seja uma vaca, Aline.

— Vista a camiseta e o chapéu de palha, vai ficar igualzinho. Bem, tchau.

— Ei! Não desligue! E o cinto? Por que o cinto?

— Para você enfiar naquele lugar.

Pff. O telefone fez pff ao desligar. Eu ouvi claramente.

Todos me olhavam com interesse.

— Não é possível! — gritei. — Ela não pode estar com ciúmes de uma senhora que vai completar sessenta e seis anos na primeira oportunidade!

— Não tem nada a ver — disse Yoko. — Sempre tem o sentimento.

— Rá, rá, rá, que engraçado, Yoko. Rá, rá, rá, como você é espirituoso!

— Eu bom negro — disse Yoko.

— Pelo amor de Deus, ela sabe que é apenas um trabalho voluntário. É humanitário, não é? Ela sabia disso e não abjetou.

Chuck me corrigiu:

— Objetou, você quis dizer.

— E o que eu disse?

— Abjetou.

Aquilo me derrubou. Eu me sentei.

— Não quero perdê-la!

— A srta. Cora? — perguntou Chuck.

— Não, mas... quer levar um soco na cara?

Eles nos separaram, pragmaticamente. Yoko me segurou de um lado e Tong do outro.

Eu não conseguia imaginar Aline com ciúme da srta. Cora. Ou então ela deveria ter ciúme de todas as espécies ameaçadas e em vias de extinção. Peguei a foto da srta. Cora debaixo do meu travesseiro, pulei da cama, corri escada abaixo e para fora, peguei minha Solex e foi por pouco que não entrei na livraria com ela. Havia bastante gente e todos entenderam que era algo entre nós dois. Eu não conseguia falar, mas acreditava que tínhamos nos entendido pelo resto da vida, na noite passada, e que eu tinha uma vida. Ela me deu as costas e fomos para os fundos da loja, sob as estantes da História Universal.

— Eu trouxe a foto da srta. Cora.

Ela deu uma olhada. Era a gaivota presa no derramamento de óleo, que não entendia nada, não sabia que estava acabada e ainda tentava voar batendo as asas.

— Alguém já tentou salvar o mundo, Jean. Houve até uma Igreja assim, antigamente, chamava-se católica.

— Me dê um pouco de tempo, Aline. Leva tempo. Nunca tive ninguém, então era todo mundo. Eu me projetei tão longe de mim mesmo que agora estou à deriva. Não funciono por conta própria. Ainda não me estabeleci por conta própria. Me dê um pouco de tempo e não haverá mais ninguém além de você e eu.

Eu a fiz rir, agora. Ufa. Gosto de ser uma fonte de divertimento.

— E você é um filho da puta do pior tipo, Jeannot.

— Vamos nos estabelecer por conta própria, você e eu. Vamos abrir uma pequena mercearia juntos. Tranquilos. Para mim, chega de grandes supermercados. Dizem que o Zaire sozinho é duas vezes maior que toda a Europa.

— Escute. Mais cedo, quando levei sua fantasia impressionista, falei com um de seus amigos...

— Chuck é um sacana. Tudo na cabeça, nada no resto.

— Está bem, Jean. Só nos resta o afeto. Sei que a cabeça faliu. Sei que os sistemas faliram, especialmente os que tiveram sucesso. Sei que as palavras faliram e entendo que você não as queira mais, que esteja tentando ir além e até mesmo inventar sua própria linguagem. Por desespero lírico.

— Esse Chuck é o maior sacana que conheci desde o último, Aline. Não sei o que ele contou a você, mas ele é.

— O autodidata da angústia...

— É ele. É ele. Ele passa o tempo todo me julgando. Às vezes diz que sou metafísico, às vezes que sou histórico, às vezes que sou histérico, às vezes que sou neurótico, às vezes que sou sociológico, às vezes que sou clínico, às vezes que sou cômico, às vezes que sou patológico, às vezes que não sou cínico o suficiente, às vezes que não sou estoico o suficiente, às vezes que sou católico, às vezes que sou místico, às vezes que sou lírico, às vezes que sou biológico e às vezes ele nem diz nada com medo de levar um soco.

Sentei sobre uma pilha de livros que estava ali para isso. Ela se apoiava na História Universal em doze volumes e me observava como se eu fosse apenas isso.

— Mas é muito mais simples que isso, Aline. É a impotência. Sabe, a verdadeira, aquela em que você não pode fazer nada quando realmente não pode, de um lado a outro do mundo, com as vozes de extinção vindo de toda parte. E é a angústia, a angústia do rei Salomão, d'Aquele que não está e deixa morrer e nunca vem ajudar ninguém. Então, quando você encontra algo ou alguém, quando pode ajudar um pouquinho no sofrimento, um velho aqui, outro velho ali, ou a srta. Cora, então eu faço isso. Me sinto um pouco menos impotente. Fiz mal em dormir com a srta. Cora, mas não a machuquei muito, ela se recuperou. E tem meu amigo, o conhecido rei das calças, que já está todo vestido para sair e que nunca esqueceu a srta.

Cora, então estou tentando arrumar isso entre eles, para o fim do percurso. Não posso ser de salvação pública, é coisa demais, então faço reparos. E quando Chuck diz que tenho a neurose dos outros e complexo de Salvador, ele está brincando. Sou um reparador. É tudo o que sou. Um reparador.

— Tenho um livro para você, Jean. É de um autor alemão de cinquenta anos atrás, que escrevia sobre a República de Weimar. Erich Kästner. Um humorista também. Chama-se *Fabian*. No final do livro, Fabian passa por uma ponte. Vê uma garotinha se afogando. Ele se atira na água para salvá-la. E o autor conclui assim: "*A garotinha voltou para a margem. Fabian se afogou. Ele não sabia nadar*".

— Já li.

Isso a desorientou.

— Mas como? Você? Onde? Está esgotado há muito tempo...

Dei de ombros.

— Leio qualquer coisa. É o autodidata em mim.

Ela não acreditava. Era como se me conhecesse menos agora. Ou ainda mais.

— Você é um impostor, Jean. Onde leu isso?

— Na biblioteca municipal de Ivry. Qual o problema? Não posso ler? Não combina com a cara que tenho?

Olhei para os doze volumes da História Universal atrás de Aline. Eu não teria feito como Fabian. Teria amarrado os doze volumes da História Universal no pescoço, para ter certeza de afundar imediatamente.

— Você não deveria ter falado com Chuck, Aline. Ele é sistemático demais. Não é um reparador. Peças soltas que se perdem aqui e ali e apodrecem pelos cantos não o interessam. Com ele, é sempre a teoria dos grandes conjuntos, dos sistemas. Ele não é um reparador. E se há algo que aprendi como autodidata, é que você precisa aprender a fazer reparos na vida. Podemos reparar uma vida feliz para nós, você e eu. Podemos ter bons momentos. Nós dois vamos nos estabelecer por conta própria. Parece que há cantos assim nas Antilhas, é preciso conhecer.

Ela se dirigiu a mim com a voz amistosa.

— Pensei que o Front de Recusa fosse na Palestina — disse.

— Não tenho a intenção de viver minha vida contra a vida, Jeannot. A indignação, o protesto, a revolta em relação a tudo só nos dão uma escolha de vítimas. É preciso um elemento de revolta, mas também um elemento de aceitação. Estou disposta a me acomodar, até certo ponto. Vou dizer até que ponto estou disposta a me acomodar: terei filhos. Uma família. Uma família de verdade, com dois braços e duas pernas.

Fiquei todo arrepiado. Uma família. Desceu pelas costas até as nádegas.

Ela riu, aproximou-se de mim e pôs a mão em meu ombro, para me reconfortar.

— Desculpe. Assustei você.

— Não, está tudo bem, mais ou menos...

Ela me devolveu a foto da srta. Cora de gaivota.

— Agora, vá fazer canoagem.

— Não, de jeito nenhum.

— Vá. Vista seu belo traje impressionista e vá. Fiquei irritada, mas passou.

— Não era verdade sobre o cinto?

— Não. Vou deixar a chave embaixo do tapete.

— Ok, eu vou, já que insiste. Será para me despedir dela.

Lembrei do bigode.

— Por que o bigode?

— Todos usavam naquele tempo.

Eu estava feliz. Agora, no humor que eu lhe inspirava havia mais alegria do que tristeza e até algo mais, graças a meus esforços. Não era muito, mas era bom estar ali e poder voltar.

39

A srta. Cora riu ao me ver com o chapéu de palha e a regata de época. Gostei de me vestir como faziam oitenta anos atrás e teria gostado de estar lá de verdade, um autêntico homem da época, quando ainda não entregavam cadáveres em domicílio via satélite e podíamos continuar na ignorância, o que contribuía muito para a alegria de viver. Eu tinha telefonado a Tong para que ele fosse nos buscar em casa, e antes parei na Orangerie para ver se estava parecido. Havia de fato um sujeito parecido comigo em um quadro, à mesa com uma moça bonita e de bigode, e só faltava o quadro cantar de felicidade. Isso elevou meu moral, dar prazer aos olhos, e eu dirigia pelas ruas desenhando espaguetes no asfalto entre os carros.

A srta. Cora tinha colocado um vestido bonito que não chamava muito a atenção, rosa e azul-pálido, e seu proverbial turbante branco, com a encantadora franja na testa, salto alto e a bolsa de crocodilo de verdade. Ela pegou meu braço e descemos. Era de cortar o coração vê-la tão feliz e ainda tão pronta para ser feliz, enquanto eu me preparava para dizer que não podia mais me encarregar dela. Ela tinha a mesma silhueta de quando era jovem, e quando olhavam para nós havia expressões como "uma velhinha" e "ela poderia ser sua avó" que não combinavam nem um pouco com ela e nem podiam passar pela cabeça de ninguém, o que fazia com que estivéssemos tranquilos. Ela estava realmente muito bem conservada. Eu não sabia quais eram os planos a longo prazo do sr. Salomão, mas eles poderiam ter um belo pôr do sol juntos, em Nice, e uma vida tranquila como o mar de mesmo nome. Tive sorte de ter caído na srta. Cora, em vez de em alguém que tivesse apenas a mim no mundo. Acho que Yoko está certo quando diz que os idosos têm muitas coisas que nós não temos, sabedoria, serenidade, paz de espírito, um sorriso para a agitação deste mundo, menos o sr. Salomão, que tem um lado mal apagado, indignado e furioso, e se preocupa como se a vida ainda lhe concernisse muitíssimo. Mas é porque ele fracassou na vida sentimental, é mais triste se apagar quando você ardeu por nada.

Ficamos esperando na rua, Yoko chegou com o táxi e vi que Tong, Chuck e a corpulenta Ginette também estavam lá, eles não queriam perder minha canoagem, aqueles patifes, com o pretexto de que o tempo estava bom. Nos esprememos lá dentro, Yoko dirigindo, Tong, que era o menor, no colo de Ginette na frente, e Chuck, a srta. Cora e eu atrás. Devo admitir que Chuck foi bastante correto e nos deu uma aula sobre os impressionistas, que foram seguidos pela pintura cubana, cujo principal era *braque*, doido. Aluguei uma canoa e fomos para a água enquanto Chuck, Yoko, Tong e a corpulenta Ginette se alinhavam na margem para nos admirar, e Chuck tirou fotos porque ele é um grande documentarista. A srta. Cora ficou sentada bem-comportada na minha frente, com a sombrinha branca aberta sobre a cabeça.

Eu já tinha feito todo tipo de trabalho, mas era a primeira vez que remava. Remei por meia hora e até mais, em silêncio, tinha decidido fazer de uma só vez, mas pelo menos que ela aproveitasse antes.

— Srta. Cora, vou deixá-la.

Ela ficou um pouco preocupada.

— Você tem que ir?

— Vou deixá-la, srta. Cora. Amo outra mulher.

Ela não se moveu, até ficou ainda mais imóvel, a não ser pelas mãos, que batiam asas segurando a bolsa em seu colo.

— Amo outra mulher.

Repeti de propósito, porque tinha certeza de que a machucaria menos se ela soubesse que eu a estava deixando por amor.

Ela ficou em silêncio por um longo tempo sob a sombrinha. Continuei remando, estava ficando pesado.

— Ela é jovem e bonita, não é mesmo?

Isso foi injusto, mesmo com o sorriso.

— Srta. Cora, não é culpa sua, não é por sua causa que estou indo embora. E a senhorita é linda de ver. A senhorita é bonita sob sua sombrinha branca. Não estou indo embora por sua causa. Estou deixando a senhorita porque não se pode amar duas mulheres ao mesmo tempo quando se ama alguém.

— Quem é ela?

— Alguém que conheci.

— Bem, isso eu já imaginava. E... você disse a ela?

— Sim. Ela a conhecia das canções, srta. Cora.

Isso a deixou feliz.

— Não foi de propósito, srta. Cora. Foi alguém que conheci. Aconteceu sozinho, não foi algo que busquei. E tenho uma boa notícia para a senhorita.

— Mais uma?

— Não, de verdade. O sr. Salomão gostaria que o perdoasse.

Ela se reanimou. Até demonstrou mais emoção do que por mim, anteriormente. Vai entender.

— Ele disse isso?

— Tão claramente quanto a vejo agora. Ele me telefonou hoje de manhã para que eu fosse vê-lo. Com urgência. Sim, foi o que me disseram ao telefone, o sr. Salomão quer ver você com urgência. Ele estava deitado com seu magnífico roupão. As cortinas fechadas, tudo. Uma verdadeira depressão. Estava muito pálido e fazia dois dias que não tocava em um selo postal. Nunca o vi tão abatido, srta. Cora, ele perdeu até sua reserva de valor...

— Que reserva de valor? Ele perdeu na Bolsa?

— É o humor judeu, srta. Cora. Serve de refúgio, ainda mais que Israel. A senhorita sabe que ele sempre tem pequenos lampejos no escuro, em seus olhos escuros, que se acendem quando ele se debruça sobre nossas futilidades. Bem, nada disso. Olhar sombrio, srta. Cora, que olhava como se não houvesse mais nada para ver em nenhum lugar. Eu me sentei e esperei, e como ele se calava ainda mais profundamente, perguntei: "Sr. Salomão, o que houve? O senhor sabe que eu faria qualquer coisa pelo senhor, e o senhor mesmo já me disse várias vezes que sou um bom faz-tudo". Então ele deu um suspiro de partir o coração. É uma expressão proverbial, srta. Cora, eu a reconheci imediatamente, era mesmo ela. E então nosso rei Salomão me disse: "Não posso viver sem ela. Faz trinta e cinco anos que tento, por causa daquela história no porão, você sabe, quando a srta. Cora salvou minha vida...". E então ele me olhou de um jeito impossível de explicar e murmurou: "Deixe-a para mim, Jeannot!".

A srta. Cora arregalou os olhos, como a expressão exige.

— Meu Deus, ele sabe?

— O rei Salomão sabe de tudo. Nada lhe escapa no prêt-à-porter, desde que ele vem se debruçando sobre tudo isso de suas augustas alturas. Ele colocou a mão no meu ombro com um gesto ancestral e murmurou: "Deixe-a para mim!".

A srta. Cora abriu a bolsa de crocodilo de verdade e tirou um pequeno lenço. Ela o desdobrou e o levou aos olhos. Ainda não estava chorando, eu tive que repetir:

— Deixe-a para mim.

Nesse momento, ela enxugou uma lágrima e respirou profundamente.

— Tem uma canção assim — disse. — De 1935. "Rosalie". Com Fernandel.

Ela cantarolou:

— Rosalie, ela se foi, se a encontrar, traga-a para mim!

— Sempre há uma canção para tudo, srta. Cora.

— E depois? O que ele disse depois?

— Ele manteve a mão no meu ombro pelo tempo necessário e repetiu: "Não posso viver sem ela. Tentei, Deus sabe que tentei, mas está acima de meus meios, Jeannot. Não sou do tipo que ama duas vezes. Amo apenas uma vez. Amei uma vez, isso me basta. Basta para sempre. Nunca mais. Uma única vez, sempre a mesma, não há riqueza maior. Vá vê-la, Jeannot. Fale com ela delicadamente, como você sabe fazer. Que ela me perdoe por ter ficado quatro anos naquele porão sem ir vê-la!".

A srta. Cora ficou chocada.

— Ele não disse isso!

— Juro pela vida de tudo o que tenho de mais sagrado, srta. Cora, basta escolher! E ele até derramou uma lágrima, o que é muito raro, na idade dele, por causa de seu estado glandular. Uma lágrima grande em que eu nunca teria acreditado, se não tivesse sido testemunha disso.

— E depois? E depois?

Bom, enfim, o que além disso.

Remei um pouco mais.

— E depois ele murmurou coisas doces e ternas sobre a senhorita, tanto que eu fiquei constrangido.

A srta. Cora estava feliz.

— Que velho tolo — disse com prazer.

— Falando em velho, ele só tem um medo, que a senhorita o ache velho demais.

— Ele não é tão velho assim — disse a srta. Cora, energicamente. — Os tempos mudaram. Não é mais a mesma idade.

— Isso é verdade. Não estamos mais sob os impressionistas.

— Essas questões de idade, para que servem, afinal?

— Para nada, no fim das contas, srta. Cora.

— Ele ainda pode viver muito tempo, o sr. Salomão.

Eu quase disse a ela que o porão conserva, mas melhor guardar algo para outra vez. Apenas tirei o falso bigode do bolso e o coloquei para um pouco mais de bom humor.

A srta. Cora riu.

— Ah, você então! Um verdadeiro Fratellini!

Eu não conhecia, mas isso podia esperar.

Dei mais algumas remadas. Agora que tinha feito o bem, até estava me divertindo.

A srta. Cora estava pensativa.

— Ele ainda pode viver por muito tempo, mas precisa de alguém para cuidar dele.

— Isso. Ou ele precisa cuidar de alguém. Dá na mesma.

Eu nunca tinha remado antes, mas me saía bem. A srta. Cora tinha se esquecido de mim. Comecei a remar mais suavemente para não a incomodar e para que ela não se lembrasse de mim. Não era o momento de fazer minha presença ser notada. Ela franzia o cenho, estava preocupada, deixava claro para o sr. Salomão que não estava nada decidida.

— Eu gostaria de voltar para casa agora.

Remei até a margem e pisamos em terra firme. Todos nós embarcamos no táxi, Yoko dirigindo, a corpulenta Ginette ao lado, com Tong em seu colo, e a srta. Cora atrás, entre mim e Chuck. Ela estava radiante, como se não tivesse me perdido. Os outros se mantinham em silêncio e eu senti que estava no máximo possível de suas estimas por mim. Eles deviam se perguntar como ele fez, esse miserável, para sair dessa enrascada. De minha parte, eu os desprezava do topo de minha altura, como o rei Salomão e quase como se eu fosse o próprio rei do prêt-à-porter. A srta. Cora estava tão animada que nos ofereceu uma bebida em um terraço, e eu estava prestes a sugerir os Champs-Élysées, mas ela nos informou que nunca punha os pés nos Champs-Élysées, por causa do sofrimento que tinham causado ao sr. Salomão. Os olhos da srta. Cora brilhavam, era a primeira vez em minha vida que eu fazia uma mulher feliz.

Quando a levamos de volta para casa, depois de três conhaques e meia garrafa de champanhe, ela começou a nos falar de uma grande estrela do passado que ela mesma era jovem demais para conhecer, Yvette Guilbert, e até começou a cantar na calçada, e isso ficou gravado em mim pelo efeito da emoção, porque nada é melhor para o alívio do que a emoção. Todos saíram do táxi, Yoko, Tong, Chuck, a corpulenta Ginette, e ela cantou para nós:

Eremita hipócrita, saia do convento
Volte para casa e a ser meu amante!

Eu a ajudei a subir, e ela nem me convidou a entrar, se despediu na escada. Ela me estendeu a mão, de longe.

— Obrigada pelo passeio, Jeannot.

— É sempre um prazer.

— Diga ao sr. Salomão que preciso pensar. É muito repentino, entende.

— Ele não aguenta mais, srta. Cora.

— Não digo que não, é claro, considerando o passado que nos une, mas não posso me atirar sem mais nem menos nessa aventura. Preciso pensar. Eu tinha minha vida tranquila, bem organizada, não posso, sem mais nem menos, de repente... Já fiz loucuras suficientes na vida. Não quero voltar a perder a cabeça.

— Ele entenderá isso perfeitamente, srta. Cora. Pode confiar no rei Salomão para entender. Essa é a especialidade dele, por assim dizer.

Quando desci, os outros estavam esperando por mim.

— Como você fez isso?

Estiquei o dedo à italiana, peguei minha Solex e voltei para casa. Me atirei na cama. Tirei o falso bigode. Perguntei à Aline:

— O que é Fratellini?

— Uma família de palhaços.

Tentei lhe contar, mas ela não queria falar da srta. Cora. Tinha um verdadeiro talento para o silêncio, podia-se ficar em silêncio com ela sem nunca sentir que não tínhamos nada a dizer um ao outro. Quando ainda não era minha, às vezes ela ligava o rádio, que sempre é melhor para emergências do que a televisão, mas com exceção disso recebia pouca gente de fora. Então mal conversamos e fiquei uma boa hora a olhando enquanto ela ia e vinha cuidando de suas coisas, seu apartamento de duas peças com oitenta metros quadrados, e era suficiente. Ela me fez uma pergunta, uma pergunta realmente engraçada, que me surpreendeu muito, ela me perguntou se eu já tinha matado alguém.

— Não, por quê?

— Porque você sempre se sente culpado.

— Não é pessoal. É geral.

— Mas sempre é você, por causa do seu caráter humano, não é mesmo?

— Que caráter humano? Você está zombando de mim ou o quê?

Ela cortou uma bela fatia de torta de framboesa e veio comer a meu lado na cama, o que era até vexatório considerando o que eu tinha para oferecer.

— Sabe, Jeannot Coelho, na França costumávamos ter o meio-termo.

— Onde fica isso? Geografia não é meu forte.

— O meio-termo. Algum ponto entre não dar a mínima e morrer de desgosto. Entre se trancar a sete chaves e deixar todo mundo entrar. Não endurecer, mas também não se deixar destruir. Muito difícil.

Fiquei ali olhando para ela e me acostumando a ser dois. Quando você não tem ninguém na vida, é muita gente. E quando você tem alguém, é bem menos. Eu me contentava e não dava o fora correndo para a casa dos outros. Ela me disse que nunca tinha conhecido ninguém mais insuficiente consigo mesmo do que eu e que os cachorros teriam feito o melhor negócio da vida deles comigo. Ela não dizia nada, na verdade, mas era o que queria dizer. Às vezes, ela abandonava as tarefas a que vagava e vinha me beijar em resposta a meus olhares. Vagar. Eu vago, tu vagas, ele vaga. Por exemplo: ela vagava às tarefas domésticas. *Vagar*: do latim *vacare, ficar vacante, sem titular*. Há palavras que carregamos sem nem ao menos saber. Encontrei uma muito bonita procurando ao acaso, *pronau, antecâmara do templo grego que precedia o santuário*, que deixei de lado, e *potlatch, doação ou destruição de caráter sagrado* e que pode ser encontrada entre *potirão* e *potômetro*. Nunca li o dicionário de cabo a rabo, como deveria fazer em vez de ficar vacante, do latim *vacare, sem titular*. Era a primeira vez que eu tinha alguém totalmente para mim e à noite fiquei um pouco inquieto, ninguém sabia onde eu estava e em caso de necessidade não poderiam me contatar pelo telefone. Mas, enfim, havia menos gritaria a meu redor no silêncio, eu não ouvia mais as vozes da extinção, prova de que estava feliz. Eu não me recriminava, tentava não pensar nisso, mas estava realmente apaixonado. Do ponto de vista da moralidade, os infelizes são mais felizes do que os felizes, a única coisa que tiram deles é a infelicidade. Pensei no rei Salomão e achei que ele tinha sido duro com a srta. Cora. Se há uma coisa imperdoável é não perdoar. Eles poderiam ir para Nice, onde há muitos aposentados ainda vivos.

40

O dia seguinte era o octogésimo quinto aniversário do sr. Salomão. Coloquei a bandeira preta e fui vê-lo. Encontrei-o de excelente humor.

— Ah, Jeannot, é gentil de sua parte ter lembrado...

— Sr. Salomão, permita-me parabenizá-lo por sua bela performance.

— Obrigado, meu jovem, obrigado, fazemos o que podemos, mas cuidamos de nós, cuidamos de nós... Tome, veja só, há esperança...

Ele se dirigiu à sua mesa e pegou o *Le Monde*.

— Até parece que fizeram de propósito, para o meu octogésimo quinto aniversário. Leia, leia!

Era uma página chamada *Envelhecer. Todos os centenários saudáveis levam uma vida ativa em uma região montanhosa propícia ao exercício. A arte e a forma de envelhecer melhor*, pelo dr. Longueville... *Esse pequeno livro prático, fácil de ler e ilustrado com alguns desenhos de Faizant, aborda problemas de higiene e estilo de vida para incentivar os idosos a...*

O sr. Salomão se inclinava sobre meu ombro, com sua lupa de filatelista. Ele leu com sua belíssima voz:

— ...*para incentivar os idosos a adquirir uma atitude empreendedora nessa nova etapa da vida...* Uma atitude empreendedora, está tudo aqui! E tem mais...

Ele tinha sublinhado com um lápis vermelho.

— ... *muitas plantas e alguns peixes têm uma expectativa de vida ilimitada...*

Apontou a lupa para mim.

— Você sabia, Jeannot, que muitas plantas e alguns peixes têm uma expectativa de vida ilimitada?

— Não, sr. Salomão, mas é bom saber.

— Não é mesmo? Eu me pergunto por que nos escondem coisas importantes.

— É verdade, sr. Salomão. Da próxima vez, talvez sejamos nós.

— Muitas plantas e alguns peixes — disse o sr. Salomão, com raiva.

Fiz algo que nunca tinha feito antes. Coloquei meu braço em torno de seus ombros. Mas ele ainda estava reclamando.

— ... para incentivar os idosos a adquirir uma atitude empreendedora nessa nova etapa da vida — resmungou.

Era bom ouvi-lo resmungar, vê-lo com raiva. Melhor não contar com ele para ir a Nice. Ele tinha um verdadeiro espírito de lutador, em sua categoria.

— Um pequeno livro prático, fácil de ler...

Deu um soco na mesa.

— Eu lhe daria um chute no traseiro, meu amigo!

— Não grite, sr. Salomão, de que adianta?

— Um pequeno livro fácil de ler e ilustrado com alguns desenhos de Faizant que aborda problemas de higiene e estilo de vida, para incentivar os idosos a adquirir uma atitude empreendedora nessa nova etapa da vida! Pelo amor de Deus!

Ele deu mais alguns socos na mesa e uma expressão de implacável determinação surgiu em seu rosto majestoso.

— Me leve às putas — disse.

No começo, pensei que tivesse ouvido errado. Não podia ser. Um homem daquela estatura não podia pedir uma coisa daquelas.

— Sr. Salomão, me desculpe, mas ouvi coisas que com certeza não ouvi e que nem quero ouvir!

— Me leve às putas! — gritou o sr. Salomão.

Eu não teria ficado mais assustado se o sr. Salomão tivesse me pedido a extrema-unção enquanto judeu.

— Sr. Salomão, eu lhe imploro, não diga essas coisas!

— Eu quero ir às putas! — gritou o sr. Salomão, e voltou a bater na mesa.

— Sr. Salomão, por favor, não faça um esforço desses!

— Que esforço? — rosnou o rei Salomão. — Ah, então você também, meu jovem amigo, está fazendo insinuações?

— Não grite assim, sr. Salomão, pode acontecer de repente!

O rei Salomão me fulminou de suas alturas. Enfim, era o que um raio faria, se ele pudesse dispor de um com o olhar.

— Quem é o patrão aqui? Quem é o patrão da S.O.S.? Eu fiz um pedido. Estou em excelente estado e nada vai acontecer de repente! Quero ser levado às putas! Está claro?

Comecei a chorar. Eu sabia que era apenas sua angústia, mas nunca imaginaria que ela o levaria a tal ato de desespero. Um homem já tão augusto, um idoso voltando à fonte original... Agarrei-o pelo braço.

— Coragem, sr. Salomão. Lembre-se de Victor Hugo!

E exclamei:

O velho que volta à fonte original
Entra nos dias eternos e deixa os dias cambiantes...

E vemos uma chama no olhar da juventude,
Mas nos olhos do velho vemos a luz.

O sr. Salomão tinha pegado sua bengala e vi que estava prestes a me bater.

— Sr. Salomão, nos olhos do velho vemos a luz! O jovem é belo, mas o velho é grandioso! De onde o senhor está, não pode ir às putas!

— É uma tentativa de intimidação — gritou o sr. Salomão. — Como patrão da S.O.S., dei uma ordem! Quero que me levem às putas!

Corri para a central telefônica. Lá estavam a corpulenta Ginette, Tong, Yoko, Chuck e um dos irmãos Masselat, o mais velho estava ausente. Eles imediatamente perceberam que algo terrível tinha acontecido. Eu gritei:

— O sr. Salomão quer ir às putas!

Eles ficaram abismados, menos o mais velho dos Masselat, que não estava lá.

— Isso é demência senil — Chuck disse calmamente.

— Bem, vá dizer isso a ele.

— Parece que, quando estão velhos, muitas vezes têm desejos de mulheres grávidas — disse Ginette.

Todos olhamos para ela.

— Enfim, quero dizer...

— Sim, você quer dizer, mas seria melhor calar a boca! — gritei. — Já é bastante assustador pensar que o pobre sr. Salomão quer ir às putas sem lhe dar desejos de mulheres grávidas! O que vamos fazer?

— Ele perdeu a cabeça — disse Chuck. — Foi o octogésimo quinto aniversário que o abalou. Nunca vi um homem com tanto medo de morrer!

— Ele não tem a sabedoria oriental, isso é certo! — disse Tong.

— Ele pode simplesmente estar querendo ir às putas — sugeriu Yoko.

— Ele nunca foi às putas na vida! — gritei. — Não ele! Não um homem de sua estatura.

— Podemos ligar para o dr. Boudien — sugeriu o mais novo dos Masselat, na ausência de seu irmão.

— Só precisamos levá-lo às putas — disse Tong. — Pode ser que algo aconteça.

Foi nesse momento que o rei Salomão entrou na central telefônica, já usando seu proverbial chapéu e segurando as luvas e a bengala com o castão equestre.

— Uma pequena conspiração, hein! — ele disse.

Só de olhar para ele dava para perceber que algo não estava bem. Seus olhos tinham um brilho de pânico. Ele apertava os lábios com tanta força que mal dava para vê-los. E sua cabeça tremia.

— Vamos, vamos! — gritei, e corri rapidamente para ver o que o rei Salomão tinha no banheiro para combater sua angústia.

Nada. Não havia nada. O rei Salomão enfrentava o inimigo de mãos nuas. Eu tinha visto um filme assim, em que um cavaleiro desafia a morte, ali para buscá-lo, para uma queda de braço. Quando voltei à central telefônica, encontrei o rei Salomão com a cabeça erguida, a bengala levemente levantada e em plena posse de sua raiva.

— Fiquem sabendo que não vai ser assim. É verdade que acabei de completar oitenta e cinco anos. Mas acreditar que estou acabado e sem valor é um passo que não permitirei que vocês deem. Há uma coisa que quero dizer. Quero dizer, meus jovens amigos, que não escapei dos nazistas por quatro anos, da Gestapo, da deportação, das prisões no Velódromo de Inverno, das câmaras de gás e do extermínio para ser levado por uma morte qualquer, natural e de terceira categoria, sob ultrapassados pretextos fisiológicos. Os melhores não conseguiram me pegar, então não pensem que serei pego pela rotina. Não sobrevivi ao Holocausto em vão, meus queridos amigos. Pretendo viver por muito tempo, que fique bem claro!

E ele ergueu o queixo ainda mais alto e ainda mais desafiador, era uma verdadeira crise de angústia, a verdadeira, a grande angústia do rei Salomão. Foi então que voltou a gritar, com seu ar de majestade:

— E agora eu quero ir às putas!

Não havia o que fazer. Deixamos na central telefônica o irmão Masselat, que não queria ver tal coisa, depois todos nos amontoamos no táxi, até Ginette, que estava ali como presença feminina. Eu que dirigia, Tong estava sentado no colo da corpulenta Ginette e acomodamos o sr. Salomão no banco de trás, entre Chuck e Yoko. Eu podia ver seu rosto no retrovisor e havia apenas uma expressão para ela no dicionário, e era implacável. *Implacável: que não pode ser aplacado, raivoso, violento. Ver: cruel, impiedoso, inflexível. Ver: obstinado.* Estávamos todos ao redor dele como guarda-costas. Nunca tínhamos visto um homem naquele estado ser levado às putas. Para mim, foi mais terrível do que para os outros, porque eu amava o sr. Salomão mais do que qualquer outra pessoa no táxi. Entendia o que ele devia ter sentido ao acordar de manhã para seu octogésimo quinto aniversário, porque era o que eu sentia todas as manhãs ao acordar. A primeira coisa que ele deveria ter feito ao acordar era ir mijar, porque há pessoas da idade dele que não conseguem mais mijar por razões prostáticas, mas ele ainda mijava como um rei e isso o tranquilizava a cada vez. Estávamos todos em silêncio, não tínhamos nada para lhe oferecer. O que poderíamos dizer? Que ele ainda mijava muito bem? Que havia pessoas da idade dele que já estavam mortas fazia muito tempo? Não havia argumentos a seu favor. Nem mesmo podíamos culpar os nazistas ou os métodos de tortura da polícia na Argentina, lá havia uma razão, a Copa do Mundo, a pessoa era obrigada a beber. Sob vagos pretextos democráticos, fazíamos uma coisa imperdoável ao rei Salomão e o tratávamos como qualquer mortal. O argumento que ele tinha apresentado havia pouco era tão válido que não cabia resposta. Ele tinha se escondido por quatro anos em um porão, tinha escapado triunfalmente do extermínio dos nazistas e da polícia francesa de mesmo nome, e não foi para morrer como um imbecil de uma morte natural qualquer. Ele havia triunfado pela vontade, pela determinação, pela astúcia, pela prudência, pela força da alma, pelo caráter, e agora era como se os nazistas lhe dissessem que não perdia por esperar.

— Para incentivar os idosos a adquirir uma atitude empreendedora nessa nova etapa da vida! — gritou bruscamente o sr. Salomão, e foi somente quando ele acrescentou, brandindo o punho, "Ó raiva, ó desespero, ó velhice inimiga!", que comecei a desconfiar e me perguntei se ele não estava brincando e se não havia intenções homéricas em suas ações.

— Sr. Salomão, encontraram o caixão roubado de Charlie Chaplin e ele ainda está intacto por dentro, é uma boa notícia, a justiça triunfa.

— Sr. Salomão — disse Chuck —, o senhor gosta de música, deveria ir a Nova York, Horowitz vai dar um último concerto...

— Mas quem foi que disse que vai ser o último? — gritou o sr. Salomão. — Foi ele que decidiu? Quem foi que disse que Horowitz não vai estar aqui em vinte anos? Por que ele deve morrer antes? Por ser judeu? São sempre os mesmos, hein?

Foi a primeira vez que vi Chuck sem palavras, ele ficou parado, completamente surpreso. Eu dirigia bem devagar, esperando que o sr. Salomão tivesse um lapso de memória, como costuma acontecer com os muito idosos, e esquecesse seu funesto projeto, mas já estávamos na Rue Saint-Denis e foi então que ouvi o sr. Salomão gritar. Ele estava inclinado para fora da janela e apontava. Era uma loira alta, de minissaia e botas de couro, apoiada na parede com descontração. Havia ali mais cinco ou seis prostitutas também apoiadas e não sei por que o sr. Salomão tinha escolhido aquela. Eu estava passando do ponto, mas ele me deu uma bengalada no ombro e pisei no freio.

— Me deixe descer!

— Sr. Salomão, não quer que falemos com ela antes? — sugeriu Yoko.

— E o que vocês pretendem dizer? — gritou o sr. Salomão. — Que é proibido para menores? Danem-se. Sou o rei do prêt-à-porter, não preciso de conselhos. Esperem aqui.

Saímos todos do carro e o ajudamos a descer.

— Sr. Salomão — implorei —, existem doenças venéreas!

Ele não ouvia. Tinha adotado uma atitude empreendedora, como no *Le Monde*, o chapéu um pouco de lado, o olhar vivo e decidido, as luvas na mão e a bengala já erguida. Todos nós estávamos olhando para ele. A prostituta loira teve uma boa intuição feminina, abriu um grande sorriso para ele. O sr. Salomão sorriu também.

Ginette começou a chorar.

— Não vamos revê-lo em vida.

Era terrível, à luz do dia, em plena luz, um homem tão augusto. Era de partir o coração, mas preciso dizer que o rei Salomão tinha um sorriso malicioso. Ele estava ali, ao rés do chão, e não em suas alturas proverbiais, de onde se debruçava com tanta indulgência sobre nossas futilidades microscópicas. A puta pegou o rei Salomão pelo braço e o guiou até a porta do hotel em linha reta. Yoko tirou respeitosamente o boné. Tong estava pálido e Chuck engoliu em seco. A corpulenta Ginette soluçava. Era abominável ver o rei Salomão cair de tão alto em um lugar como aquele.

Esperamos. Primeiro na calçada, depois, como a coisa se prolongava, dentro do táxi. Ginette estava em lágrimas.

— Vocês deveriam ter feito alguma coisa!

Mais vinte minutos.

— Mas isso é omissão de socorro a uma pessoa em perigo! — gritou Ginette. — A vagabunda o está matando! Devíamos subir lá para ver!

— Não devemos nos alarmar — disse Tong. — Ela deve tê-lo deitado, para ele descansar. Talvez esteja tentando levantar seu moral. Faz parte dos cuidados que elas fornecem.

Mais dez minutos.

— Vou chamar a polícia — disse Ginette.

Foi então que o sr. Salomão apareceu na porta do hotel. Todos nós estávamos de olho nele. Não podíamos dizer nada, nem sim, nem não. Ele estava lá com a bengala e as luvas em uma mão e o chapéu na outra, e não havia perdido nada de sua proverbial dignidade. Depois colocou seu chapéu com um gesto animado, um pouco de lado, e caminhou até nós. Saímos correndo e o alcançamos, mas não foi preciso segurá-lo. Arranquei o carro e seguimos em silêncio, menos Ginette, que soluçava e lançava para ele olhares de reprovação. De repente, quando estávamos na Rue de la Chaussée-d'Antin, o sr. Salomão sorriu, o que era uma boa coisa, depois de todas aquelas emoções, e murmurou:

— O velho que volta à fonte original…

E mais uma coisa:

— Muitas plantas e alguns peixes têm uma expectativa de vida ilimitada…

Depois disso, ele caiu em um silêncio sombrio e, quando chegamos em casa, nós o deitamos no sofá e ligamos para o dr. Boudien para que viesse rapidamente, pois o sr. Salomão tinha desejos de imortalidade. Nós estávamos muito abalados, menos Chuck, que dizia que a angústia do rei Salomão era tipicamente elitista e aristocrática, e que já havia desgraças suficientes que poderíamos resolver em vez de nos perdermos em invectivas e imprecações contra o irremediável. Ele nos informou que já no Alto Egito o povo tinha saído às ruas e organizado um Maio de 68, apedrejando os sacerdotes para reivindicar a imortalidade, e que o rei Salomão, com suas reivindicações e imprecações, era anacrônico. *Anacrônico: que está fora de sua época, que pertence a uma era diferente*. Dei de ombros e desisti. Chuck estava certo, não vale a pena discutir com pessoas que estão certas. Não há nada a fazer com elas. Pobres coitadas.

Esperei pelo dr. Boudien, que encontrou uma pressão adequada e nenhuma outra ameaça no horizonte além da normal, não havia motivo para preocupação excessiva. Compartilhei com ele a indignação e a justa raiva do rei Salomão ao descobrir que muitas plantas e alguns peixes tinham uma expectativa de vida ilimitada, mas não nós, e o médico explicou que na França a pesquisa científica era negligenciada, os fundos tinham sido reduzidos de novo e o sr. Salomão estava certo em ficar indignado, não estávamos fazendo esforços suficientes na área da gerontologia. Me certifiquei de que não faltava nada ao sr. Salomão e que ele inspirava e expirava normalmente, depois peguei minha Solex.

41

A chave não estava embaixo do tapete e quando Aline abriu a porta entendi na hora que alguma desgraça havia acontecido. Eu já tinha notado que Aline ficava zangada quando estava infeliz.

— Ela está aqui.

Eu perguntei quem?, porque com todas as emoções do dia, a srta. Cora era a última coisa em que teria pensado. Mas era ela, e ainda mais arrumada do que o habitual, maquiada como se fosse para uma grande festa. Tinha olhos que pareciam aranhas mexendo as patas, de tão longos e pretos de produto estavam seus cílios, quando se moviam. Mas também havia azul acima deles, e vermelho e branco por todo lado, que só recuava diante dos lábios. Ela usava um turbante preto com o pequeno peixe do zodíaco em ouro no meio, e um vestido que mudava de cor quando ela se movia, passando de violeta para lilás e púrpura. Um silêncio instantâneo se fez, como se eu fosse o último dos canalhas.

— Olá, Jeannot.

— Olá, srta. Cora.

— Eu quis conhecer sua amiga.

Me sentei, abaixei a cabeça e esperei pelas repreensões e pela tristeza, mas isso era mais meu do que dela. Aline virou as costas para mim e colocou em um vaso as flores que a srta. Cora havia trazido, e tenho certeza de que ela teria me matado, de tanto que me odiava entre mulheres. Eu me perguntava há quanto tempo ela estava ali, o que elas tinham conversado e se ainda encontraria a chave embaixo do tapete.

— Você é uma moça jovem, está feliz e isso me trouxe boas lembranças — disse a srta. Cora.

Eu disse:

— Srta. Cora, srta. Cora — e então me calei e Aline também arrumava as flores em silêncio.

A srta. Cora chorava um pouco. Tirou da bolsa um pequeno lenço bem limpo e fiquei aliviado ao ver que ele ainda não tinha sido usado e que ela não tinha chorado antes. Ela enxugou os olhos com cuidado para não borrar a maquiagem. Estava realmente maquiada e vestida como para um baile, talvez fosse para uma festa depois.

— Sinto muito, srta. Cora.

— Você é engraçado, meu pequeno Jean. Acha que estou chorando porque você me deixou? Fiquei um pouco emocionada, porque ver vocês me trouxe velhas lembranças. Minha juventude e alguém que amei. Quando eu era jovem, era capaz de perder a cabeça. Não mais. É exatamente isso que me faz chorar. Você...

Ela deu um sorriso um pouco duro.

— Você é um bom menino.

Levantou-se, foi até Aline e a abraçou. Manteve a mão dela entre as suas.

— Você é encantadora. Venha me visitar algum dia. Vou lhe mostrar umas fotos.

Virou-se para mim e tocou minha bochecha, com bom humor.

— Você, bobinho, tem uma aparência enganadora. Parece um verdadeiro fortão e...

Ela riu.

— ... e é o Jeannot Coelho!

— Sinto muito, srta. Cora.

— Nunca vi um sujeito que se parecesse menos consigo mesmo!

— Não é de propósito, srta. Cora.

— Eu sei. Pobre França!

E ela saiu. Aline a acompanhou. Eu ainda as ouvi prometendo se encontrar novamente. Fui beber um copo de água na cozinha e, quando voltei, Aline ainda não estava lá. Abri a porta e vi a srta. Cora soluçando nos braços de Aline. Exclamei:

— Srta. Cora! — e entrei no elevador.

Aline também chorava. Eu não conseguia, estava emocionado demais.

— Se você soubesse o que ele me fez passar!

— Eu, srta. Cora? Eu?

— Se ele não tivesse descido para mijar uma noite, eu ainda estaria no banheiro, e no entanto nunca amei um homem como o amo agora! Vocês não podem saber, não se pode entender quando se é jovem. Mas como esse homem é rancoroso!

Fiquei tão aliviado por ter sido absolvido e estar livre de qualquer suspeita em seu amor que a abracei.

— Ele não é rancoroso, srta. Cora, apenas não ousa! Ele queria telefonar, mas não ousa. Ele acha que está muito velho para a senhorita!

— Ele realmente disse isso ou você está tentando me agradar?

— Ele disse há pouco! Até precisou se deitar, de tanto que se preocupa com a própria idade. Ele acabou de completar oitenta e cinco primaveras, mas, afinal, há pessoas que vivem muito mais do que isso em Nice.

— Isso é verdade.

— Ele queria recomeçar a vida com a senhorita, mas não ousa se permitir isso!

— Bem, diga a ele...

Ela nem sequer conseguiu falar, ficou tudo no olhar. Exclamei:

— Vou dizer a ele, srta. Cora! Pode contar comigo!

Ela secou os olhos de novo e então desceu, fazendo um pequeno gesto em nossa direção antes de entrar no elevador. Entramos em casa. Aline se apoiou na porta. Estava precisando de um estimulante. Um elixir cordial, como se dizia antigamente. Não há nada melhor do que o riso. Eu disse:

— Escapamos por pouco.

Ela arregalou os olhos.

— Como assim?

— Nós também poderíamos ter ficado velhos.

— Acabou? Já deu?

— Mas é verdade, ora! As pessoas nunca se parabenizam o suficiente!

Eu até quis colocar meu bigode falso, mas não o encontrei mais.

42

Avisei a S.O.S. que acabou e que eu estava voltando aos reparos, mas apenas de encanamento, aquecimento e eletricidade, pequenos consertos não humanos.

Eu passava dez horas por dia consertando coisas na casa das pessoas e era bom para o meu moral consertar o que era possível. Gostava de um bom vazamento de água, um cano estourado, azulejos quebrados que podiam ser substituídos, uma chave emperrada. O resto era apenas Aline. Eu até quis rasgar a foto da gaivota presa no derramamento de óleo, de tão pouco que me importava, mas no último momento não consegui. Amava a srta. Cora mais e mais a cada dia que passava, mesmo que ela não tivesse nada a ver com isso e fosse apenas meu estado geral. Eu ainda não conseguia me limitar a um apartamento de duas peças, oitenta metros quadrados. Acordei uma noite rindo porque tinha sonhado que estava em pé na entrada do metrô distribuindo tíquetes de felicidade. Ia todos os dias à casa do sr. Salomão para ver como ele estava se recuperando do aniversário de oitenta e cinco anos e esperava o momento certo para fazer meu último reparo. Às vezes eu o encontrava sentado na poltrona de couro verdadeiro, às vezes à mesa de filatelista, com a lupa no olho, às vezes curvado sobre a coleção de cartões-postais com beijos ternos e palavras carinhosas. Seu rosto tinha ficado mais cinza desde a última emoção. Os olhos estavam ainda mais escuros e tinham menos fumarolas, mas eu sentia que ele não estava completamente apagado por dentro e que apenas recuperava o fôlego. Ele me disse que estava pensando em vender sua coleção de selos.

— Está na hora de passar a outra coisa.

— Não pense nisso, sr. Salomão. Com sua constituição de ferro, não precisa se preocupar.

Isso o divertiu, eu vi um pequeno lampejo. Ele tamborilou com os dedos. Vou lembrar para sempre de suas mãos, de dedos longos, brancos, finos, as chamadas mãos de virtuose.

— Vou lembrar para sempre de suas mãos, sr. Salomão.

Ele se iluminou ainda mais. Gostava quando eu não tinha nada de sagrado. Minimizava as coisas.

— Você é um farsante, Jeannot.

— Sim, devo-lhe muito, sr. Salomão.

— Talvez eu passe para outra coisa. Com os selos postais, era mais ou menos isso. Ando bastante tentado por marfins antigos...

Nós dois rimos.

— Eu queria falar sobre a srta. Cora.

— Como ela está? Continua cuidando dela, espero?

— Obrigado, sr. Salomão, é gentil da sua parte ter pensado em mim.

As fumarolas voltavam. Um pequeno lampejo irônico, um pequeno sorriso nos lábios, nada mais.

— É curioso como o passado se torna vívido quando ficamos velhos — ele disse. — Penso nela cada vez mais.

Ele usava um terno de flanela cinza-claro, botinhas pretas, uma gravata rosa, e era surpreendente ser tão elegante para si mesmo. Havia um pequeno livro na escrivaninha, poemas do sr. José María de Heredia, de que ele gostava cada vez mais, porque eles também tinham envelhecido muito.

— Sim — ele disse, vendo meu olhar.

E então recitou de cor:

Daquela que chamava de sua doçura angevina
Sobre a corda vibrante vaga a alma divina.
Quando a angústia do amor aperta seu coração perturbado;

Seu rosto se suavizou ainda mais.

E sua voz entrega aos ventos que o levam para longe dela,
E talvez a infiel acariciem...

Ele ficou em silêncio, depois fez um gesto.

— Era outra época, Jeannot. O mundo ocupava menos espaço. Sim, havia muito mais espaço para a mágoa íntima do que hoje...

— Eu acho que o senhor está sendo intransigente com ela, sr. Salomão. Trinta e cinco anos é ressentimento suficiente. É até deselegante, para o senhor que se veste tão bem. Deveria levá-la com o senhor.

Ele apertou um pouco os olhos.

— E para onde exatamente você quer que eu a leve comigo, meu pequeno Jeannot? — ele perguntou, com um quê de suspeita na voz e um tom um pouco desagradável.

Mas eu não reclamei.

— Para Nice, sr. Salomão, apenas para Nice.

Seu rosto ficou sombrio. Dei mais um passo, com prudência.

— Deveria perdoá-la, sr. Salomão, com sua proverbial indulgência. Ela nem pisa nos Champs-Élysées, sabe. Isso a marcou. E ela passou muitas vezes por aquele porão durante a ocupação alemã...

— E por que essa puta não entrou? — gritou o sr. Salomão, com desespero e batendo o punho, e essa palavra soava desrespeitosa em seus lábios. — Por que ela nunca foi me ver, nem uma vez?

— Isso é rancor, sr. Salomão, é isso que é. Não está certo.

O sr. Salomão inspirou e expirou.

— Você não sabe o quanto sofri — disse, depois de um silêncio para se acalmar. — Eu a amava.

Ele inspirou e expirou novamente e a chama da memória apareceu em seus olhos.

— Eu amava sua ingenuidade, sua voz um pouco rouca dos subúrbios, seu rostinho bobo. Sempre tínhamos vontade de salvá-la e protegê-la, entre duas bobagens que ela fazia. É inacreditável desperdiçar a vida como ela fez. E no entanto... E no entanto, às vezes eu a admiro. Desperdiçar a vida por uma paixonite não é para qualquer um.

— Bem, sr. Salomão, então o senhor deve admirar a si mesmo.

Ele ficou estarrecido. Fiquei contente porque essa eu sabia. *Estarrecido: estupefato, desconcertado*.

Ele me olhou por um bom tempo, como se fosse a primeira vez que me visse.

— Você é um garoto... inesperado, Jean.

— É preciso esperar qualquer coisa, principalmente o inesperado, sr. Salomão.

Foi então que todos entraram. A corpulenta Ginette, Tong, Yoko, os dois irmãos Masselat, menos Chuck, que não estava presente, e todos estavam com cara de alguma desgraça. Estamos acostumados a más notícias por telefone, mas senti imediatamente que era algo pessoal. Eles nos olhavam e continuavam em silêncio, como para ganhar tempo antes do golpe final.

— Bem, o que aconteceu? — perguntou o sr. Salomão com um pouco de irritação, porque sempre é irritante ser alvo de efeitos dramáticos.

— Aconteceu que a srta. Cora Lamenaire tentou dar um fim a seus dias — disse Ginette.

Foi tão forte que a princípio não senti nada. E então, o primeiro pensamento que tivemos, o sr. Salomão e eu, foi o mesmo. Eu estava com a garganta tão apertada que não conseguia falar, ouvi a voz do sr. Salomão, que primeiro não disse nada e depois murmurou:

— *Por quem?*

Eles não entenderam. Estavam todos ali nos olhando, menos Chuck, que não estava presente. Ginette abria e fechava a boca como um peixe fora d'água quando já não está em seu elemento natural.

— Por quem ela fez isso? — perguntou o sr. Salomão, mais uma vez com mais força, e eu vi em seus olhos que era a angústia.

— Por ele ou por mim?

Seu rosto estava imóvel, um rosto de pedra, como o dos reis da França nas cabeças cortadas, mas com o nariz intacto. Ele tinha ficado completamente cinza e parecia ainda mais de pedra. Não me atrevo a pensar nisso agora, mesmo quando penso. Sei que isso existe, profundamente, mas quando é aos oitenta e cinco anos e trinta e cinco anos depois, incluindo quatro anos em um porão, e ainda tão profundamente como nos melhores dias, a água clara como nos melhores dias, minha comadre carpa dando mil voltas com o lúcio, seu compadre, então já não se trata de coração jovem, mas de imortalidade. O rei Salomão queria saber se a srta. Cora tinha tentado se suicidar por ele ou por mim.

Então ele se levantou em toda a sua altura.

Debruçou-se sobre eles.

Levantou um dedo furioso e gritou:

— Ela fez isso por quem, pelo amor de Deus? Por ele ou por mim?

— Sr. Salomão — disse Ginette —, mas, sr. Salomão...

Fomos para lá, só nós dois, sem mais ninguém. Nos deixaram entrar na grande sala onde havia outros casos. Nos sentamos, cada um em uma cadeira de cada lado da cama. A srta. Cora estava deitada, coberta de branco até o queixo. Ela não parecia muito abalada. A enfermeira-chefe nos disse que ela havia ingerido uma grande quantidade de medicamentos por desespero. Havia outras enfermeiras cuidando de outros casos na sala e tinha um biombo para mais privacidade. Nos explicaram que a srta. Cora estava ali fazia trinta e seis horas e que estava fora de perigo, mas era apenas uma maneira de falar. Tivemos sorte, pensei, ela não tinha se atirado nos trilhos do metrô ou no rio Sena, não tinha feito como em suas canções realistas. Apenas tinha tomado medicamentos demais contra o desespero, e foi por isso que puderam salvá-la. A faxineira, pois ela se permitia uma, havia tocado a campainha e, sem resposta, chamara a polícia, por causa das agressões a pessoas idosas. Ela havia deixado um pequeno bilhete de explicação em sua mesa de cabeceira, mas ele não era dirigido a ninguém e é sempre nesses casos que é mais grave. E quando mais tarde perguntaram se havia alguém a ser avisado, ela apenas pediu que ligassem para a S.O.S. Voluntários, onde conhecia alguém. Não devíamos falar muito com ela, pois as emoções não lhe fariam bem naquele momento. O sr. Salomão perguntou se poderia ver a explicação por escrito que ela tinha deixado, mas não lhe permitiram, porque ele não era da família. Ele ficou indignado e disse em voz alta:

— Sou o único homem que ela tem no mundo. — E nem olhou para mim, de tanto que tinha razão.

A enfermeira-chefe hesitou e teria lhe dado o papel se eu não tivesse feito gestos de não, não, não, com as mãos e a cabeça. Melhor não sabermos o que ela tinha escrito em seu bilhete. Talvez tivesse escrito que o sr. Salomão era uma pessoa má. Era uma oportunidade, era a última chance, não podíamos desperdiçá-la, agora que ela estava salva podíamos salvá-la ainda mais, e o sr. Salomão também, apesar de sua teimosia. Estávamos sentados dos dois lados da cama no silêncio das circunstâncias e a srta. Cora, deitada e coberta de branco até o queixo, com os dois bracinhos por cima, parecia ainda mais com suas fotos da juventude do que na vida cotidiana.

Ela sorria um pouco, com a satisfação de seu feito corajoso, e olhava reto para a frente, nem para um nem para outro. Eu queria morrer, mas não dá para morrer a cada vez que surge um motivo, não acabaria nunca. Então ficamos os três em silêncio, como o corpo médico havia recomendado. Às vezes, eu lançava olhares suplicantes para um e outro, mas a srta. Cora continuava com seu orgulho feminino e o sr. Salomão, com seus quatro anos em um porão. Eu tinha vontade de me levantar e quebrar alguma coisa, eles não tinham o direito de ser tão juvenis, ela com sessenta e cinco anos ou mais e ele com oitenta e cinco anos, que Deus nos proteja.

E enquanto eu estava lá, de cabeça baixa, fervendo por dentro, o sr. Salomão perguntou com uma voz cavernosa, uma voz que parecia vir do fundo de seu maldito porão.

— Foi por quem, Cora? Por ele... ou por mim?

Fechei os olhos e quase rezei. Eu disse quase, porque não o fiz, sou cinéfilo, mas não a esse ponto. Se a srta. Cora dissesse que tinha sido porque eu a havia deixado por outra, estava acabado. A única coisa necessária para salvar um e outro, na medida do possível, era que a srta. Cora sussurrasse "pelo senhor, sr. Salomão" ou ainda "por você, meu Salomão", já que não existe diminutivo e "meu Salô" poderia levar a interpretações.

Ela ficou quieta. Era melhor do que nada, porque se ela dissesse meu nome ou até mesmo me lançasse um daqueles olhares ternos de que era capaz, o sr. Salomão se levantaria definitivamente, iria em direção à porta e se retiraria a suas alturas para sempre. E eu recuperaria definitivamente minha aparência externa e me tornaria um assassino de filhotes de foca. Tudo o que pude fazer foi abaixar o nariz e esperar passar, como nas filas de identificação policial, quando a vítima é convidada a reconhecer seu agressor.

Ela não disse nada. Durante todo o tempo que ficamos ali, nem olhou para nós, nem para um nem para outro, apenas reto para a frente, onde não havia ninguém. Recusou-se a responder e se manteve impassível, com a coberta branca puxada até o queixo e com seu orgulho feminino. Felizmente, a enfermeira veio nos informar que já era suficiente e nos levantamos. Dei um passo para sair, mas o sr. Salomão não se moveu. Não se via nem mesmo seu rosto, apenas o desespero. Ele disse:

— Voltarei.

No elevador, ele inspirou e expirou várias vezes, profundamente. Apoiou-se na bengala de um lado e em meu braço de outro e saímos. Eu o ajudei a subir no carro, a meu lado, e poderíamos ter colocado qualquer coisa em seu silêncio, a srta. Cora e tudo o que já não esperávamos da vida e, não obstante, tudo o que ainda esperávamos dela.

Levei-o até o Boulevard Haussmann e voltei o mais rápido possível. Comprei uma esferográfica, uma folha de papel, um envelope e subi. A enfermeira tentou me impedir, mas eu disse que era uma questão de vida ou morte para todo mundo e ela entendeu que era verdade, porque sempre é verdade. Atravessei a sala até o canto da srta. Cora e me sentei.

— Cora.

Ela virou a cabeça para mim e sorriu, fazia tempo que ela tinha decidido que eu era engraçado.

— O que você quer agora, Jeannot Coelho?

Merda. Mas eu não disse isso. Para agradá-la, até mexeria minhas grandes orelhas.

— Por que você fez isso? Por causa dele? Ou por causa de...

— Por causa de você, Jeannot Coelho? Oh, não!

Ela balançou a cabeça.

— Não. Não foi nem por você nem por ele. Foi... oh, sei lá. Foi em geral. Eu estava farta de estar à mercê. Velha e sozinha, é assim que se chama. Você entende?

— Sim. Eu entendo. Então vou lhe dizer uma coisa.

— Não há o que dizer. Sei que algumas pessoas esticam a pele... mas por quem?

— Vou lhe dizer uma coisa, Cora. Quando você se sentir sozinha e velha, pense em todos aqueles que também estão sozinhos e velhos, mas na miséria e nos asilos. Você vai se sentir um luxo. Ou então, ligue a televisão, veja os últimos massacres na África, aqui, ali ou em qualquer lugar. Você vai se sentir ainda melhor. Existe um ditado popular que expressa isso muito bem: para alguma coisa serve a desgraça. E agora, pegue isso e escreva.

— O que você quer que eu escreva? Para quem?

Eu me levantei e fui até a enfermeira.

— A senhorita quer reaver seu bilhete de despedida.

E estendi a mão. Ela hesitou, mas com a cara que eu tenho, não arriscou. Para ela, eu era o assassino. Me encarou, piscando os olhos, e me entregou imediatamente o envelope.

Não era endereçado a ninguém.

Dentro, havia apenas *Adeus, Cora Lamenaire*. Não sabíamos se era *Adeus para Cora Lamenaire* ou se era *Adeus, assinado Cora Lamenaire*. Provavelmente os dois. Rasguei o bilhete.

— Escreva para ele.

— O que você quer que eu diga?

— Que você se suicidou por causa dele. Que você estava cansada de esperar por ele, que o amava cada ano mais há trinta e cinco anos e que agora não é mais uma paixonite, é amor verdadeiro, e que você não pode viver sem ele, você se mata, adeus, me perdoe como eu perdoo você. Assinado, Cora.

Ela segurou por um momento a caneta e o papel, depois os soltou.

— Não.

— Vamos, assine, ou vai levar uma surra...

— Não.

Ela até rasgou a folha em branco, para enfatizar sua recusa.

— Eu não fiz isso por ele.

Eu me levantei e comecei a gritar, olhando para o céu, ou melhor, para o teto. Não gritei nada articulado, não era uma argumentação, era para me aliviar. Depois, consegui me organizar:

— A senhorita não vai continuar essa briga de amor por mais trinta e cinco anos, vai? Deve ser verdade o que Brel disse, quanto mais velho, mais imbecil!

— Ah, Brel, já se dizia isso antes dele, mas ele transformou em poesia.

Voltei a me sentar.

— Srta. Cora, faça isso por nós, faça isso por todos nós. Precisamos de um pouco de humanidade, srta. Cora. Escreva algo bonito. Faça isso pela gentileza, pela simpatia, faça isso pelas flores. Seja um raio de sol na vida dele, pelo amor de Deus. Já estamos fartos das velhas putas de suas canções realistas, srta. Cora, faça algo azul e rosa para nós, juro que estamos precisando! Um toque de doçura, srta. Cora, um toque de doçura na vida, ela precisa de algo suave, para variar. Por favor, srta. Cora. Escreva algo como antigamente, como se ainda fosse possível. Escreva que a senhorita não conseguia mais viver sem ele, e que o remorso a corroía há trinta e cinco anos, e que tudo que queria antes de morrer era que ele a perdoasse! Srta. Cora, ele é um homem muito velho, precisa de algo bonito. Dê um pouco de alegria a seu coração, um pouco de ternura, merda. Srta. Cora, faça isso pelas canções, faça isso pela velhice feliz, faça isso por nós, faça isso por ele, e faça isso...

E foi então que tive uma ideia genial:

— Faça isso pelos judeus, srta. Cora.

Isso sim produziu um grande efeito. Seu rosto inteiro se foi pelos ares, se desfez, se enrugou, se amassou e ela começou a soluçar e a cobrir os olhos com as mãos.

Era o momento.

— Faça isso por Israel, srta. Cora.

Ela escondia o rosto entre as mãos e assim, quando não o víamos por inteiro, parecia realmente uma garotinha, garotinha, naquela canção que ela havia entoado no Slush. *Se você imagina/ Garotinha, garotinha./ Se você imagina/ Que vai, vai, vai...* Eu não me lembrava mais. Estava exausto, queria levantar e mudar tudo, assumir o controle e salvar o mundo, do começo ao fim, consertando tudo que foi malfeito desde o início até agora e que não deixou de causar danos, e rever tudo em detalhes, fazendo melhorias, examinando tudo com minúcia, os doze volumes da História Universal, e salvando todos eles, até a última das gaivotas. As coisas não podiam continuar naquele estado. Eu arregaçaria minhas mangas de reparador e começaria tudo desde o início, responderia a todos os S.O.S. que se perderam na natureza, desde os primeiros tempos, e os compensaria com minha proverbial generosidade e lhes faria justiça, e seria o rei Salomão, o verdadeiro, não o rei das calças e do prêt-à-porter, nem aquele que corta crianças ao meio, mas o verdadeiro, o verdadeiro rei Salomão, lá no alto onde a falta de um rei Salomão é inaceitável, em todos os aspectos, e eu tomaria as rédeas e faria chover sobre suas cabeças minhas benemerências e minha salvação pública.

— Srta. Cora! Escreva-lhe palavras de amor! Faça isso pelo amor, faça isso pela humanidade! Sem isso, não podemos continuar. É preciso humanidade para viver! Sei que tem razão em ser uma vaca com ele, depois de tudo o que ele lhe fez, ficando quatro anos naquele porão como uma reprimenda viva, mas não é gentil nem que as vacas sejam tão vacas. Merda, ele vai acabar achando que a senhorita é antissemita!

— Ah, não, isso não! — disse a srta. Cora. — Se eu fosse antissemita, teria dito uma única palavra... e ele não teria passado quatro anos em um porão, acredite em mim! Mesmo quando era legal e aceitável, e fizeram aquela batida no Velódromo de

Inverno, para enviar os últimos judeus para a Alemanha, eu não disse nada.

— Srta. Cora, escreva! Suavize os últimos dias dele e os seus também! A senhorita não imagina a que ponto vocês dois precisam de doçura! Escreva, caro sr. Salomão, já que não há mais nada a fazer e o senhor não me quer de forma definitiva, eu, abaixo assinada Cora Lamenaire, ponho um fim a meus dias! Com assinatura e data de anteontem, porque ele é desconfiado. Srta. Cora, escreva para que tudo termine com um sorriso entre vocês dois!

Mas não houve jeito.

— Não posso. Tenho meu orgulho de mulher. Se ele quer que eu o perdoe, que venha se desculpar. Que me traga flores, que beije minha mão como sabe fazer e diga, Cora, me perdoe, fui duro, injusto e intransigente, e lamento amargamente, e eu ficaria feliz se você me aceitasse de volta e concordasse em viver comigo em Nice em um apartamento com vista para o mar!

Tive que negociar por dez dias. Eu corria de um lado para outro e negociava. O sr. Salomão não ia se desculpar, mas aceitava expressar pesar pelo mal-entendido. Ele aceitava levar flores para ela, mas ambas as partes se comprometiam a não discutir os erros uma da outra. Chegamos a um acordo sobre as flores: três dúzias de rosas brancas e três dúzias de rosas vermelhas. Os Champs-Élysées nunca seriam mencionados e não haveria mais nenhuma reprimenda nesse sentido. A srta. Cora queria saber se teria direito a um criado e o sr. Salomão prometeu que sim. Enquanto aguardavam a partida para Nice, o sr. Salomão não se levantaria mais à noite para atender aos S.O.S. pessoalmente, pois nunca mais estaria sozinho. A srta. Cora destruiria as fotos do amante que ela mantinha embaixo de uma pilha de papéis velhos na segunda gaveta da cômoda. Nunca tive coragem de perguntar como o sr. Salomão sabia que ela tinha guardado essa foto. Era de pensar que ele havia perfidamente guardado uma cópia da chave depois de oferecer o apartamento à srta. Cora e que o havia vasculhado, por ciúmes. Nem quero pensar nisso, um amor assim, aos oitenta e poucos anos, está muito além da imaginação. O sr. Salomão não queria nunca mais pisar no apartamento da srta. Cora, mas até Sadat foi a Tel Aviv. Eu não entendia por quê, ele me explicou que aquilo lhe custara os olhos da cara, não em termos de dinheiro, mas em termos de coração partido, a ideia de que o apartamento selara a separação definitiva deles. A srta. Cora também não queria dar o primeiro passo, indo à casa do sr. Salomão, por causa de seu passado de mulher e do orgulho que isso implicava. Negociei mais dois dias e eles concordaram em se encontrar amigavelmente para fazer canoagem no Bois de Boulogne. Levamos os dois em um domingo, Tong, Yoko e a corpulenta Ginette com o sr. Salomão, em seu Citroën particular, e Chuck, Aline e eu no táxi, com a srta. Cora. Aline queria ver isso, dizia que provavelmente seria a última vez que se veria aquilo, mas achei que era uma ideia bem triste e que eles ainda poderiam fazer canoagem no Mediterrâneo por muitos anos.

Nos encontramos à beira da água, o sr. Salomão carregava o primeiro buquê de rosas e o entregou à srta. Cora, que agradeceu. Depois, nós os colocamos na água e eles remaram. Era o sr. Salomão que remava, pois ele ainda tinha o coração forte. Isso me faz pensar que o sr. Geoffroy de Saint-Ardalousier havia morrido alguns dias depois da sessão de autógrafos na livraria, que foi um grande sucesso em todos os aspectos. Tínhamos reunido todos os nossos amigos por meio da S.O.S. e ele autografou mais de cento e três exemplares, como às vezes tudo termina bem. Digo isso rapidamente e de passagem, porque quando as coisas se arranjam, sinto uma angústia e sempre me pergunto o que o futuro nos reserva. Eles conversaram por mais de meia hora na canoa e o sr. Salomão deve ter demonstrado muito tato, pois ela aceitou ir morar com ele, à espera da viagem. Também aceitou que o sr. Salomão ficasse com os selos postais, de tão segura que estava. Mas não quis ouvir falar da S.O.S., disse que enchia demais sua casa. O sr. Salomão mandou instalar uma secretária eletrônica que encaminhava as chamadas para outro serviço permanente.

Continuei com meus reparos, mas apenas em outras áreas, encanamento, aquecimento e eletricidade. De resto, moro com Aline. Chuck voltou para a América, onde vai fundar um novo partido político. Yoko se formou como massagista e oferece alívio muscular. Tong comprou todas as partes do táxi e Ginette não conseguiu emagrecer. Ela se inscreveu para trabalhar no Socorro Católico. Dou um pequeno salto para o futuro, porque é preciso se apressar antes que acabe. Eu os visitava todos os dias, o sr. Salomão e a srta. Cora, enquanto eles ainda estavam lá, e uma vez, quando bati à porta, ouvi o piano e a srta. Cora cantando. Bati de novo, mas eles estavam envolvidos na própria festa, então entrei. O sr. Salomão estava ao piano, vestido com toda elegância, e a srta. Cora no meio da sala. Ela cantava:

Com gestos de menina
Ela vendia tangerinas
E nas ruas de Buenos Aires
Com sua voz clara
Nos oferecia…

É de Lucien Boyer, música de René Sylviano, para lembrarmos deles um pouco.

Fiquei contente. Eu tinha feito um bom reparo. A srta. Cora parecia muito mais jovem e o sr. Salomão, um pouco menos velho.

Em sua cesta
Escolhíamos

E no ouvido
Ela sussurrava...

A srta. Cora sorria com ar travesso e fingia tocar os seios como se os levantasse.

Pegue minhas tangerinas
Elas vão agradar muito a você
Pois têm a pele fina
E sementes bonitas!

Aqui, ela realmente elevou a voz e o sr. Salomão, completamente iluminado e até mesmo bastante animado, batia no piano como um surdo:

Pegue minhas tangerinas
E me diga onde você se esconde
A menos que isso o aborreça
Irei descascá-las para você!

O sr. Salomão tocou um acorde final no teclado, derrubando as cinzas de seu charuto. Eu não quis me intrometer, já que estavam tão envolvidos, e fui embora. Me sentei nas escadas e ouvi à distância o resto da canção e, quando terminou, ouvi o silêncio, pois ele é sempre o último a cantar.

Quando desci, o sr. Tapu estava lá, como de costume, com sua boina, sua bituca e sua expressão universalmente informada.

— Você viu? Ele finalmente encontrou alguém! Desde que procurava nos anúncios!

— Sim, era só nisso que pensava.

— Eu a conheço. Ela se chamava Cora Lamenaire, antigamente. Cantava no rádio. Ela teve problemas depois.

— Sim, ela escondeu o sr. Salomão durante a guerra. Em um porão.

— Ah, essa história de porão, já ouvi o suficiente! Ele só fala disso.

— Ela o visitava todos os dias e preparava pequenas refeições para ele. Todos os dias durante quatro anos. É uma história bonita, sr. Tapu. Precisamos disso. O sr. Salomão sofreu muito durante a ocupação e agora é um homem feliz! Precisamos disso.

— Sofreu muito, sofreu muito...

Ele não estava nem um pouco contente. Procurava algo, mas não encontrava. E então encontrou.

— Sofreu nada, você deve estar brincando! Afinal, onde é que encontrou esse porão? Nos Champs-Élysées, claro! O bairro mais bonito de Paris! Reservou para si o que há de melhor e mais caro, imagine só, com os meios de que essa gente dispõe!

Voltei a ter um momento reverencial, como sempre quando venho a esse templo adorar o Eterno.

43

Eles partiam dois dias depois e todos nós fomos à estação, Chuck, que ainda estava por aqui, a corpulenta Ginette, Tong, Yoko, os dois irmãos Masselat, exceto o mais velho, que estava fazendo exames, todos os antigos da S.O.S. Aline também foi. Ela estava no terceiro mês. Eles partiram de trem. A srta. Cora viajava como nos velhos tempos. Estava vestida e maquiada com cores suaves. Eles tinham doze malas, o sr. Salomão tinha renovado seu guarda-roupa. Havia de tudo para o mar e a montanha, e trajes de iatista, caso ele fosse velejar. Eles se debruçavam na janela e davam gosto de ver. A srta. Cora usava óculos de sol da última moda que cobriam metade de seu rosto. Eu nunca a tinha visto tão jovem, e ninguém teria dado ao sr. Salomão seus oitenta e cinco anos, mesmo sabendo que estava se aposentando em Nice.

Ginette chorava um pouco.

— Tudo bem, mas eles não deveriam morar em Nice. Coitado do sr. Salomão, é como se não quisesse lutar.

— Por quê? Em Nice, a idade média é muito mais alta do que em outros lugares.

— Tem até uma universidade para a terceira idade, para reciclar as pessoas!

— Tudo bem, mas ele não deveria ir!

— Você não entende nada. Você não conhece o rei Salomão. É um desafio. Ele vai a Nice para provar que não tem medo de nada. Esse aí vai ter que ser arrancado pela raiz!

O sr. Salomão usava seu famoso terno xadrez de longa duração e estava com uma gravata-borboleta azul de bolinhas amarelas. Ele tinha inclinado um pouco o chapéu sobre a orelha, com muita elegância. Seu rosto já tinha a serenidade dos melhores dias. A srta. Cora o segurava carinhosamente pelo braço e eles se voltavam para nós da janela do vagão-leito de primeira classe que os levaria para Nice. Tínhamos dado à srta. Cora um buquê de flores de todas as cores, que ela segurava com o braço ainda livre. O sr. Salomão se inclinou em minha direção e trocamos um aperto de mão.

— Muito bem, meu amigo Jean, é hora das despedidas, são coisas que acontecem — ele disse com bom humor. — Quando for sua vez de ver a aurora da velhice despontando no horizonte, venha a meu encontro em Nice e eu o ajudarei a adotar uma atitude empreendedora que permita encarar a próxima etapa nas melhores condições.

Nós dois rimos.

— Coragem, sr. Salomão! Viva sem esperar pelo dia de amanhã! Colha hoje mesmo as rosas da vida!

Aí sim rimos muito, com bocas mais abertas que baleias em extinção.

— Muito bem, Jeannot! Continue se defendendo e se educando por todos os meios que a vida oferece e se tornará uma enciclopédia ambulante!

Ele ainda segurava minha mão na sua, mas o trem já havia assobiado e era questão de instantes. O trem arrancou, comecei a caminhar ao lado dele, o sr. Salomão soltou minha mão por força das circunstâncias, levantou o chapéu para o ar como um cumprimento ao eterno, a corpulenta Ginette soluçava, Chuck, Tong, Yoko e todos da S.O.S., exceto o mais velho dos Masselat, que não estava lá, ficaram em silêncio como se tudo já tivesse terminado e não houvesse nada a fazer, o sr. Salomão acenava com o chapéu para o ar, a srta. Cora fazia gestos graciosos com a mão, como a rainha da Inglaterra.

A velocidade aumentava, comecei a correr.

— Aguente firme, sr. Salomão!

Vi em seus olhos escuros os proverbiais pequenos lampejos.

— Mas é claro, sem dúvida! Muitas plantas e alguns peixes têm uma expectativa de vida ilimitada!

Demos mais uma boa gargalhada juntos.

— Adeus, Jeannot! Um velho que volta à fonte original entra nos dias eternos e deixa os dias cambiantes!

— É isso mesmo, sr. Salomão! Escreva-me quando chegar!

— Pode deixar, amigo! Vou mandar cartões-postais de lá!

A velocidade aumentou ainda mais, eu corria, mas não havia nada que eu ou qualquer pessoa pudesse fazer, meu sorriso me rasgava o rosto e todo o resto, e eu não sabia mais se era o trem que rugia ou a voz do sr. Salomão, em seu intenso furor:

— Pois há uma chama no olhar da juventude, mas nos olhos do velho vemos a luz!

Eles já partiram há muito tempo, nós fomos a Nice duas vezes, nosso filho já grita e chora, é o prêt-à-porter que começa, um dia vou contar a ele sobre o rei Salomão, que às vezes ainda ouço gargalhar, debruçado sobre nós de suas augustas alturas.

Grafia atualizada segundo o Acordo Ortográfico da Língua Portuguesa de 1990, que entrou em vigor no Brasil em 2009.

capa e ilustração de capa
Laurindo Feliciano
preparação
Raquel Silveira
revisão
Jane Pessoa
Ana Alvares
Érika Nogueira Vieira

Dados Internacionais de Catalogação na Publicação (CIP)

Gary, Romain (Émile Ajar) (1914-1980)
A angústia do rei Salomão / Romain Gary (Émile Ajar) ; tradução Julia da Rosa Simões. — 1. ed. — São Paulo : Todavia, 2024.

Título original: L'angoisse du roi Salomon
ISBN 978-65-5692-679-7

1. Literatura francesa. 2. Romance. 3. Ficção contemporânea. I. Simões, Julia da Rosa. II.Título.

CDD 843

Índice para catálogo sistemático:
1. Literatura francesa : Romance 843

Bruna Heller — Bibliotecária — CRB 10/2348

todavia
Rua Luís Anhaia, 44
05433.020 São Paulo SP
T. 55 11 3094 0500
www.todavialivros.com.br

fonte
Register*
papel
Pólen natural 80 g/m²
impressão
Geográfica